유디트/
헤롯과 마리암네

Judith /
Herodes und Mariamne

Friedrich Hebbel

대산세계문학총서 105

유디트/
헤롯과 마리암네

Judith/Herodes und Mariamne

프리드리히 헤벨 지음 ─ 김영목 옮김

문학과지성사
2011

대산세계문학총서 105_희곡

유디트/헤롯과 마리암네

지은이 프리드리히 헤벨
옮긴이 김영목
펴낸이 홍정선
펴낸곳 ㈜문학과지성사
등록 1993년 12월 16일 등록 제10-918호
주소 121-840 서울 마포구 서교동 395-2
전화 02)338-7224
팩스 02)323-4180(편집) 02)338-7221(영업)
전자우편 moonji@moonji.com
홈페이지 www.moonji.com

제1판 제1쇄 2011년 10월 14일

ISBN 978-89-320-2238-3
ISBN 978-89-320-1246-9 (세트)

이 책은 대산문화재단의 외국문학 번역지원사업을 통해 발간되었습니다.
대산문화재단은 大山 愼鏞虎 선생의 뜻에 따라 교보생명의 출연으로 창립되어
우리 문학의 창달과 세계화를 위해 다양한 공익문화사업을 펼치고 있습니다.

차례

일러두기

1. 이 책은 카를 한저 출판사(Carl Hanser Verlag)에서 펴낸 5권짜리 『프리드리히 헤벨 작품집
   Friedrich Hebbel: Werke』(Hg. v. Gerhard Fricke, Werner Keller u. Karl Pörnbacher,
   München, 1963~1967)의 제1권(유디트 7~75쪽, 헤롯과 마리암네 485~594쪽)을 저본
   으로 삼았다.
2. 본문의 주(註)는 모두 옮긴이의 주다.
3. 맞춤법과 외래어 표기는 1989년 3월 1일부터 시행된 「한글 맞춤법 규정」과 『교육부 편수자
   료』 『표준국어대사전』(국립국어연구원)을 따랐다.

유디트
Judith

등장인물	유디트
	홀로페르네스
	홀로페르네스 수하의 대장들
	홀로페르네스의 시종(侍從)
	리비아의 사절단
	메소포타미아의 사절단
	병사들과 친위병들
	미르차　　　　　　　－유디트의 하녀
	에프라임
	베툴리엔*의 장로들
	베툴리엔의 사제들
	베툴리엔의 시민들(과)
	그들 가운데:
	암몬
	호세아
	벤
	아사드
	다니엘　　　　　－아사드의 동생, 신들린 벙어리이자 장님

---

* 이스라엘의 베들레헴을 연상시키는 베툴리엔(Bethulien, 영어로는 Bethulia) 고을은 극작
가 헤벨이 이 작품의 소재로 삼은 구약성서의 외경(外經, Apocrypha) 「유디트」에만 나오
는 고유 지명이다.

사마야 　　　　 ─아사드의 친구

요수아

델리아 　　　　 ─사마야의 아내

아히오르 　　　 ─모압족(族)*의 대장

아시리아의 사제들

여자와 아이들

사무엘 　　　　 ─고령의 백발 노인

사무엘의 손자

─이 드라마의 줄거리는 베툴리엔 고을과 그 성문 앞에서 진행된다.

---

* 모압족Moabite: 구약성서 「창세기」에 나오는 롯의 아들 모압의 후손이라 일컬어지는 고대
셈족을 말한다. 이 부족은 주로 홍해 동쪽에 거주하였다. 이스라엘 민족과의 혈통 관계와
반목에 대해서 더 자세히 알려면 「창세기」 19장 30절 이하를 참조할 것.

제1막

홀로페르네스의 진영.

무대 전면 오른쪽에 총사령관의 막사가 있다. 주위에는 다른 막사들과 병사들이 보이며, 웅성거리는 소리로 혼잡스럽다. 무대 후면에는 산악지대가 있고, 그 한가운데 고을 하나가 보인다.

(총사령관 홀로페르네스가 대장들을 거느리고 열린 막사에서 나온다. 음악이 울려 퍼진다. 잠시 후 그가 신호를 한다. 음악이 그친다.)

홀로페르네스 제물을 바치라!

제사장 어떤 신에게 바칠까요?

홀로페르네스 어제는 어느 신에게 바쳤는가?

제사장 분부대로 저희는 제비뽑기로 정했습니다. 그래서 바알 신(神)*

---

* 바알Baal: 벨Bel이라고도 불리며, 대지와 곡물을 주관하는 최고의 태양신을 말한다. 고대 서부 셈족, 특히 페니키아인과 모압인들이 잔혹한 의식을 통해 바알 신을 섬기었다.

이 뽑혔지요.

홀로페르네스   그럼 오늘 바알 신은 허기지지 않겠군. 그렇다면 너희들 모두
　　　　　　　　알면서도 알지 못하는 어느 신*에게 제물을 바치도록 하라!

제사장　　　　(큰 목소리로) 홀로페르네스 장군의 분부이시다. 우리 모두가
　　　　　　　　알면서도 모르는 어느 신에게 제물을 바치도록 하라!

홀로페르네스   (웃으며) 그 신이 바로 내가 가장 섬기는 신이다.

　　　　　　(제물이 바쳐진다.)

홀로페르네스   친위병!

친위병　　　　무슨 분부이십니까?

홀로페르네스   내 병사들 가운데 자기 상관을 고발할 생각이 있는 자는 앞으
　　　　　　　　로 나오라고 하라!

친위병　　　　(도열한 병사들 사이를 돌아다니며) 자기 상관을 고발할 자 있으
　　　　　　　　면 앞으로 나오라. 홀로페르네스 장군께서 직접 듣길 원하신다.

병사　　　　　제 상관을 고발하겠습니다.

홀로페르네스   이유가 뭔가?

병사　　　　　저희들이 어제 공격을 하다가 노예 계집 하나를 잡았습니다.
　　　　　　　　기가 막히게 예뻐서 자신이 없어 머뭇거리다가 그 계집의 손조
　　　　　　　　차 건드리지 못했답니다. 그런데 저녁 무렵 제가 자리를 비운
　　　　　　　　사이 제 상관이 막사로 와서는 그 계집을 보고는 그녀를 단칼
　　　　　　　　에 베어버리지 않았겠습니까? 자기 말을 순순히 듣지 않고 반

---

* 이미 여기서 홀로페르네스의 자기 신격화가 암시되고 있다.

항했다는 이유로요.

홀로페르네스   고발당한 그 상관에게 사형을 선고하노라! (한 기병에게) 즉시 집행하라. 그러나 고발한 이놈도 역시 사형이다. 이놈도 함께 끌어내라. 하지만 그 상관을 먼저 죽이도록.

병사   어째서 저도 함께 죽이려고 하십니까?

홀로페르네스   네놈이 내게 너무 오만불손하기 때문이다. 내가 그런 지시를 내리도록 한 것은 너희를 시험해보기 위함이었다. 네놈들이 저희 상관을 고발하는 것을 내가 묵인하게 된다면, 그 상관들이 날 고발하는 것을 대체 어떻게 막을 수 있단 말이냐?

병사   전 바로 장군님을 위해 그 여자 손끝 하나 건드리지 않았습니다. 그 여자를 장군님께 갖다 바치려고 생각하고 있었습니다.

홀로페르네스   거지가 왕관을 줍게 되면, 당연히 그게 왕의 소유물이라는 걸 알게 되지. 그러니 그가 왕관을 갖다 주었다 해서 그 거지 녀석에게 왕이 두고두고 고맙다고 하지 않는다. 하지만 네 그 갸륵한 마음에 대해선 내가 보답해주마. 오늘 아침 난 아주 관대하거든. 죽기 전에 넌 내가 주는 최고급 포도주에 푹 취해도 좋다. 끌어내라!

(그 병사는 기병에 의해 무대 뒷전으로 끌려간다.)

홀로페르네스   (대장들 중 한 사람에게) 낙타에 고삐를 매어놓아라!

대장   이미 그렇게 조치해놓았습니다.

홀로페르네스   내가 벌써 그런 명령을 내렸단 말이냐?

대장   아닙니다. 하지만 장군께서 곧 그런 명령을 내리실 것이라는 것을 예상할 수 있었습니다.

홀로페르네스 감히 내 머리에서 생각을 훔쳐내다니, 대체 네놈은 누구냐? 난 주제넘게 나보다 미리 앞서가는 그런 행동을 원치 않는다. 내 의지가 첫번째이고, 너희들의 행동은 그다음이다. 그 반대가 아니란 말이다. 그걸 명심해두라!

대장 용서해주십시오! (퇴장한다.)

홀로페르네스 (혼잣말로) 예술이란 모름지기 완전히 다 파악될 수 없는 것이고, 영원히 비밀로 남아 있는 것이다! 물은 이러한 예술을 알지 못하지. 이미 사람들이 바다에 제방을 쌓고 강에다가 하상(河床)을 팠기 때문이야. 불도 역시 그러한 예술을 알 턱이 없다. 불은 심지어 주방의 머슴들조차 그 속성을 파악했을 정도로 타락했으니까. 게다가 이젠 정말 부랑자 같은 놈들도 불로 양배추를 삶아 먹을 줄 알잖아. 태양조차도 예술을 전혀 이해하지 못하지. 사람들은 태양의 궤도를 찾아내서, 제화공과 재단사들까지도 이제 태양의 그림자를 보고 시간을 잴 수 있지 않나.* 하지만 나만은 이 예술을 알고 있지. 그래서 사람들은 내 주위에 숨어서 내 영혼의 갈라진 틈과 균열을 들여다보고는, 내가 내뱉는 한마디 한마디에서 흡사 내 마음의 방을 열 수 있는 열쇠를 좀 만들어보고자 부단히도 애를 쓰지. 하지만 나의 오늘은 나의 지나간 어제와 절대 똑같지 않다. 나는 비겁

---

* 홀로페르네스는 여기서 물, 불, 태양 등 모든 자연이 인간에 의해 이미 파악되고 유용하게 사용된 것을 비판하고 있다. 이런 도구화, 문명화된 현실세계에 대해 홀로페르네스는 아직 길들여지거나 제어되지 않은 일종의 '탈경계적인' 자기창조를 대비시킨다. 물론 이런 도구화된 세계에 대한 비판은 극이 진행되면서 부각되는 자기 자신의 도구적, 계산적 이성을 통해 결정적인 모순에 빠지게 된다.

한 허영심을 내세워 제 스스로에게 무릎을 꿇고 하루하루 똑같이 다른 사람을 조롱해대는 그런 어리석은 자들과는 다르다. 나는 오늘의 홀로페르네스를 신나게 산산조각을 내고 내일의 홀로페르네스에게 어제의 홀로페르네스를 먹어치우라고 내주지. 삶이란, 내게 그저 지루하게 먹이를 채우는 것이 아니라, 끊임없이 존재를 갱생시키고 재생시키는 것이다. 어리석은 무리들 속에 있다 보면 정말 나 혼자 있는 것 같은 생각이 들 때가 있지. 그들은 마치 내가 자신들의 팔다리를 내려칠 때라야 비로소 스스로를 의식할 수 있는 것 같은 느낌이 든단 말이야. 그걸 그들은 차츰 알아차리고 있지. 하지만 그들은 내게 점점 가까이 와서 내게 기어오르는 대신 불쌍하게도 내 앞에서 뒷걸음치고는 마치 토끼가 불을 보고 수염을 그슬리게 될까 봐 도망치듯 결국 줄행랑을 치고 만단 말이야. 아! 나에게 단 한 사람이라도 적수다운 적수가 있다면 얼마나 좋을까? 내게 감히 대항할 수 있는 적이 단 한 명이라도 있다면 좋으련만! 그런 상대에게 입을 맞추어주고 싶다. 치열하게 싸우고 난 뒤 그 적을 완전히 제압시키게 될 때, 나도 그에게 달려들어 함께 죽는다면 얼마나 좋을까? 그런데 유감스럽게도 네부카드네자르 대왕*은 교만한 숫자와 같은 존재에 불과하단 말이야. 끊임없이 자기 자신만을 부풀리는 데 시간을 온통 보내고 있거

---

* 여기서는 네부카드네자르 2세(Nebuchadnezzar II, 성서에서는 '느부갓네살'로 표기)를 가리킨다. 그는 기원전 6세기 말 예루살렘을 정복하고 유대인들을 세계 각지 망명의 길로 내몬 바빌로니아 왕국의 왕이다. 하지만 이 작품의 홀로페르네스를 연상시키는 오로페르네스 Orofernes 이야기는 역사로는 전래되지 않고 구약의 외경「유디트」에만 언급되고 있다.

든. 아시리아 군대와 함께 내가 슬쩍 빠져버리면, 그땐 남아
있는 것이라고는 기름기로만 채워진 인간의 가죽뿐이 아닌가!
난 온 세상을 굴복시켜 왕에게 넘겨줄 것이다. 하지만 대왕이
세상을 손에 넣게 되면, 난 다시 그에게서 그것을 빼앗고 말
것이다.

대장 우리 대왕께서 보낸 사신이 지금 막 도착했습니다.

홀로페르네스 당장 내게 데려와라. (혼잣말로) 이놈의 목뼈, 넌 아직 고개를
숙일 정도로 아주 나긋나긋하겠지? 네가 그걸 다시 잊어버리
지 않도록 네부카드네자르 대왕이 꽤나 애쓰고 있는 듯하군.

사신 온 세상으로 하여금 몸을 굽히게 하시며 해 돋는 데서 지는 데
까지 권세와 통치권을 가지신 네부카드네자르 대왕께서 홀로
페르네스 장군께 무운(武運)을 비는 인사를 전하라 하셨습니다.

홀로페르네스 삼가 분부를 받들겠소.

사신 네부카드네자르 대왕께서는 앞으로는 그분 이외에 어떤 다른
신도 섬기는 걸 원치 않으십니다. *

홀로페르네스 (의기양양하게) 아마도 대왕께서 최근의 나의 승전 소식을 듣
고 내리신 결정이겠군.

사신 네부카드네자르 대왕께서는 자기 자신에게만 제물을 바치고
다른 신들의 제단과 신전은 모두 불태워 없애버리라는 명령을
내리셨습니다.

홀로페르네스 (혼잣말로) 그래, 여럿보다 하나만 있는 것이 정말 편리하지!
하지만 왕 자신보다 더 편리한 사람은 아무도 없겠군. 스스로

---

* 네부카드네자르는 외경 「유디트」(32장 11절)에서 자신을 유일신으로 경배하도록 한 자로
묘사되어 있다.

번쩍거리는 투구를 손에 들고는 그 투구에 비친 자기 모습을 보고 경건히 기도를 올리면 될 테니. 그가 오만상을 찌푸린 자기 얼굴을 보고 놀라자빠지지 않으려면 이제 복통 따위만 조심하면 되겠군. (큰 소리로) 네부카드네자르 대왕께서 정말 지난 달에 치통 때문에 조금도 고생하시지는 않았는가?

사신   저희는 그것을 신들의 은덕이라 생각합니다.

홀로페르네스   자넨 대왕님 자신의 은덕이라고 말하고 싶을 테지.

사신   네부카드네자르 대왕께서는 매일 아침 해가 뜰 무렵 자신에게 제물을 바치라는 명령을 내리셨습니다.

홀로페르네스   유감스럽게도 오늘은 때가 너무 늦었군. 우린 해가 질 무렵이나 대왕을 기릴 생각이다.

사신   마지막으로 네부카드네자르 대왕께서는 홀로페르네스 당신에게도 자신의 몸을 아끼시고 어떠한 위험한 일에도 함부로 스스로 목숨을 내던지는 일이 없도록 하라고 명령하셨습니다.

홀로페르네스   알았네. 이보게, 칼을 휘두르는 전사들이 없이도 칼이 알아서 저절로 위대한 일을 척척 해낼 수 있다면 얼마나 좋겠는가. 그리고 또…… 들어보게, 난 대왕님의 무병장수를 위해 축배를 드는 것 말고는 내 목숨에 더 해가 되는 일을 하는 일은 없다네. 하지만 그걸 내가 그만둘 수는 없지 않은가.

사신   네부카드네자르 대왕께서는 자신의 부하들 가운데 누구도 당신을 대신할 사람은 하나도 없다고 하시면서 당신을 위해 더 많은 일을 하실 것이라고 말씀하셨습니다.

홀로페르네스   좋아. 나의 대왕께서 그리 명령하시니 스스로 몸을 아낄 것이다. 대왕님의 발바닥에라도 입을 맞춰 경의를 표하고 싶군.

(사신 퇴장)

홀로페르네스 친위병!

친위병 무슨 분부이십니까?

홀로페르네스 이제 네부카드네자르 대왕 이외에 어떤 신도 존재하지 않는다.
그걸 공포하라.

친위병 (도열한 병사들 사이를 돌아다니며) 이제 네부카드네자르 대왕
이외에 어떤 신도 존재하지 않는다.

(제사장 한 사람이 지나간다.)

홀로페르네스 제사장, 자네 지금 내가 알리도록 한 걸 들었겠지?

제사장 네.

홀로페르네스 그럼 당장 가서 우리가 그동안 힘들게 끌고 다니던 바알 신(神)
을 파괴하라! 자네에게 불태울 장작 더미를 주겠다.

제사장 제가 그동안 섬겼던 것을 어찌 파괴할 수 있겠습니까?

홀로페르네스 바알 신도 저항할지 모르지. 하지만 자네에겐 두 가지 선택밖
에 없네. 자네가 그 신을 파괴하든가 아니면 자네 스스로 목을
매든가.

제사장 제가 파괴하겠습니다. (혼잣말로) 바알 신은 황금 팔찌를 끼고
있었지.

홀로페르네스 (혼자서) 망할 놈의 네부카드네자르! 거창한 생각만 품고 앉
았으니, 망할 놈의 네부카드네자르! 스스로 명예롭게 여기지
도 않을뿐더러, 자신을 오히려 망쳐놓고 웃음거리로만 만드는

그런 생각을 하고 있으니! 내 오래전부터 품어온 생각이지만, 인류가 지녀야 할 단 하나의 위대한 목적은 바로 인류 스스로 하나의 신을 탄생시키는 일이니라. 그리고 인류에게서 태어난 그 신은 인류와 영원히 투쟁하면서 끊임없이 인류와 대적함으로써 자신이 신이라는 것을 증명하고 싶어 하지. 또 그 신은 어떤 연민이나 자신에 대한 전율, 자신의 엄청난 사명 앞에서의 현기증, 이런 일체의 어리석은 동요의 감정을 스스로 자제하고, 그리고 인류를 말살하고 인류가 죽음을 맞이하게 되는 마지막 순간에도 자신에게 인류가 환호성을 지르게끔 강요하며 스스로 신이라는 걸 보이고자 하지. 그것을 네부카드네자르 대왕은 훨씬 쉬운 방법으로 할 줄 안단 말이야. 그래서 저 친위병은 대왕을 신이라고 공포하고 있는 것이 틀림없어. 그러면 나도 세상에다가 그가 신이라는 증거를 보여줘야만 하겠군!

(제사장이 지나간다.)

홀로페르네스 바알 신이 파괴되었는가?

제사장 지금 불더미에 타고 있습니다. 바알 신이여, 제발 용서해주소서.

홀로페르네스 이제는 네부카드네자르 대왕 이외에 어떤 신도 존재하지 않는다. 너에게 명령한다. 대왕 이외에 다른 신은 존재하지 않는다는 근거를 찾아내도록 해라. 근거를 하나 찾을 때마다 황금 한 온스*씩 주겠다. 사흘간의 여유를 주마.

제사장	명을 받들겠나이다. (퇴장)
대장	어느 왕이 보낸 사절단이 뵙기를 청하고 있습니다.
홀로페르네스	어느 왕이 보낸 사절단이냐?
대장	용서하십시오. 장군님께 항복해오는 모든 왕의 이름을 일일이 다 외운다는 것은 도저히 불가능한 일입니다.
홀로페르네스	(그에게 황금 목걸이 하나를 던져준다.) 그건 처음 있는 불가능한 일이군. 하지만 내 마음에 든다. 그들을 데려와라.
사절단	(머리를 바닥에 조아린다.) 장군님께서 저희 리비아의 도읍으로 입성해주시는 자비를 베풀어주신다면, 저희 왕도 당신 앞에 이렇게 머리를 조아릴 것입니다.
홀로페르네스	너희들은 어째서 어제 오지 않았느냐? 왜 또 그저께는 오지 않았느냐?
사절단	아아, 장군님!
홀로페르네스	거리가 그렇게 멀리 떨어져 있어 그런 것이냐? 아니면 나에 대한 경외심이 그리도 부족했던 것이냐?
사절단	아! 괴롭습니다!
홀로페르네스	(혼잣말로) 내가 지금 분노로 가득 차 있군. 네부카드네자르 대왕에 대한 분노로 들끓고 있어. 이쯤 해두고 이제 자비를 베풀어야겠다. 그렇지 않으면 이 버러지 같은 놈들이 불손해지고, 또 바로 자기들 때문에 내가 분노하고 있다고 여길 테니. (큰 소리로) 일어나서 그대들의 왕에게 전하라.
대장	(등장한다.) 메소포타미아에서 온 사절단이 도착하였습니다!

---

* 온스ounce: 옛 중량 단위로 약 30그램에 해당된다.

20

홀로페르네스	이리로 데려오라.
메소포타미아 사절단	(땅에 머리를 조아린다.) 메소포타미아는 위대하신 홀로페르네스 장군님께 항복하려고 하오니, 저희들에게 자비를 베풀어주십시오!
홀로페르네스	난 내 자비를 선물로 줄 뿐 팔아먹지는 않는다.
메소포타미아 사절단	그런 뜻으로 말씀드린 것은 아닙니다. 메소포타미아는 어떠한 조건에서도 항복하길 원합니다. 저희는 그저 자비심만 바랄 뿐입니다.
홀로페르네스	내가 그런 바람을 들어주어야 하는지 모르겠다. 사실 너희들은 시일을 오래 끌어왔다.
메소포타미아 사절단	이 먼 길을 오느라고 소요된 시간보다는 더 오랜 시일을 끌지 않았습니다.
홀로페르네스	매한가지 아니냐. 나는 최후로 항복해오는 민족을 멸망시키겠노라고 스스로 맹세한 바 있다. 틀림없이 그 맹세를 지킬 것이다.
메소포타미아 사절단	저희들이 마지막은 아닙니다. 이곳으로 오는 도중에 저희들은 모든 민족들 중 유독 히브리인들만이 장군님께 저항하겠다며 보루(堡壘)를 쌓아놓았다는 얘기를 들었습니다.
홀로페르네스	그렇다면 너희들 왕에게 가서 내가 너희의 항복의 뜻을 받아들이겠다는 말을 전하라. 내가 곧 너희들 왕에게 내 휘하의 대장들 중 한 사람을 보내겠다. 그는 내가 어떤 조건들로 항복을 받아들이는지에 대해 자세히 말해줄 것이다. (리비아의 사절단을 향해) 자네들의 왕에게도 똑같이 전하도록 하라. (메소포타미아 사절단에게) 히브리인들이 도대체 누구냐?

메소포타미아 사절단	장군님, 그들은 모두 미친 족속입니다. 감히 장군님께 저항하려는 것만 보아도 이미 알 수 있을 겁니다. 게다가 그들은 볼 수도 들을 수도 없으며, 어디 있는지 아무도 모르는 그런 신을 섬기고 있다는 사실에서도 그들이 정신 나간 족속이라는 것을 아실 수 있을 겁니다. 그리고 저들은 그 신이 우리의 신들처럼 사납게 재단 위에서 그들을 위협적으로 내려다보고 있기라도 하듯 그 신에게 제물을 바친다고 합니다. 저들은 저 산에 살고 있습니다.
홀로페르네스	그들의 고을은 어디에 있는가? 그들은 무슨 일에 능한가? 그들을 다스리는 왕은 누구냐? 또 그의 휘하에 얼마나 많은 군사들이 있는가?*
메소포타미아 사절단	장군님, 그 민족은 고집불통이고 의심이 많습니다. 그들에 대해서는, 보이지도 않는 그 신에 대해 그들이 알고 있는 것보다 더 많이 아는 것이 없습니다. 그들은 이민족과 접촉하는 것을 꺼리고 있습니다. 그자들은 우리와 함께 먹고 마시지도 않습니다. 고작해야 우리와 전쟁이나 하는 정도입니다.
홀로페르네스	내가 묻는 말에 대답할 수도 없다면 넌 어째서 입을 놀리는가? (손짓을 한다. 사절단은 무릎을 펴지 못하고 허리를 굽힌 채 퇴장한다.) 모압족과 암몬족**의 대장들을 내 앞에 데려와라. (친위병 퇴장) 난 내게 저항하려는 민족을 존경한다. 내가 존

---

* 홀로페르네스의 이러한 질문들, 그리고 아히오르라는 인물과 그의 나중의 행동들은 외경 「유디트」(특히 5장)와 일치하고 있다.
** 암몬족Ammonite: 이스라엘 민족과 매우 유사한 혈통을 가진 암몬 부족은 동쪽 요르단을 중심으로 거주하였으며 이스라엘 민족과는 적대 관계였다.

경하는 모든 것을 다시 파멸시켜야 하다니 참 애석한 일이로군.

(대장들이 등장한다. 그들 가운데는 아히오르도 있다.)

홀로페르네스 저 산에 살고 있다는 족속은 대체 어떤 민족이냐?

아히오르 장군님, 제가 그 민족을 잘 알고 있습니다. 그들의 상황이 어떤지 말씀드리겠습니다. 그 민족이 만약 창칼을 들고 전쟁터에 나온다면, 얼마든지 얕잡아볼 수 있습니다. 그들이 갖고 있는 무기란 고작 그들의 신이 못 쓰게 부러뜨린 쓸모없는 장난감에 불과하답니다. 그들이 믿는 신은 이들 민족이 전쟁을 해서 스스로 피로 얼룩지는 것을 원하지 않기 때문이죠. 그 신은 혼자의 힘으로 자신의 적을 파멸하려고 합니다. 그러나 그 민족이 그들 신이 바라는 대로 신 앞에 절대 순종해서 무릎을 꿇고 머리에 재를 뿌리며 겸손하게 참회할 때는, 그들이 비탄에 잠기어서 자신들 스스로를 책망하게 될 때는 이 민족에게 정말 엄청난 일이 벌어지게 됩니다. 그때에는 마치 세상이 완전히 다른 세상이 된 것 같고 또 자연도 그 본연의 법칙을 잊어버린 듯합니다. 도저히 가능하지 않은 일이 실제로 일어나니까요. 바다가 갈라지며, 그러니까 바다 수면이 마치 성벽처럼 양쪽으로 우뚝 서고 그 가운데로 하나의 길이 쭉 열립니다. 하늘에서는 빵이 떨어져 내리는가 하면, 모래사막 한가운데서는 시원한 샘물이 솟아나옵니다.

홀로페르네스 대체 그들이 믿는 신의 이름이 무엇이냐?

아히오르 그들은 신의 이름을 입에 올리는 것조차 신에 대한 도둑질로 생각하고 있습니다. 그리고 만일 이방인이 그 신의 이름을 입에 담고자 한다면 그들은 틀림없이 그 이방인을 죽일 것입니다.

홀로페르네스   그들은 어느 고을에 살고 있는가?

아히오르   (산중에 있는 고을을 가리킨다.) 저희들과 가장 가까운 곳에 있는, 저기 보이는 고을이 베툴리엔이라고 합니다. 그 고을에 그들은 이미 보루를 쌓아놓았습니다. 하지만 그들의 도읍은 예루살렘이라고 부릅니다. 제가 거기에 가보았습니다. 거기서 그들이 믿는 신의 신전을 보았습니다. 이 세상에서 비할 데가 없는 그런 훌륭한 신전이었습니다. 그 앞에서 제가 얼마나 감탄했는지 모릅니다. 마치 무언가가 제 목덜미를 사로잡고 저를 바닥으로 짓누르는 것 같은 느낌이 들었습니다. 전 갑자기 무릎을 꿇게 되었습니다. 어떻게 그런 일이 일어났는지 저 자신도 알 수가 없었습니다. 하마터면 저는 그자들에게 돌에 맞아 죽을 뻔했습니다. 왜냐하면 다시 일어났을 때 전 그 성전 안으로 들어가고 싶은 주체할 수 없는 충동을 느꼈기 때문입니다. 그 성전에 들어가면 죽음이 기다리고 있습니다. 한 어여쁜 소녀가 길을 막고는 제게 그런 말을 들려주었습니다. 그런 말을 해준 것이 아직 제가 젊다는 걸 안쓰럽게 여겨서였는지, 아니면 이교도에 의해 신전이 더럽혀지는 것이 두려워서였는지 알 수가 없습니다만. 어쨌든 장군님, 제 말에 귀를 기울여주셨으면 합니다. 그리고 제가 드리는 말을 무시해버리지 마십시오. 그 민족이 그들의 신의 뜻에 거역해서 죄를 범했는지 한번 알아보십시오. 만일 그들이 죄를 범했다면 우리가 산으로 올라가 공격할 수 있도록 해주십시오. 그러면 그들의 신은 틀림없이 그자들을 장군님의 손에 넘겨줄 것이며, 장군님은 그들을 쉽게 장군님의 발아래 엎드리게 할 수 있을 겁니다. 하지만 만약 그들이 신의 뜻을 거역하는 죄를 짓지 않았다면, 일단 뒤로 후퇴하십시오. 그 신은 그자들을 보호해줄 것이고, 그렇게 되면 우리는 온 나라 안의 웃음거리가 될 것입니다. 장군님은 진정 위대한 영웅이십니다. 그러나 그들의 신은 너무나도 힘이 강합니다. 만약 그 신이 장군님과 대항할 만한 자를 내세울 수 없을 때에는, 장군님이 자신에 대해 스스로 분노하게 하여 결국 장군님을 자신의 손으로 죽게 만들 것입니다.

홀로페르네스   넌 두려워서 내게 감히 그런 예언을 하는 것이냐, 아니면 내심 뭔가 간계를 부리려고 그러는 것이냐? 네가 대담하게도 나 말고도 다른 존재를 두려워하고 있으니, 네놈을 당장 벌할 수도 있다. 하지만 난 그렇게 하지 않겠다. 네놈 스스로 유죄를 선고한 것으로 해두지. 히브리인들이 기다리고 있는 운명이 네게도 닥칠 것이다! 놈을 포박해서 적진으로 고이 데리고 가라. (끌려간다.) 그리고 저 고을을 점령할 때 이놈을 처단해서 목을 내게 가져오는 자에게는 황금으로 보상해주마. (목소리를 높여) 자, 베툴리엔을 향해 진격하라!

(출정 행렬이 이동하기 시작한다.)

제2막

유디트의 방.

베틀 곁에 있는 유디트와 미르차.

유디트 너는 내 꿈에 대해 어떻게 생각하니?

미르차 아아, 그보다도 제 말씀에 귀를 좀 기울이세요.

유디트 나는 계속해서 자꾸만 걸어갔어. 아주 서둘렀지. 하지만 어디
로 가고 있는지 나도 모르고 있었어. 이따금 멈춰 서서는 깊이
생각을 해보았지. 그러자 난 엄청난 죄라도 범한 것 같은 생각
이 들었어. "계속 가자, 계속!" 이렇게 나는 나 자신에게 말하
고는 전보다 더 빨리 걸어갔지.

미르차 방금 에프라임* 님이 지나갔어요. 무척 우울해 보였어요.

유디트 (그녀의 말은 듣지 않은 채) 갑자기 난 어떤 높은 산에 서게 되

---

* 에프라임은 성서에 전형이 없이 작가가 창안해낸 인물이다.

었거든. 현기증이 나더군. 그러고는 의기양양해졌어. 태양은 아주 가깝게 내 곁에서 비추고 있었지. 나는 태양을 향해 고개를 끄덕이면서 계속해서 그 위를 바라보았어. 그런데 갑자기 난 내 발아래 몇 발짝 떨어지지 않은 곳에 깊은 심연이 있다는 걸 알아차린 거야. 그 심연은 어두워서 들여다볼 수도 없었고 뭉게뭉게 피어오르는 자욱한 연기로 가득 차 있었어. 그래서 난 되돌아갈 수도 멈춰 서 있을 수도 없었지. 난 비틀거리며 앞으로 나아갔어. 난 겁에 질려 "하느님, 하느님!" 하고 소리를 질렀지. 그러자 심연 아래로부터 "여기에 내가 있노라!" 하는 소리가 울려 나왔어. 다정하고 달콤한 음성이었지. 난 뛰어내렸어. 그때 부드러운 팔이 날 받아주었지. 난 일찍이 본 적이 없었던 누군가의 가슴에서 편히 안겨 있는 듯한 생각이 들었어. 그러고 있는 동안 이루 말할 수 없이 기분이 좋았지. 하지만 그분이 나를 계속 잡고 있기에는 내가 무거웠나 봐. 난 점점 아래로 떨어졌지. 그때 그분이 울고 있는 소리가 내 귀에 들렸어. 그러고는 내 뺨 위에는 뜨거운 눈물 같은 것이 방울방울 떨어지는 것이었지.

미르차   제가 해몽하는 사람을 알아요. 그 사람을 부를까요?

유디트   유감스럽게도 그건 우리 율법에 어긋나는 일이잖아.* 하지만 난 사람들이 그런 꿈을 우습게 봐 넘겨서는 안 된다는 걸 익히 알고 있어. 이봐, 나도 같은 생각이야. 사람이 자신의 의식에 집중하지 못하고 몽롱한 채 꿈에 빠지게 되면, 그때에는 미래

---

* 구약의 「레위기」 19장 31절 "너희는 신접한 자와 박수를 믿지 말 것이며 그들을 추종하여 스스로를 더럽히지 말라. 나는 너희 하느님 여호와니라" 참조.

에 대한 감정이 현재의 모든 생각이나 관념을 쫓아내버리지. 그리고 장차 일어날 모든 일이 어두운 그림자로 다가와서는 비교하게 하고, 경고하기도 하며, 또 위안도 주면서 영혼에 스며드는 법이야. 그 때문에 무슨 일이 생겨도 우리가 별로 놀라지 않거나 정말 전혀 놀라지 않게 되는지도 몰라. 또 좋은 일은 이미 오래전부터 확신에 차서 고대하게 되고 좋지 않은 모든 일에 대해서는 자기도 모르게 두려워하게 되는 것도 그 때문일 거야. 난 종종 인간이 죽기 직전까지도 그런 꿈을 꾸게 될까 하고 생각해보곤 했어.

미르차   아씨는 어째서 제가 에프라임 님에 관한 이야기만 꺼내면 조금도 들으려고 하지 않지요?

유디트   남자라면 소름이 끼치기 때문이지.

미르차   하지만 아씨도 한때 남편이 있었잖아요.

유디트   네게 숨겨온 한 가지 비밀*을 털어놓아야겠다. 사실 내 남편은 정신이 이상한 사람이었어.

미르차   그럴 리가 있나요. 그렇다면 제가 어째서 그것을 알아차리지 못했겠어요?

유디트   그는 미쳤었어. 내가 내 자신에 대해 경악하지 않는다면, 또 내가 나 자신을 혐오스럽고 끔찍스러운 인간이라고 생각지 않는다면, 그를 그렇게 말할 수밖에 없어. 이봐, 내가 마나세스의 집으로 시집가게 되었을 때가 이제 막 열네 살이 되었을 때

---

* 나중에 홀로페르네스에게 행한 범행의 내적 동기가 되는 유디트의 중요한 비밀, 마나세스의 기이한 태도는 헤벨이 독창적으로 창안한 것이다. 외경 「유디트」(8장 3절)에서 유디트는 마나세스의 과부인데, 마나세스는 부수적으로만 언급되는 인물이다.

였지. 너도 그날 밤의 일을 아직도 기억하고 있을 거야. 나를 따라왔으니까. 그의 집을 향해 한 발 한 발 내디딜 때마다 난 점점 불안해졌어. 사는 것도 이것으로 끝장이 아닌가 하는 생각이 들기도 했고 이것이 내 삶의 첫 출발이 아닐까 하는 생각도 했지. 아! 그러나 그날 저녁은 내 마음을 아주 매혹시켰으며 유혹적일 수밖에 없었어. 도저히 뿌리칠 수 없는 저녁이었지. 훈훈한 바람이 내가 쓴 면사포를 살짝 들추어내서는 마치 이젠 때가 됐다고 말하는 것 같았어. 하지만 난 면사포를 꼭 붙잡고 있었지. 내 얼굴이 화끈 달아오르고 있다고 느꼈거든. 그래서 그런 내 얼굴을 드러내기가 부끄러웠어. 아버지는 나와 나란히 걸으셨지. 아버지는 매우 진지해 보였고 내게 이것저것 일러주셨어. 하지만 그 말이 내 귀에 들어오지는 않았어. 이따금 난 아버지의 얼굴을 올려다보곤 했어. 그러고는 마나세스란 사람은 틀림없이 아버지와는 다르게 생겼을 거라고 생각했지. 넌 정말 이 모든 걸 눈치채지 못했니? 너도 그때 함께 있었잖아.

미르차 저도 아씨처럼 부끄러워하기만 했답니다.

유디트 드디어 그의 집에 도착했어. 그런데 그의 노모는 근엄한 얼굴로 나를 맞아들였지. 내가 그분을 어머님이라고 부르는 데는 정말 많은 인내가 필요했어. 무덤에 계신 내 친정어머니도 틀림없이 그렇게 느꼈을 것이고 이 일로 가슴 아파하실 것 같은 생각이 들었어. 그다음에 넌 내 몸에 감송유(甘松油)*와 올리브

---

* 감송은 동인도나 중국에서 나는 방초(芳草)로서 그 잎이 가늘고 뿌리는 크며 단맛이 있다. 잎과 뿌리에서 추출한 기름은 특히 향이 좋다.

유를 발라주었지. 하지만 그때 난 내가 진짜 죽어서 시신에 기름을 발라주고 있구나 하는 기분이 들었어. 너도 내가 얼굴이 창백해졌다고 말했었지. 그때 마나세스가 왔지. 날 쳐다보았어. 처음에 수줍어하던 그가 그다음에는 뻔뻔스럽게, 그러다가 점점 더 대담하게 날 쳐다보았을 때, 그리고 마침내 내 손을 잡고 무엇인가 말하려다가 멈추었을 때, 그 순간 정말 내 가슴은 타오르는 것 같고 내 몸에 마치 불꽃이 활활 타오르는 듯한 생각이 들었어. 미안해, 이런 말을 다 해서.

미르차　　아씨는 처음엔 두 손으로 잠시 얼굴을 가리고 있었지요. 그러다가 재빨리 달려가서 그분의 목을 부둥켜안았지요. 그때 전화들짝 놀랐어요.

유디트　　그건 나도 봤어. 그러곤 그런 네 모습을 보고 웃음이 터져 나왔지. 갑자기 내가 너보다 한 수 위라는 생각이 들었어. 자, 다음 얘기를 들어봐, 미르차. 우린 침실로 들어갔어. 그의 어머니는 온갖 이상야릇한 일을 벌이고는 기도를 드리듯 무언가 중얼대고 계셨지. 마침내 마나세스와 단둘이 있게 되었을 때, 난 다시 가슴이 답답해지고 불안해졌어. 촛불 세 개가 활활 타고 있었어. 그는 그걸 끄려고 했지. 그때 난 "끄지 마세요, 끄지 마세요!"라고 간청하듯 말했어. 그는 "바보!"라고 말하고는 나를 끌어안으려고 했지. 그때 촛불 하나가 꺼져버렸어. 하지만 우리는 그것을 거의 알아차리지도 못했지. 그는 나에게 입을 맞추었어. 그러자 두번째 촛불이 꺼졌어. 그는 몸을 부르르 떨었고 나도 덩달아 몸이 오싹해졌어. 그다음에 그는 웃으면서 세번째 촛불은 자신이 직접 끄겠다고 말하더군. "빨리,

빨리요!"라고 난 말했어. 왜냐하면 오싹 소름이 끼쳤었으니까. 그는 세번째 마지막 촛불을 직접 껐어. 달빛은 침실 안을 환하게 비추어주었지. 나는 재빨리 침대로 올라갔어. 달빛은 바로 내 얼굴을 비추고 있었지. 내가 대낮처럼 그렇게 분명하게 보인다고 마나세스가 소리치더군. 그러고는 나에게 점점 다가왔어. 그러더니 갑자기 그가 멈추어 서버리는 거야. 마치 시커먼 대지가 손을 뻗어서 그를 밑에서 꽉 움켜쥐고 있는 것 같은 생각이 들었어. 나는 섬뜩한 기분이 들었어. 그래서 "어서 와요, 어서!"라고 외쳤지. 난 이런 말을 하는 것이 조금도 부끄럽지 않았어. 그는 갑자기 무거운 낯빛을 하고는 아주 희미한 목소리로 정말 더 이상 내게로 올 수 없다고 대답했지. 갈 수 없다고, 다시 한 번 그는 되풀이하고는 눈을 부릅뜨고 무서울 정도로 나를 뚫어지게 쳐다보았어. 그러고는 비틀비틀 창가로 걸어가서는 열 번쯤은 연달아 말하는 거야. 내게 올 수 없다고! 그는 나를 본 것이 아니라 내게서 무엇인지 낯설고 끔찍한 것을 보고 있는 것 같았어.

미르차   가엾어라!

유디트   나는 격하게 울기 시작했어. 난 내 몸이 더럽혀진 것 같은 기분이 들었어. 나 자신이 증오스럽고 혐오스러웠지. 그는 내게 다정한, 그래, 다정한 말들을 해주었어. 난 두 팔을 그에게 뻗었지. 그러나 그는 다가오지 않고 조용히 기도하기 시작하는 거야. 뛰던 내 심장이 그대로 멎고 몸 안의 피가 얼어붙는 것 같았지. 난 내 자신 속으로 파고들어가 숨었지만 왠지 전혀 낯선 것 속으로 파고들어가는 것 같았어. 그리고 점점 잠에 빠져

들면서도 내가 마치 눈을 뜨고 있는 것 같은 느낌을 지울 수
없었어. 다음 날 아침 눈을 떠보니 마나세스는 내 침대 앞에
서 있더군. 그는 무한한 연민의 눈으로 날 바라보고 있었어.
나는 마음이 답답해서 숨이 콱 막힐 것 같았지. 그때 무언가가
내 몸 안을 잡아 뜯는 것 같은 기분이 들었어. 난 격렬하게 웃
음을 터뜨리고서야 비로소 다시 숨을 제대로 쉴 수가 있었지.
그의 어머니는 어두운 안색으로 나를 조롱하듯 쳐다보았어. 그
래서 난 그의 어머니가 지난밤의 일을 몰래 엿들었다는 것을
알게 되었지. 그 노모는 내게 아무 말도 하지 않았어. 그러고
는 자기 아들을 방 한쪽 구석으로 데리고 가더니 귓속말로 무
슨 말인지 소곤대는 것이었어. 그는 갑자기 큰 소리로 화가 난
듯 "아니! 무슨 소리예요!"라고 말하더군. "유디트는 천사란
말이에요!" 그는 이렇게 말하고는 내게 입을 맞추려 했지. 난
거부했어. 그가 이상야릇하게 머리를 끄덕이더군. 그는 내 거
절에 동의하는 것 같았어. (한참 후에) 그 후 여섯 달 동안 난
그 남자의 아내로 살았지. 그는 단 한 번도 내 몸에 손을 대지
않았어.

미르차   그러고는요?

유디트   그렇게 우린 따로따로 지냈지. 물론 우리는 서로가 가족의 일
          원이라는 소속감은 있었어. 하지만 우리 둘 사이에 무엇인가
          가, 뭔가 어두운 것, 알려지지 않은 것이 가로놓여 있다는 생
          각은 지울 수가 없었지. 이따금 그가 바라보는 눈길은 날 오싹
          하게 만들었어. 그 순간 난 불안감에서 싸여 나 스스로에 대한
          정당방위로 그의 목을 비틀어버릴 것 같은 기분이 들곤 했었

어. 그의 시선은 독화살처럼 내 마음속을 파고들었거든. 너도 알다시피 3년 전 보리를 수확할 때였지. 그때 그는 결국 병이 들어 밭일을 접고 사흘 반나절을 시름시름 앓더니 저세상으로 갔잖아. 그때 난 그가 나의 가장 깊은 내부에 있는 어떤 소중한 것을 빼앗아가지고 몰래 떠나가버리는 것 같다는 생각이 들었어. 그의 병 때문에 그를 증오했지. 내 생각엔 그가 나쁜 짓으로 협박하듯 그렇게 자신의 죽음으로 나를 위협하는 것 같았어. "절대 그가 죽어선 안 돼, 그가 그의 비밀을 무덤까지 가지고 가서는 안 돼, 용기를 내서 그에게 물어보아야 해." 이렇게 난 마음속으로 소리쳤지. "마나세스, 우리가 결혼한 첫날밤에 대체 무슨 일이 일어났죠?" 난 마침내 이렇게 묻고는 그의 머리 위에 몸을 숙여 귀를 기울였지. 그의 어둠침침한 눈은 그때 거의 감기어 있었어. 그러다가 그가 힘겹게 다시 눈을 떴을 때 난 몸서리쳤어. 그가 마치 관 속에서 벌떡 일어나려는 것 같았기 때문이지. 그는 나를 한참 동안 쳐다보더군. 그러고 나서 그는 "그래, 그래, 그래, 난 이제 당신에게 그걸 말해도 되겠지"라고 말하는 것이었어. 하지만 그때 마치 내가 그것을 결코 알아서는 안 되는 것처럼 순식간에 죽음의 신이 그와 나 사이에 끼어들어서는 그의 입을 영영 봉해버렸지. (깊은 침묵이 흐른 뒤) 이봐 미르차, 그러니 내가 마나세스를 미친 사람으로 생각지 않는다면, 나 자신이 미쳤다고 할 수밖에 없지 않겠어?

미르차 소름이 끼치네요.

유디트 넌 내가 이따금 베틀 일이나 다른 가사 일로 조용히 앉아 있는 듯하다가 갑자기 엎드려서 기도하기 시작하는 걸 여러 번 보았을 거야. 그것을 보고 세상 사람들은 나를 신을 경외하는 경건한 여자라고들 불렀지. 미르차, 네게 이르건대 내가 그렇게 한 것은 바로 내가 더 이상 내 마음속에서 일어나는 생각을 떨쳐낼 수 없었기 때문이지. 그러니까 내가 기도하는 것은 곧 신에게로 숨어버리는 것을 의미하지. 그건 오로지 다른 방식의 자살일 뿐이야. 난 마치 절망한 사람이 깊은 물속으로 뛰어들 듯 그렇게 영원 속으로 뛰어드는 거지.

미르차 (말을 일부러 다른 데로 돌리면서) 아씨는 그런 순간에는 차라리 거울 앞에 서보는 것이 좋을 거예요. 아씨의 젊음과 아름다움의 광채 앞에서는 어두운 생각을 지배하는 그런 밤의 유령들도 두렵고 눈이 부셔 멀리 달아나버릴 테니까요.

유디트 나 참! 바보 같으니! 스스로를 먹어버릴 수 있는 과일이 있다고 생각해? 너도 너 자신만을 위해서라면 차라리 젊고 아름다울 필요가 없는 것이 더 나을 거야. 여자란 아무것도 아닌 하찮은 존재지. 오직 남자를 통해서만 여자는 어떤 존재감이 생기거든. 남자로 인해 여자는 어머니가 될 수 있어. 여자가 낳은 자식은, 바로 그녀가 현재 존재하고 있는 것에 대해 자연에게 표할 수 있는 유일한 감사의 표시이지. 아이를 낳을 수 없는 여인네들은 불행해. 내가 지금 처녀도 아니고 유부녀도 아니니, 나 같은 여자는 이중으로 불행하지!

미르차 아씨가 다른 사람들에게, 아니 사랑하는 한 남자에게 젊고 아름다운 존재가 되는 것을 누가 막겠어요? 아씨는 아주 고귀한 신분의 남자들 가운데 한 사람을 고를 수 있지 않겠어요?

유디트	(매우 진지하게) 내 말을 전혀 이해하지 못했군. 나의 아름다움은 바로 벨라도나*와 같아. 그것에 취하면 광기와 죽음을 부르지!
에프라임	(황급히 들어선다.) 아니, 이렇게들 무사태평이라니. 홀로페르네스가 고을 성문 앞까지 쳐들어 왔는데도!
미르차	하느님 맙소사!
에프라임	정말이오. 유디트, 내가 본 걸 당신도 봤더라면 두려움에 벌벌 떨었을 게요. 공포와 경악을 불러일으킬 수 있는 모든 것이 죄다 그 이교도의 수중에 들어 있다고 해도 과언이 아니오. 분명하오. 낙타, 말, 마차, 성벽을 깨뜨리는 무기 등이 얼마나 많은지! 우리의 성벽과 성문에 눈이 달려 있지 않은 게 차라리 다행인지 모르오. 그것들에 눈이 달려서 모든 만행을 볼 수 있었다면, 두려워서 금방 무너지고 말았을 테니까.
유디트	당신은 다른 사람들보다 더 많은 것을 보고 온 것 같군요.
에프라임	유디트, 당신에게 하는 말이지만 지금 이 베툴리엔에서는 열병에 걸리지 않은 것처럼 보이는 사람이 아무도 없소. 당신은 홀로페르네스에 대해 아는 바가 별로 없는 것 같군요. 내가 그 자에 관해 좀더 많이 알고 있소. 그의 입에서 나오는 말은 한마디 한마디가 모두 포악한 짐승의 포효 같소. 저녁이 되어 어두워지면……
유디트	그럼 그가 불을 켜게 하는 모양이군요.

---

* 주로 유럽이나 서아시아에서 볼 수 있는 가짓과 다년초 식물로 잎은 달걀 모양이며 만발할 땐 연분홍, 보라색을 띤다. 검은 유독성 장과(漿果)를 열매로 가지고 있는데, 이 열매에 함유된 알칼로이드 성분이 흥분과 혼란 상태를 야기한다.

에프라임	그런 불은 우리가 켜는 거지. 나와 당신이 말입니다! 홀로페르네스는 온 고을에 온통 불을 지르게 하고는 이렇게 말을 한답니다. "이것이 내 횃불이다! 이 횃불을 난 다른 것보다 더 쉽게 얻었노라." 그러고는 그가 활활 타오르는 고을의 불길에 자신의 칼을 닦게 하고 그가 먹을 고기를 굽게 하는데, 그는 이런 행동으로 자신이 자비를 크게 베풀고 있다고 생각하는 모양이오. 그가 베툴리엔을 바라보았을 때, 그는 호탕하게 웃으면서 자기 요리사에게 농담 삼아 이렇게 물었다고 해요. "어때, 넌 저 고을이 불타면 거기에 타조 알 하나쯤은 구울 수 있지 않겠느냐?"라고 말이오.
유디트	그 사람을 한번 보고 싶군요! (혼잣말로) 아니, 내가 지금 무슨 소리를 하고 있지!
에프라임	그가 당신을 보았더라면 그냥 두지 않았을 것이오. 홀로페르네스가 남자들을 창과 칼로 죽인다면, 여자들은 입맞춤과 포옹으로 죽인다는 거요. 그가 이 고을의 성벽 안에 당신이 있다는 것을 알았더라면, 그는 오로지 당신 때문에라도 이리로 쳐들어왔을 것이오.
유디트	(미소를 지으며) 그럴 수도 있겠지요! 그렇게 되면 정말 나 혼자 그에게 가기만 하면 되겠군요. 그러면 고을과 나라는 구할 수 있게 될 테니까.
에프라임	당신만이 그러한 생각을 해낼 권리가 있소!
유디트	그러면 왜 안 되나요? 한 여자가 모두를 위한다는데, 그것도 평소 늘 "넌 무엇 때문에 살고 있는가?" 하고 스스로 자문해 왔던 여자가 말이에요. 안 그런가요? 또 그가 나 때문에 오지

않는다면, 그가 나 때문에 왔다고 생각하도록 만들면 되지 않나요? 당신 같은 남자들이 도저히 다다를 수 없을 정도로 높이 구름 속에서 머리를 내밀고 거인이 우뚝 솟아오른다면, 그래, 그렇다면, 당신들은 그의 발아래에 보석을 하나 던지세요. 그는 그것을 줍기 위해 허리를 구부릴 것이고, 그렇게 되면 그때 당신들은 그를 쉽게 제압할 수 있을 겁니다.

에프라임 (혼잣말로) 내 계획이 너무 단순했어. 이 여자에게 두려움을 갖게 만들어서 나에게 의지하게 하려고 했건만, 오히려 이 행동이 이 여자를 대담하게 만들어버렸군. 그녀의 눈을 보고 있으면, 난 마치 심판이라도 받고 있는 듯한 기분이라니까. 이렇게 고을 전체가 곤경에 빠진 이때 이 여자도 자신을 보호해줄 남자를 찾기를 바랐었는데. 그러면 나보다 더 그녀와 가까운 사람은 누가 있었겠어. (큰 소리로) 유디트, 당신은 아름다운 것이 무색할 정도로 용기가 있소.

유디트 당신이 진정 남자라면 내게 그런 말을 할 자격이 있지요.

에프라임 난 사내라오. 그러니 당신께 더 말할 자격이 있소. 들어봐요, 유디트, 이제 위태로운 시기가 점점 닥치고 있소. 무덤 속에 잠들어 있는 사람 이외엔 아무도 안전할 수 없는 시기가 말이오. 당신은 아버지도, 형제도, 또 남편도 없는데, 어떻게 여자로서 이 어려운 시기를 극복하려고 합니까?

유디트 당신은 홀로페르네스를 당신의 중매쟁이로 만들려는 건 아니겠지요?

에프라임 놀려도 좋소. 하지만 유디트, 당신이 날 거부한다는 걸 나도 잘 압니다. 하지만 우리 주위의 세상이 이렇게 위협적으로 무섭게 변하지 않았더라면, 난 다시는 당신 앞에 나타나지 않았을 것이오. 이 칼 보이잖소?

유디트 너무 번쩍번쩍거려서 그 칼에 내 모습까지도 들여다볼 수 있을 정도군요.

에프라임 날 비웃으며 내게 거부감을 드러냈던 그날 바로 난 이 칼을 갈았소. 그리고 만약 저 아시리아 놈들이 지금 성문 앞까지 쳐들어오지 않았더라면, 이 칼은 이미 내 가슴에 박혀 있었을 거요. 그렇게 되면 당신은 이걸 거울로 사용할 수 없었을 테지. 내 피가 이 칼을 녹슬게 했을 테니까.

유디트 이리 좀 줘요! (칼로 에프라임의 손을 찌르려고 한다. 그때 그는 손을 뺀다.) 쳇! 당신은 감히 자살에 대해 말하면서도 손에 찔릴까 봐 이렇게 벌벌 떨다니.

에프라임 지금 내 앞에 당신이 서 있고 난 당신을 보고 있으며, 당신의 목소리를 듣고 있소. 그러니까 이제 나는 내 자신을 아껴야 합니다. 왜냐하면 난 더 이상 내 자신을 자각하지 못하고, 당신에 대한 생각으로 가득 차 있기 때문이오. 자살 같은 것은 칠흑같이 어두운 밤에만 하는 거요. 그런 어두운 밤에는 마음속의 고통만이 깨어 있고, 졸음이 사람의 눈을 자꾸 감기게 하듯 죽음이 영혼을 짓누르고 있으며, 또 그런 밤에는 보통 눈에 보이지 않는 어떤 힘의 명령에 자신도 모르게 순종하거든. 오! 난 잘 알고 있소. 그것은 그때 내가 왜 더 이상 어떻게 할 수 없었는지를 알지 못할 정도까지 되었기 때문이오. 그런 상황에선 용기니 비겁함이니 하는 것은 문제가 되지 않소. 사람이 잠을 자려고 할 때 문에 빗장을 거는 것과 같은 거요!

유디트	(에프라임에게 손을 내민다.)
에프라임	유디트, 당신을 사랑하오. 하지만 당신은 날 사랑하지 않아. 당신은 내가 당신을 사랑하는 것을 받아들일 수 없고, 난 당신이 날 사랑하지 않는 것을 받아들일 수 없소. 그러나 사랑을 거절당하는 것이 어떤 것인지 당신은 알고 있소? 그것은 여느 때 겪는 고통과는 전혀 다른 것이오. 내가 오늘 뭔가를 빼앗기면, 내일은 그것을 포기하는 법도 배우게 되지요. 누가 내게 상처를 입히면, 나는 치료로 나 자신을 시험해볼 기회를 가지게 됩니다. 하지만 나의 사랑이 어리석은 것으로 취급받는다면, 그것은 내 마음속에 있는 가장 신성한 것도 거짓으로 만드는 것이나 마찬가지예요. 왜냐하면…… 만일 당신에게 이끌리는 내 감정이 날 기만한다면, 내가 신 앞에 무릎을 꿇는 것이 진실이란 것을 과연 어떻게 증명할 수 있겠소?
미르차	아씨는 그렇게 느끼지 않나요?
유디트	사랑이 과연 의무가 될 수 있을까? 이 사람이 자신의 단도를 손에서 떨어뜨리도록 하기 위해 내가 그에게 사랑의 손을 내밀어야 되는 걸까? 거의 그렇게 생각되긴 하지만!
에프라임	유디트, 다시 한 번 당신에게 청혼하겠소. 나의 청혼은 바로 당신을 위해 죽을 수 있도록 허락해달라는 뜻이오. 나는 당신의 방패 외엔 다른 어떤 것도 되고 싶지 않소. 바로 당신을 위협하는 칼들이 그 방패에 부딪혀서 무디게 되고 부러져 동강날 겁니다.
유디트	이런 사람이 적진을 한 번 쳐다보고 혼비백산할 것 같았던 바로 그 사람이 맞는가? 이 남자는 내가 치마를 하나 빌려주어

야겠다고 생각한 사람 아닌가? 그의 눈은 지금 불타오르고 있고, 두 주먹은 불끈 쥐어 있구나! 오, 하느님! 저런 사람을 존경하고 싶나이다. 내가 누군가를 경멸해야만 하게 될 때, 그땐 나도 내 살점을 도려내는 것 같아요! 에프라임, 내가 당신에게 마음의 상처를 주었어요! 나도 그 때문에 고통스러워요. 차라리 난 당신의 눈에 내가 사랑스럽게 비치지 않기를 바랐답니다. 당신의 바람을 아무것도 들어줄 수 없었기 때문이죠. 그래서 일부러 당신을 조소했던 것입니다. 난 이제 당신에게 보상하려고 해요. 그래요, 보상할 수 있어요! 그러나 당신이 이제 날 제대로 이해하지 못한다면, 두말할 나위 없긴 하겠지만, 반드시 해야 될 것처럼 생각되는 행동이 당신의 심금을 울리지 않는다면, 당신이 이 과업을 완수하기 위해 살고 있다고 느끼지 않는다면, 그렇다면 당신은 참 딱한 사람입니다. 자, 가서 홀로페르네스를 죽이세요! 그러고 나서…… 그러고 나서 내게 당신이 원하는 보답을 요구해보세요!

에프라임 제정신이 아니군. 적진 한복판에서 홀로페르네스를 죽이라고? 그런 일을 어떻게 할 수 있소!

유디트 어떻게 할 수 있느냐고요? 그것을 난들 알아요? 알고 있다면 내가 스스로 하겠어요. 내가 아는 것은 홀로페르네스를 없애는 일이 꼭 해야 할 일이라는 겁니다.

에프라임 난 그자를 직접 본 적은 없지만 지금 그를 보고 있는 듯한 기분이오.

유디트 나도 그래요. 그의 얼굴은 온통 눈 밖에, 그것도 명령을 내릴 듯한 눈밖에 보이지 않을 것이고, 그의 발은 밟고 있는 땅조차 공포로 떨게 만들 것 같아요! 하지만 그가 존재하지 않았던 시절도 있었잖아요. 그러니 그가 더 이상 존재하지 않을 날도 올 수 있다는 거죠.

에프라임 벼락이라도 그에게 떨어지게 해서 그자의 군대를 없애버려요. 그러면 내가 감행해보지. 하지만 지금은……

유디트 하겠다는 의지만이라도 가져보시오! 그리고 당신은 심연의 깊은 밑바닥에서 그리고 천상(天上)에서 거룩한 수호의 힘을 불러내면 돼요. 그러면 당신의 위업을 축복해주고 보살펴줄 겁니다. 설령 당신의 육신 자체는 지켜주지 못한다 해도 말이에요! 당신이 하려는 것은 바로 모두가 원하는 것이기 때문에 그런 겁니다. 당신이 하려는 것은 처음으로 분노한 신이 계획하고 있는 것이지요. 그건 또 자연이 고통스러운 꿈에서도 이를 갈며 궁리해낸 것이기도 하답니다. 자연은 자신의 품에서 거인이 탄생하는 것을 두려워하고 있어서 이 두번째 남자를 창조하지는 않을 테니까 말이에요. 만약 두번째 남자가 태어나면, 그건 오로지 그가 인류 최초의 남자를 말살시키기 위해서거든요.

에프라임 오직 당신은 날 증오하기 때문에, 날 죽이려고 하기 때문에 상상도 할 수 없는 그런 일을 요구하고 있소.

유디트 (상기된 얼굴로) 난 당신에게 올바른 말을 해주었어요! 뭐라고요? 그런 생각이 당신을 고무시키지는 않나요? 그런 생각에 감격도 하지 않나요? 바로 당신에게서 사랑을 받고 있는 내가, 당신을 다시 사랑할 수 있도록 당신을 현재의 당신보다 더 높이 끌어 올리려 했던 내가, 바로 그런 내가 그런 생각을 당신의 영혼에 불어넣어준 것인데. 그런데도 그런 생각이 당신에게는 점점 당신을 무겁게 짓누르는 짐 외엔 아무것도 아니란 말인가요? 이봐요, 당신이 그런 내 생각을 큰 기쁨으로 받아들였다면, 당신이 미친 듯이 칼을 잡고는 잠깐의 작별 인사조차 제대로 하지 못하고 나갔더라면, 그랬다면, 아, 난 이렇게 느꼈을 겁니다. 그랬다면 난 울면서 당신의 길을 가로막았을 겁니다. 그랬다면 가장 사랑하는 사람에 대한 떨리고 불안한 마음에서 당신에게 위험한 것들을 자세히 일러주었을 겁니다. 그랬다면 난 가려는 당신을 만류하였거나 아니면 당신의 뒤를 따라갔을 겁니다. 하! 이제 내가 당신을 멸시하는 건 당연지사 이상이죠. 당신의 사랑은 결국 당신의 가련한 본성에 대한 벌인 셈입니다. 그 사랑은 당신을 말려 죽이는 저주가 되겠지요. 내가 만약 당신에게 행여 일말의 연민이라도 느낀다면, 나 자신에게 화가 날 것입니다. 난 이제 당신이란 사람에 대해 완전히 알게 되었어요. 게다가, 가장 고귀한 것이 당신에게는 틀림없이 가장 천한 것으로 보인다는 것도, 당신은 내가 기도를 드리면 틀림없이 비웃고 말 거라는 것도 알게 되었지요.

에프라임 마음대로 조롱해도 좋소! 그러나 불가능한 것을 가능하게 만들 수 있는 사람을 나에게 보여줘봐요!

유디트 그런 사람을 보여주죠! 곧 나타날 겁니다! 정말 틀림없이 나타날 겁니다! 그리고 당신의 비겁한 태도가 당신들 남성 전체의 비겁함이라고 하면, 남자들 모두 위험에 처한 상황에서 고작 그 위험을 피하라는 경고 외엔 아무것도 생각해내지 못한다면, 그렇다면 이제 한 여자가 위대한 행동을 할 수 있는 권리를 얻은 셈이지요. 그렇다면— 아, 그 행동을 당신에게 요구했지만 이제는 내가 그런 위대한 행동이 가능하다는 것을 꼭 증명해야겠네요!

제3막

유디트의 방.

(유디트가 누추한 옷을 입고 재를 뿌린 채 몸을 웅크리고 앉아 있다.)

미르차 (안으로 들어오면서 유디트를 관찰한다.) 아씨가 이렇게 벌써 사흘 밤낮을 앉아 계시기만 하네. 통 뭘 들거나 마시지 않고 말 한마디 않고 저러고 있으니 어쩌지. 한숨도 전혀 내쉬지 않고 탄식도 하지 않고 있어. 어제저녁에는 "집에 불이 났어요!"라고 아씨에게 소리치고는 당황한 것처럼 행동했건만. 그래도 표정 하나 바뀌지 않고 앉아만 계셨어. 내 생각에 아씨는 마치 사람들이 자신을 관에 넣어서 관 뚜껑에 못을 쳐서 치워주기를 바라는 것 같아. 여기서 내가 이렇게 말하고 있는 것을 모두 듣고 있어도 아무런 대꾸도 없군. 유디트 아씨! 무덤 파는 사람이라도 불러올까요? (유디트는 미르차에게 나가라고 손짓한다.)

전 가겠어요. 하지만 곧 다시 돌아올 거예요. 전 아씨 일로 해서 적이나 모든 어려움도 다 잊고 있어요. 전 아씨가 그렇게 거기서 죽은 사람처럼 앉아 있는 것을 보고 있는 동안은, 적이 제게 화살을 겨눈다 해도 눈치도 채지 못할 거예요. 처음에 아씨는 남자들이 부끄러워할 정도로 많은 용기를 가지고 있었잖아요. 그런데 지금은…… 에프라임 님의 말씀이 옳았어요. 그분은 아씨가 두려움을 잊기 위해 자기 자신에게 도전하고 있다고 말했잖아요. (퇴장)

유디트   (쿵하고 무릎을 꿇는다.) 하느님, 하느님! 당신도 저를 버리시려는 것 같네요. 전 당신의 소맷자락을 붙잡아야 될 것 같습니다. 전 기도를 하지 않으려고 했어요. 그러나 이제 전 기도를 하지 않으면 안 됩니다. 마치 숨통이 막히지 않으려면 숨을 들이켜야만 하는 것처럼 말입니다. 하느님, 하느님! 왜 당신은 절 굽어보지 않습니까? 전 당신에게 기어 올라가기에는 정말 너무 약합니다. 보세요, 이 세상 밖에, 시간 밖에 내팽개쳐져 있는 것처럼 여기 엎드려 있습니다. 저는 두려운 마음으로, 절 일으켜 세워 행동하게 만들 당신의 지시를 기다리고 있습니다. 우리에게 위험이 닥쳐왔을 때 전 기쁨으로 맞이했습니다. 왜냐하면 이런 위험이야말로 바로 당신이 선택한 자들을 통해 당신 자신의 영광을 드러내려는 징표 외에는 그 어떤 것도 아니라는 생각이 들었기 때문이지요. 절 일으켜 세워서 모든 다른 자들을 바닥에 쓰러뜨렸다는 것을 알게 되었을 때 떨면서 환호했습니다. 왜냐하면 마치 당신의 손가락이 은혜롭게도 저를 가리킨 것 같고, 당신의 승리가 제게서 나와야만 하는 것 같은 생각이 들었기 때문입니다. 경건하게 지고한 희생을 바치는 데에 위대한 사명을 맡기려고 했던 남자가 그 일에 겁을 먹고 벌벌 떨면서 자신의 가련한 진창 속으로 한 마리 벌레처럼 기어 들어가는 것을 보았을 때, 전 황홀하게 기뻐했답니다. 전 제 자신에게 "바로 너다, 바로 너야!"라고 외쳤습니다. 그러곤 당신 앞에 엎드려서 다시는 절대 일어서지 않으리라고, 아니면 당신이 홀로페르네스의 심장으로 통하는 길을 내게 가르쳐줄 때만 일어서리라고 스스로에게 정직하게 맹세를 했습니다. 난 내 마음 깊은 곳에 귀를 기울였습니다. 왜냐하면 적을 멸망시킬 수 있는 번개 같은 것이 내 영혼에서 틀림없이 솟아나오리라 생각했기 때문입니다. 전 이 바깥 세계에도 귀를 기울였습니다. 전 어느 영웅이 나타나 당신을 불필요하게 만들지 않을까 하는 생각이 들었기 때문입니다. 그러나 내 마음속과 바깥 세계는 어두운 상태로만 머물러 있었습니다. 오직 한 가지 생각만 떠올랐습니다. 이 한 가지 생각에만 전 몰두했으며 이 생각만 늘 다시 떠올랐습니다. 하지만 당신에게서 그 생각을 얻은 것은 아니었습니다. 아니 그것이 당신에게서 나왔던가요? (그녀는 벌떡 일어선다.) 그 생각은 당신에게서 나왔어요! 죄에 의해서만 제가 행동에 이르게 되지요! 하느님, 당신께 감사합니다, 감사합니다! 당신은 저의 눈을 밝게 해주었습니다. 당신 앞에서는 더러운 것도 깨끗해집니다. 당신이 저와 저의 행동 사이에 죄를 심어놓으신다면 제가 누구라고 감히 그 일로 당신을 원망하고 당신으로부터 도망치려 하겠습니까? 제 할 일이 제 목숨을 바칠 만큼 그렇게 가치가 없단 말인가요? 제가 저의 명예, 저의 때 묻지 않은 몸을 당신보다 더 사랑해도 된단 말입니까? 오, 이제 제 마음의 매듭이 풀리는 것 같습니다. 당신은 저를 아름답게 만들어주셨습니다. 이제야 그 이유를 알겠습니다. 당신은 제게 아이를 허락하지 않았습니다. 이제야 그 이유를 알겠습니다. 그리고 제가 제 자신을 이중으로 사랑할 필요가 없으니 기쁩니다. 전에 저주로 생각했던 것이 지금은 제게 축복처럼 다가옵니다! (그녀는 거울 앞에 다가선다.) 반갑다, 나의 모습! 이 뺨, 네가 아직 달아오르지 않았구나. 부끄러운 줄 알아라! 너와 마음 사이의 거리가 그렇게도 멀더냐? 이 눈, 널 칭찬해주마. 넌 불을 삼키고 취해 있구나! 애처로운 이 입술아, 네가 새파랗게 질려 있는 것을 나쁘게 생각하지 않으마. 넌 끔찍한 것과 입을 맞추어야 할 테니 말이야. (유디트는 거울에서 물러난다.) 홀로페르네스, 이것들이 모두 네 것이다. 이제 이것들 중 내 것은 하나도 없다. 나는 나를 움츠리고 있게 했다. 이것들을 모두 가져가라! 그러나 그것들을 가지고 나서는 벌벌 몸을 떨거라! 네가 미처 생각하지 못하는 시간에 난 칼집에서 나온 칼처럼 내게서 빠져나와서 네 목숨으로 나에 대한 값을 치르게 해주마! 내가 부득이 네게 입을 맞추어야 한다면 난 독이 묻은 입술로 입 맞춘다고 생각할 것이다. 내가 널 껴안을 때는 너를 목 졸라 죽이는 것으로 생각할 것이다. 신이여, 제발 그자가 제가 보는 앞에서 잔학한 짓을, 정말이지 끔찍하게 잔학한 짓을 저지르게 하소서. 그러나 제가 절대로 그자의 좋은 점을 보지 않게 해주소서!

미르차	(등장한다.) 아씨, 저를 부르셨어요?
유디트	아니, 아 그래. 미르차, 내게 화장을 해다오.
미르차	뭐 좀 드시지 않겠어요?
유디트	아니야. 화장을 좀 해야겠어.
미르차	유디트 아씨, 무얼 좀 드세요. 전 더 이상 두고 볼 수가 없어요!
유디트	네가?
미르차	네. 아씨가 아무것도 드시지 않으면 저도 아무것도 먹지 않겠다고 맹세했어요. 어떻게 해서든 아씨가 좀 드시게 하기 위해 그랬죠. 아씨 자신에 대해 일체 연민을 갖지 않을 작정이라 하더라도 제게는 연민을 가져주십사 말씀드렸는데, 아씨는 듣지 않으셨어요. 벌써 사흘이나 됐어요.
유디트	내가 그렇게 사랑받을 만한 가치가 있다면 얼마나 좋겠니.
미르차	뭘 좀 드시고 마셔요. 적어도 마실 것은 금방 바닥이 날 거예요. 우물과 연결된 배관이 모두 끊겼으니까요.* 또 성벽 가에 있는 작은 우물들에도 더 이상 아무도 접근할 수가 없어요. 적들이 우물을 지키고 있거든요. 그런데도 심한 갈증에 시달리느니 차라리 죽음을 택하겠다는 몇몇 사람이 거기로 갔대요. 그중 한 사람은 벌써 칼에 찔렸는데 죽어가면서도 물을 한 모금이라도 마시겠다고 우물가로 기어갔더래요. 그러나 그가 손에 있던 물을 입술에 적시기도 전에 숨을 거두었다네요. 어느 누구도 적이 이렇게까지 잔인하리라고는 예상치 못해서 결국

---

* 이에 대해서는 외경 「유디트」 7장 6절을 참조할 것.

고을 안 어디에서나 물을 찾아보기 어렵게 되었어요. 물을 조금이라도 가지고 있는 사람도 그것을 보물처럼 감춰두고 있답니다!

유디트   오, 잔인하구나. 생명을 뺏을 수 없으니 생명의 조건을 앗아가는구나! 때려 죽이고 방화를 해대거라. 그러나 자연이 인간에게 넘치도록 베푸는 삶의 필수품을 빼앗지는 마라! 오, 내가 너무 오래 지체했구나!

미르차   아씨께 드리라고 에프라임 님이 물을 가져왔어요. 이걸 보면 그의 사랑이 얼마나 큰지 알 수 있어요. 그분은 물을 자신의 친형제에게도 주지 않았거든요!

유디트   그 사람은 뭔가 좋은 일을 하려 할 때도 죄를 짓는 그런 부류의 사람이구나!

미르차   그건 제 마음에도 들지 않았습니다만, 그래도 아씨는 그분에게 너무 가혹하게 대하세요.

유디트   아니야. 분명히 말하지만 절대 그렇지가 않아! 여자는 누구나 남자가 영웅이기를, 모든 남자에게 요구할 권리를 가지고 있거든. 너도 어떤 남자를 볼 때, 네가 바라는 모습, 남자라면 이랬으면 싶은 사람이 되어주길 바라지 않아? 남자는 남자의 비겁함을 용서해줄 수 있지만, 여자는 결코 그래서는 안 돼. 넌 의지할 기둥이 부서져도 이를 용서하겠어? 만일 그렇게 생각한다면 네가 기둥이 필요하다는 것은 말도 되지 않아!

미르차   에프라임 님이 아씨의 생각대로 하실 것으로 보셨나요?

유디트   제 손으로 제 몸에 손을 대 목숨을 끊으려고 한 그런 남자니까 내 생각대로 할 걸로 생각했지. 난 그를 마치 내가 가지고 있어야 할지 아니면 내던져버려야 할지 모르는 조약돌처럼 두들 겼지. 그 조약돌이 불꽃을 냈었더라면 그 불꽃은 내 마음속으로 파고들어왔을 것이야. 이제 난 그 보잘것없는 돌을 발로 짓밟아버리겠어!

미르차   하지만 그가 어떻게 그런 일을 해낼 수 있겠어요?

유디트   어떻게 쏴야 하는지를 묻는 사수는 언제나 맞지 못하는 법이야. 과녁, 눈, 손, 이것들로 족하지! (하늘을 바라보며) 오, 난 알을 품기 위해 둥우리를 찾는 한 마리 비둘기처럼 세상 위를 맴도는 하늘의 뜻을 보았어. 그리고 무감각에서 깨어나 불타 오르면서 싹튼 최초의 영혼의 소유자야말로 구원의 사상을 받아들일 게 틀림없어. 자, 미르차, 가서 뭘 좀 먹은 다음에 내게 화장을 해줘!

미르차   아씨가 안 드시고 기다리고 계신다면 저도 그러겠어요!

유디트   넌 아주 슬픈 모습으로 날 바라보는구나. 좋아. 나도 함께 가지! 그러나 좀 이따가 네 기발한 재주를 전부 발휘해서 결혼식 때처럼 화장해줘! 비웃지 마! 나의 아름다움은 이제 내 의무가 되었다! (퇴장)

베툴리엔의 광장.

많은 군중들. 무장한 젊은 시민들의 무리.

한 시민   (다른 시민에게) 암몬, 무슨 말을 하는 거야?

암몬   호세아, 자네에게 묻겠는데, 죽음을 두려워하고 느낄 시간조

차 없이 순식간에 칼에 맞아 죽은 것과 우리처럼 이렇게 서서
히 말라 죽는 고통 중에 어느 것이 더 나을까?

호세아 자네에게 대답해야 하는데 이렇게 내 목구멍이 바싹 말라서야.
말을 하면 할수록 점점 더 목이 마르거든.

암몬 자네 말이 맞아.

벤 (또 다른 시민에게) 이제 사람들이 아직 자신의 혈관에서 새어
나오는 몇 방울의 피나마 있다는 것을 다행으로 여기고 있으
니. 술통을 따듯 내 몸의 마개를 열고 싶네.

(손가락을 입속에 넣는다.)

호세아 목이 말라서 차라리 허기를 잊어버릴 수 있으니 다행이지.

암몬 먹을 것이 아직 바닥나지는 않았어.

호세아 그것이 과연 얼마나 버텨줄까? 더구나 양식을 어깨에 짊어지
고 가는 것보다 배 속에 넣는 게 더 많은 자네 같은 자들이 우
리들 중에 끼어 있으니 말이야.

암몬 난 내 것만 먹어. 남에겐 폐를 안 끼쳐.

호세아 전시(戰時)에는 모든 것이 공유물이야. 자네나 자네와 같은 인
간들은 마땅히 화살이 가장 빗발치는 곳에다 세워놓아야 해.
지나치게 많이 먹는 자들은 항상 앞장을 세워놓아야 해. 이들
이 이긴다고 해도 우린 이들에게 고맙게 생각할 것이 아니라
오히려 황소나 살진 송아지에게나 감사하면 되는 거야. 이들
이 고아 먹은 뼛골이 요동친 덕분이지. 이들이 죽게 되면 그것
도 우리에겐 득이야.

암몬	(호세아의 따귀를 때린다.)
호세아	내가 맞았다고 해서 다시 되갚아주리라고는 생각하지 마. 하지만 잘 알아둬. 네가 위험에 처하게 될 때 내가 널 도우려고 달려오리라고는 애당초 기대하지도 마. 나는 홀로페르네스에게 내 원수를 갚아달라고 부탁할 테니.
암몬	배은망덕한 놈 같으니! 사람을 때리는 건 맞는 자의 살가죽을 단련시켜 철갑처럼 만들어주는 거란 말이다. 오늘 뺨을 맞고 내일 또 맞으면 아프지 않고 무감각하게 되니까.
벤	자네들은 참 어리석군. 싸움질만 하면서 얼른 성벽을 지키러 가야 하는 것을 잊어버리고들 있으니.
암몬	천만에, 우리야말로 영리한 사람들이야. 서로 다투는 동안만은 우리가 처한 곤경에 대해 생각하지 않아도 되니까 말이야.
벤	가자고. 어서 가자고! 어서 가야 해.
암몬	우리가 홀로페르네스에게 길을 열어주는 것이 어떨까. 그가 설마 길을 열어준 자까지 죽이기야 하겠어?
벤	그러면 내가 죽여주지. (그들은 퇴장한다.)

(앞의 사람들보다 나이 든 사람들 둘이 대화를 나누고 있다.)

시민 1	자네, 홀로페르네스가 또 잔혹한 짓을 저질렀다는 이야기를 들었나?
시민 2	물론이지.
시민 1	냄새도 잘 맡는군! 어디 얘기해봐!
시민 2	홀로페르네스가 자기 휘하의 대장들 중 한 사람과 서서 비밀

애기를 나누고 있었어. 그러다가 그는 갑자기 병사 하나가 옆에 있는 것을 알아차렸어. "넌 내가 말한 것을 들었느냐?"라고 그 병사에게 물었다는 거야. 그 병사가 "듣지 못했습니다"라고 대답하자, "그렇다면 넌 운이 좋은 거다. 그렇지 않았더라면 머리에 귀가 붙어 있다는 이유만으로 네놈의 목을 치게 했을 것이다!"라고 그 폭군이 말했다는 거야.

시민 1   당연히 그런 말을 듣게 되면 누구나 틀림없이 기절초풍해서 죽어버릴 거야. 무섭다고 죽는 것은 아니지만, 반죽음을 만드니 더욱 지독하거든.

시민 2   하느님의 인내심을 이해할 수가 없어. 이런 이교도를 증오하지 않으시면 대체 하느님은 누굴 증오하신단 말이야? (그들이 지나간다.)

(고령의 백발노인 사무엘이 손자의 손에 이끌려 등장한다.)

손자   새 노래로 하느님께 찬송하라.* 그분의 인자하심이 영원히 이어지리니!**

사무엘   영원하구말구! (돌 위에 앉는다.) 이 할애비가 목이 마르구나. 얘야, 왜 넌 얼른 가서 물을 떠오지 않느냐?

손자   할아버지, 적이 바로 고을의 코앞에 와 있어요. 할아버진 그걸 또 잊으셨나 봐요!

사무엘   그럼 찬송가를 불러라! 더 크게 불러라! 왜 부르지 않느냐?

---

* 구약 「시편」 96장, 98장, 149장의 각 1절 참조.
** 「시편」 106장, 118장, 136장의 각 1절 참조.

손자	오, 젊은이여, 하느님을 증거하라! 그대가 늙지 않으리니! 오, 노인이여! 하느님을 찬양하라! 늙음은 하느님이 하신 일을 감추지 않으려 함이니!
사무엘	(노하며) 이 할애비가 마지막으로 마실 만한 물이 우물에 없다는 거냐? 대낮이라 물을 길으러 갈 수 없다는 거냐?
손자	(큰 소리로) 칼을 든 자들이 우물을 지키고 있어요. 창을 든 자들도 빈틈없이 지키고 있어요. 우리 이스라엘의 운명은 저 이교도들의 손에 달려 있어요.
사무엘	(일어선다.) 이스라엘을 그렇게 만들 수는 없지! 하느님이 파도와 바람을 일으켜 작은 배를 심하게 요동치게 하셨을 때 그분이 누구를 찾으셨는가? 배의 키를 잡았던 자도, 그 밖에 누구도 아니요 오로지 혼자서 조용히 잠을 잤던 교만한 요나*가 아니었더냐. 하느님은 안전한 배에서 그를 요동치는 바다의 물결에 휘말리게 하고는, 이 요동치는 물결에서 레비아탄**의 입속으로 던져 넣으시고 이 괴물의 입속에서 절벽 같은 이빨들을 통해 칠흑같이 어두운 배 속으로 내모셨지. 그러나 그때 요나가 회개하였을 때 하느님은 레비아탄의 배 속에서 다시 그를 구할 만큼 충분히 힘이 강하지 않으셨더냐? 요나가 잠들었던 것처럼 자신의 마음 안에 잠자고 있던 너희들, 비밀의 죄인들이여 일어나라! 액운이 덮어씌워질 때까지 기다리지 마라! 어

---

* 구약 「요나서」 1장과 2장을 참조할 것. 요나Jona는 신의 소명을 거역하고자 도피하다가 항해 중 풍랑을 만나 괴물 같은 물고기 배 속에서 지내다가 기적적으로 살아난 인물이다.
** 레비아탄Leviathan: 구약성서에(「욥기」 14장) 하느님의 적으로 등장함으로써 기독교 세계에서 가장 잘 알려진 바다의 괴물.

서 나와 죄 없는 자가 죄진 자와 한꺼번에 파멸되지 않기 위해 우리가 일어섰노라고 말하라! (사무엘은 자신의 수염을 움켜잡는다.) 사무엘은 아론을 죽였다.* 그 못은 날카로웠으며 아론의 머리는 물렀다. 아론은 아내의 품에서 깊이 잠들었었어. 사무엘은 아론의 아내를 빼앗아서는 그녀와의 사이에 함을 낳았지. 그러나 태어난 그 아이를 그 어미가 보자 놀라서 죽고 말았다. 죽은 아론의 머리에처럼 아이의 머리에 못 자국이 나있었기 때문이지. 그래서 사무엘은 자신의 행동에 대해 깊이 반성하고 참회를 했지.

손자   할아버지! 할아버지! 그 사무엘이 바로 할아버지 자신이잖아요. 그리고 전 함의 아들이구요!

사무엘   사무엘은 머리를 깎고 문 앞에 서서는 마치 행운을 기다리듯이 자신의 잘못에 대한 보복이 있기를 기다렸지. 70년의 세월 동안을, 아니 결국 그가 더 이상 하루하루 숫자를 셀 수 없을 때까지 더더욱 기나긴 세월을 기다렸다. 그러나 흑사병도 지나쳐버렸지. 이 흑사병의 기운도 그를 건드리지 못했어. 재앙도 그냥 지나쳐버렸고 그에게 찾아오지 않았지. 저승사자도 그냥 지나가고 그를 건드리지 않았어. 복수는 저절로 오지 않는 법이야. 또 그에게는 자진해서 복수를 부를 용기도 없었다.

손자   이리 오세요! 이리로요! (손자는 사무엘을 무대 측면으로 데리고 간다.)

---

* 구약성서의 「사사기」 4장 21절에 따르면 야엘Jael은 자기 장막(帳幕)의 말뚝 못으로 적장인 시스라Sisera를 죽이다. 헤벨은 성서 인물과 전혀 관계없는 사무엘이라는 극중 인물에 이러한 이미지를 적용했다.

사무엘	아론의 아들아, 너는 어디에 있느냐? 아니면 그의 아들의 아들은? 또 그의 형제는 어디 있단 말이냐? 사무엘은 너희들의 손에 찔려 죽지도 않고 너희들의 발에 밟혀 죽지도 않고 있다. 눈에는 눈, 이에는 이, 피에는 피라고 하느님께서 말씀하셨다.*
손자	아론의 아들은 죽었어요. 그의 아들의 아들도, 그의 형제도, 한집안이 모두 죽었어요.
사무엘	그렇다면 보복할 사람이 아무도 남아 있지 않단 말이냐? 하느님께서 죄를 자랄 대로 자라게 내버려두고 그 죄를 베어버릴 낫도 부러뜨려버리는 말세가 왔단 말이냐? 아, 슬프도다! 슬퍼!

(손자가 할아버지를 이끌고 퇴장한다.)

(두 명의 시민 등장)

시민 1	자네에게 말한 것처럼 어디나 물이 전혀 없는 것은 아니네. 우리들 중에는 취할 정도로 물을 마셔댈 뿐만 아니라 심지어 매일 몇 번씩 목욕까지 하는 자들이 있다네.
시민 2	오 그래, 나도 그렇게 생각해. 자네에게 털어놓고 싶은 얘기가 있어. 나의 이웃인 아사프라는 자가 염소 한 마리를 키우고 있었거든. 그 염소는 그의 조그마한 정원에서 즐겁게 풀을 뜯어먹고 있었지. 나는 그 정원을 내려다보았어. 그리고 난 젖이

* 구약 「출애굽기」 21장 24절 참조.

꽉 찬 그 염소를 바라볼 때마다 매번 임신한 여인을 보는 것
같은 기분이었지. 어제 아사프에게 가서 우유를 조금만이라도
달라고 부탁했네. 그자가 거절하자 나는 활을 잡아서는 재빨
리 쏘아 그 염소를 죽였지. 그러고는 그에게 염소의 가격을 지
불했지. 내 행동은 정당했네. 그놈의 염소가 그자에게 자신의
이웃을 비정하게 대하도록 꾀었기 때문이야.

시민 1 자네라면 그런 짓을 하고도 남지! 자넨 아주 어렸을 때에도
이미 처녀를 임신시킨 적도 있지 않나!

시민 2 뭐라고!

시민 1 맞아! 맞고말구! 자넨 대를 이을 장자(長子)가 아니란 말인가?

(두 시민은 가버린다.)
(장로들 중 한 사람이 등장한다.)

장로 들어들 보시오! 베툴리엔의 남자들이여, 들어들 보시오! (사
람들이 그의 주위에 몰려든다.) 경건한 대제사장 요하킴께서 제
입을 빌려 여러분에게 알리는 말씀을 들어들 보시오!

아사드 (한 시민으로서 그는 장님인 동시에 벙어리인 동생 다니엘*의 손
을 잡고 있다.) 조심들 하시오. 대제사장은 우리가 마치 사자
처럼 되기를 원할 것이오. 그렇게 되면 그 자신은 토끼처럼 더
잘 지낼 수 있을 테니까.

다른 시민 중상모략하지 마시오!

---

* 다니엘이라는 인물은 성서 인물과 관계없이 헤벨에 의해 고안되었다.

아사드	내가 우물에서 물을 길을 수 있다는 것 외에는 그 어떤 위로도 내겐 통할 수 없단 말이오.
장로	그대들은 칼이 아니라 기도로 아말렉족을 쳤던 하느님의 종 모세*를 기억해야 합니다. 여러분은 창이나 방패를 두려워해서는 안 됩니다. 왜냐하면 성자들의 말씀으로 그런 것들은 부서지고 말 테니까요.
아사드	모세가 어디 있소? 성자들이 어디 있단 말이오?
장로	그대들은 용기를 가져야 하며 하느님의 전당이 위험에 처해 있다는 것을 생각해야 하오.
아사드	하느님이 우릴 지켜주실 것으로 생각했었는데 이제 우리가 그를 지켜줘야 하는 꼴이 되었네!
장로	그리고 특히 그대들이 잊지 말아야 할 것이 있소. 그것은 바로 하느님이 그대들에게 죽음을 내리신다면 그대들의 십대 후손에 이르는 자자손손에게 그대들이 당한 죽음과 고통을 모두 보상해줄 수 있다는 것입니다!
아사드	내 자식이나 손자가 과연 생길지 누가 내게 말해줄 수 있소? 내가 부끄럽게 여겨야만 하고 날 조롱거리로 만드는 그런 녀석들이나 아니었으면 좋으련만! (장로를 향해) 이런, 장로님의 입술이 떨고 계시네요. 눈은 불안하게 흔들리고 있고, 이는 소리 내는 말을 찢어 흩어지게 하며 그 말 뒤에는 두려움이 깔려 있군요. 어떻게 장로님은 자신도 갖고 있지 않은 용기를 우리에게 요구하실 수 있습니까? 제가 여기 온 모든 사람들의 이

---

* 구약 「출애굽기」 17장 11절과 외경 「유디트」 4장 12절 참조.

름으로 장로님께 말하고 싶습니다. 고을의 성문을 열도록 명령을 내려주십시오. 항복을 하면 자비를 얻을 수 있습니다. 저 자신을 위해서가 아니라 이 불쌍한 벙어리를 위해 이런 말을 하는 것입니다. 여자들과 아이들을 위해 이런 말을 하는 겁니다. (주위에 있는 사람들이 동의 표시를 한다.) 빨리 명령을 내려주십시오! 그렇지 않으면 우린 장로님의 명령 없이도 성문을 열겠습니다.

다니엘   (형 아사드의 손을 뿌리친다.) 이자를 돌로 치시오! 이자를 돌로 치시오!

군중   이 사람은 벙어리가 아니었던가?

아사드   (깜짝 놀라서 동생을 바라보며) 벙어리에 장님입니다. 제 동생이거든요. 서른 살이 되었지만 지금까지 결코 말 한마디 하지 못했오.

다니엘   맞소. 이 사람은 나의 형이오. 형은 먹을 것과 마실 것으로 날 키워주었소. 또 입혀주었고 그의 집에서 살게 해주었소. 밤낮으로 저를 부양해주었소. 변함없는 형, 내게 손을 줘요. (아사드의 손을 잡다가 갑자기 놀라움에 사로잡힌 듯 다시 손을 뿌리친다.) 이자를 돌로 치시오. 이자를 돌로 치시오!

아사드   슬프다! 슬프다! 하느님의 마음이 벙어리의 입을 통해 말씀을 하는구나. 날 돌로 치시오!

(군중들이 그를 돌로 치며 쫓아간다.)

사마야   (놀라서 그들의 뒤를 쫓아가며) 당신들 무슨 짓을 하려는가?

(퇴장)

다니엘 (신들린 듯 도취되어) 내가 왔노라! 내가 왔노라! 하느님이 말씀하신다. 그러나 너희들은 어디에서 왔느냐고 묻지 말라. 너희들은 때가 되었다고 믿느냐? 그 시간은 나만이 아느니라.

군중 예언자다, 예언자야!

다니엘 난 너희들을 여름철 곡식처럼 생육시키고 번성하게 했노라! 너희들은 내가 이교도들에게 나의 수확물을 넘겨줄 것이라고 생각하느냐? 진실로 너희에게 이르노니 그런 일은 결단코 일어나지 않으리라!

(유디트와 미르차가 군중 가운데서 모습을 보인다.)

군중 (땅에 엎드린다.) 우리에게 복을 내리셨구나!

다니엘 그리고 너희의 적이 제아무리 강한들 난 그 적을 멸망시키기 위해서는 다만 작은 힘만으로 족하니라. 너희들 자신을 정갈하게 하라! 너희들을 정갈하게 하라! 너희들이 날 떠나지 않는다면 난 너희들과 함께할 것이며 결코 너희들을 버리지 않을 것이다! (잠시 후) 형, 손을 이리 주세요!

사마야 (돌아오면서) 자네 형은 죽었다! 네가 그를 죽였지. 이것이 그의 온전한 사랑에 대한 네 보답이었구나. 오, 그를 구하고 싶었건만! 우린 어릴 적부터 친구였었는데! 그러나 네놈의 어리석은 짓으로 미쳐버린 이 많은 군중을 내가 어떻게 상대할 수 있었겠느냐. 눈물 젖은 그의 눈이 날 알아보자 "다니엘과 가족을 보살펴" 하고 내게 외쳤지. 이 말을 난 네놈의 영혼 속에 타오르는 유언으로서 새겨놓겠다!

(다니엘은 말을 하려고 하지만 할 수가 없다. 그는 흐느낀다.)

사마야　(군중을 향해) 당신들이 엎드려 있는 것을 수치스럽게 생각하
　　　시오! 여러 사람을 생각하는 그 고귀한 남자를 당신들 스스로
　　　가 살해한 것을 더 수치스럽게 여기시오! 아! 당신들은 자신
　　　들의 죄가 그의 마음속에 깃들어 있는 듯, 그를 죽이기 위해
　　　그렇게 날뛰면서 쫓아다녔소. 그가 이 자리에서 결코 비겁해
　　　서가 아니라 당신들의 처참함을 동정해서 장로님의 말을 거역
　　　한 일은 오늘 아침 우리가 의논했던 일이오. 이 벙어리도 마침
　　　옆에 웅크리고 앉아 있고는 계속 무관심한 태도를 보였지. 그
　　　는 어떤 표정으로도 혐오감을 드러내지 않았는데. (장로에게)
　　　저도 제 친구가 바라는 모든 것을 원합니다. 얼른 성문을 여십
　　　시오. 홀로페르네스가 자비를 베풀든 베풀지 않든 간에 항복
　　　합시다. (다니엘에게) 자, 하느님이 네 입을 통해 말했다는 것
　　　을 보여줘라! 네가 형을 저주했듯이 나에게도 저주를 해봐라!

다니엘　(극도의 불안감에서 말을 하려고 하지만 말이 나오지 않는다.)

사마야　당신들은 예언자를 보았다는 말인가? 당신들을 유혹하려고 지
　　　옥의 악마가 이놈의 입을 열게 한 것이오. 하느님은 다시 그
　　　입을 꿰매버렸지. 이놈의 입을 영원히 봉해버렸단 말이오. 아
　　　니면 하느님이 형제를 살해하는 자가 되라고 벙어리들의 입을
　　　열게 했다고 믿고 있는 거요?

다니엘　(자신을 때린다.)

유디트	(군중들의 한가운데 들어선다.) 유혹에 넘어가지 마세요. 하느님이 우리 가까이 계신 것처럼 여러분들을 감동시키지 않았나요? 성스러운 파멸로 인해 여러분들을 땅에 엎드리게 하지 않았나요? 여러분들의 감정이 거짓이라는 것을 견딜 수 있나요?
사마야	이보시오, 당신은 뭘 하려는 거요? 이 벙어리가 절망하고 있는 모습이 보이지 않소? 이 벙어리도 인간이라면 절망하지 않을 수 없다는 것을 깨닫지 못하오? (다니엘에게) 네 머리카락을 쥐어 뜯거라. 개가 너의 골을 핥아 먹도록 네 머리를 벽에 부딪쳐 으깨라. 그 짓만이 네가 이 세상에서 아직 해야 할 유일한 일이다. 자연의 본성에 어긋난다면 하느님의 뜻에도 어긋나는 일이다!
외침 소리	이 사람 말이 옳소!
유디트	(사마야에게) 하느님께서 가셔야만 하는 길을 당신이 하느님께 미리 지시하려고 하나요? 하느님께서 지나가신다는 것만으로도 모든 길은 거룩해지는 것이 아닐까요?
사마야	자연의 본성에 어긋나면 하느님의 뜻에도 어긋나는 일이오! 하느님께서는 선조들에게 기적도 행하셨소. 우리 선조들이 우리보다는 더 선하였기 때문이오. 하느님이 이제 기적을 행하시고자 했다면 왜 비를 내리게 하지 않는 거요? 그리고 왜 그가 홀로페르네스의 마음에 기적을 일으켜 그자를 물러나게 하지 않는 거요?
한 시민	(다니엘에게 달려든다.) 죽어라! 이 죄인아! 넌 우리를 홀리게 해 의인을 죽인 죄로 우리 자신을 더럽히게 했다!
사마야	(그 시민과 다니엘 사이에 끼어든다.) 아무도 카인을 죽여서는

안 되오! 하느님께서 그리 말씀하셨소. 그러나 카인이 자기 목숨을 스스로 끊을 수는 있소!* 그렇게 내 마음의 목소리가 말하고 있소! 그리고 카인은 그렇게 할 것이오! 당신들에 대한 하나의 징표를 이렇게 잡읍시다. 즉, 이자가 내일까지 살아 있고 자신의 행동을 온종일 밤낮으로 견디어낼 수 있다면, 이 자가 말하는 대로 해도 좋소. 그리고 당신들이 쓰러져 죽을 때까지 혹은 기적이 당신들을 구원할 때까지 기다려보시오. 그러나 그렇지 않다면 아사드가 그대들에게 말한 대로 행동하시오. 다시 말해 성문을 열고 항복하시오. 그리고 당신들이 자신들의 죄에 짓눌려 하느님께서 홀로페르네스의 마음을 움직일 것이라고 기대할 수 없다면, 그렇다면 그대들은 자살하시오. 서로를 죽이시오. 그리고 아이들만은 목숨이 붙어 있게 합시다. 아이들이야 아시리아인도 해치지 않을 테지요. 그들 자신도 아이들이 있거나 아이들을 갖기를 원할 테니까요. 아들이 아버지를 찔러 죽이고, 또 먼저 부탁하기도 전에 친구의 목을 치는 식으로 친구의 사랑을 증명하면서 대량 학살을 자행하시오. (다니엘의 손을 잡는다.) 난 이 벙어리를 내 집에 데려가겠소. (혼잣말로) 정말, 형이 구하려고 한 이 고을이 동생의 광란으로 파멸되어서는 안 되지! 이 벙어리를 작은 방에 가두어놓아야겠다. 이놈의 손에 번쩍거리는 칼을 쥐여주어야겠다. 내가 자연의 본성의 이름으로 그리고 자연의 예언자로서 미리 설교한 것을 이놈이 실천에 옮길 때까지 이놈의 영혼에 대고

---

* 카인을 죽여서는 안 된다는 여호와의 금지령(「창세기」 4장 15절)에다가 헤벨은 사마야의 이런 대사를 독자적으로 덧붙였다.

계속 말하겠다. 이놈이 벙어리에 장님일 뿐 귀머거리가 아닌 것은 천만다행이군. (사마야는 다니엘과 함께 퇴장한다.)

군중 (우왕좌왕하며) 왜 우리가 눈을 이렇게 늦게 떴지? 더 이상 기다리고 싶지 않아. 시간이 없어! 성문을 열자. 자, 다들 갑시다!

요수아 (한 시민으로서) 우리가 다른 민족들처럼 항복하지 않은 건 대체 누구 탓이었지? 우리가 이미 숙였던 고개를 다시 빳빳하게 들도록 유혹한 자가 대체 누구였지? 우리에게 하늘의 구름을 바라보고 지상에 대한 일을 잊어버리라고 명한 자가 누구였어?

군중 사제와 장로들 말고 누구겠소?

유디트 (혼잣말로) 오 맙소사, 이 가련한 자들은 이제 쓸모없는 자신들을 쓸모 있게 만들어준 사람들과 싸우려는 모양이군! (큰소리로) 당신들은 불행한 상황에 처해 있음에도 불구하고 계속 비열한 짓을 해서 화를 부를 요구만 하고 있나요?

요수아 (시민들 사이를 걸어 다닌다.) 내가 홀로페르네스의 군대가 진격해 온다는 말을 처음 들었을 때, 맨 먼저 든 생각은 우리가 그를 맞아들이고 그의 자비를 간청해야 한다는 것이었소. 여러분들 중 누가 다른 생각을 했겠소? (모두 침묵한다.) 왜 홀로페르네스가 왔겠습니까? 오로지 우리의 항복을 받아내기 위해서요. 그가 여기로 오는 도중에 우리가 항복한다는 소식을 들었더라면 여기까지 오지 않고 중간에 돌아갔을 것이오. 그도 할 일이 많을 테니까요. 그러면 우리도 지금쯤 평화롭게 앉아서 즐겁게 먹고 마시고 있을 것 아니오? 이제 우리의 옹색한 삶은 온갖 고문을 기다리는 것 외에 아무것도 없소.

군중	야단났군! 야단났어!
요수아	그러나 우린 죄가 없어요. 우린 결코 반항하지 않았소. 항상 두려움에 벌벌 떨기만 했어요. 하지만 홀로페르네스는 아직 멀리 떨어져 있었고 장로와 사제들은 가까운 데에서 우리를 위협했소! 그래서 우리는 이쪽의 두려움 때문에 저쪽의 두려움을 잊어버렸소. 여러분! 우리가 장로와 사제들을 고을에서 몰아내고 홀로페르네스에게 가서 "여기에 반역자들이 있습니다"라고 고합시다. 홀로페르네스가 이들에게 자비를 베풀어준다면야 그건 좋은 일이오. 하지만 그렇지 않을 경우에는 우리 자신을 슬퍼하는 것보다 그들을 더 슬퍼해줍시다.
군중	그러면 우리가 과연 살아남을 수 있을까요?
유디트	그것은 마치 어떤 사람이 칼로 자신을 지킬 수 없으니까 되레 칼을 만들어준 자를 죽이려는 꼴이오.
군중	그런 일이 정말 소용이 있을까?
요수아	어찌 소용이 없겠소? 옛말에 머리를 없애라고 하잖소. 손이나 발을 없애는 게 아니고.
군중	당신 말이 맞소. 그것이 살길이오!
요수아	(이 광경을 진지하게 바라보고 있던 장로에게) 당신 생각은 어떤가요?
장로	그것이 도움이 될 수 있다면 나도 그것을 권하겠소. 금년에 내가 일흔세 살이오. 이제 조상들에게 가고 싶소. 얼마 더 살고 못 살고는 내게 중요하지 않소. 물론 내가 지금까지 정직하게 무덤에 들어갈 일을 해왔다고는 생각하오. 또 사나운 맹수의 배 속보다는 차라리 땅속에서 편히 쉬고 싶기는 하오. 그러니

내가 당신들 모두를 위해 할 수 있는 일이 충분히 있다고 생각한다면 나는 기꺼이 할 준비가 되어 있소. 당신들에게 이 백발의 머리를 기꺼이 바칠 거요. 하지만 죽음이 여러분에게 먼저 찾아와서 내가 바친 이 선물을 조롱하면서 무덤에 내동댕이치기 전에 빨리 서둘러야 할 것이오. 이제 당신들의 소유인 이 머리를 단 한 번만 더 사용하게 해주시오. 이것은 나 혼자만이 아니라, 모든 장로들과 사제들에 관한 얘기요. 당신들은 당신들이 희생되기 전에 희생자의 숫자를 세어보는 수고를 하지 않겠소?

유디트   (격해져서) 여러분, 이 말이 들리지 않나요? 이 말을 듣고도 왜 가슴을 치지 않나요? 왜 땅에 엎드려 이 백발노인의 발에 입을 맞추지 않나요? 저는 이제 홀로페르네스의 손을 잡고는 이리로 끌고 오고 싶습니다. 그러고는 그의 칼*이 당신들의 머리를 모두 베기 전에 무디어진다면, 제 스스로 그의 칼을 갈아주고 싶을 지경이오.

요수아   장로는 영악하게, 아주 영악하게 말했소. 자신이 반대할 수 없다는 것을 알고 계신 거요. 그래서 굽히고 들어온 거요. 하나의 방편으로 말이오. 장담하건대 만일 어린 양들이 말을 할 수 있다면 단 한 마리도 잡혀 먹히는 일이 없을 것이오. (유디트에게) 장로가 감동시킨 것은 분명 당신만이 아니지요.

유디트   그가 반대할 수는 없었겠지만 당신들의 비열한 계획을 수포로 돌아가게 할 수는 있었어요. 그가 스스로 목숨을 끊을 수도 있

---

* 「유디트」(6장 11절)에도 홀로페르네스의 칼에 대해 언급하고 있다.

었어요! 그래서 그는 경련을 일으키며 칼을 잡았어요. 저는 그것을 알아차리고는 그를 제지하기 위해 그에게 다가갔지요. 그런데 곧 그의 얼굴엔 내적인 승리감 같은 것이 나타났어요. 그는 부끄러운 듯 손을 칼에서 다시 떼고 하늘을 바라보았지요.

장로   그대는 나에 대해 지나치게 고귀하게 생각하는군. 내가 아니라 저 위에 계시는 분께 해당되는 말이오!

군중   요수아, 당신 제안은 좋지 않소. 우리는 당신을 따르지 않겠소.

유디트   감사합니다!

요수아   하지만 당신들은 성문을 여는 것에는 변함이 없겠지요? 생각해보시오. 당신들이 성문을 열어주면 적들은 그들 스스로 열어야만 할 때처럼 그렇게 잔인해질 수 없을 것이오. (장로에게) 명령을 내리시오! 내 제안에 대해서는 당신께 용서를 빌고 싶소. 내가 내일도 살아 있다면 말입니다.

유디트   (장로에게) 안 된다고 말하세요!

장로   난 좋다고 하겠소. 우리에게 어디서 구원이 올지 내 자신도 모르기 때문이오.

아히오르   (군중들 속에서 나타난다.) 성문을 여시오. 하지만 홀로페르네스에게서 자비를 기대하지는 마시오. 그는 최후로 항복하는 민족을 이 땅에서 흔적조차 남기지 않도록 파멸시키겠다고 맹세하였소. 당신들이 바로 그 마지막 민족이오.

유디트   그자가 그렇게 맹세를 하다니!

아히오르   그 자리에 내가 있었소. 그리고 그가 자신의 맹세를 지킬 수 있는지 당신들은 이런 사실에서 알 수 있을 겁니다. 그러니까 내가 당신들이 믿는 신의 권능에 대해 말을 했을 때 그는 내 말에 격분했지요. 그리고 그의 분노는 바로 죽음을 뜻합니다. 그러나 나를 칼로 베는 대신 여러분들도 아시다시피 나를 당신들에게 인계하라고 명령했습니다. 그는 당신들의 몰락에 대해서는 한 치의 의심도 가지고 있지 않습니다. 아시다시피 그는 자신이 증오하는 자를, 스스로 황금을 지불하고 목을 사겠다고 생각하는 자를 놔주었습니다. 왜냐하면 곧 당신들에게 복수를 할 때가 오면 제일 먼저 그자에 대해 복수를 하겠다는 심보지요. 게다가 그가 당신들에게 주려는 벌은 어떤 적에게도 행한 적이 없었을 정도로 가혹할 것이니, 그에게 자비에 대한 일체의 기대는 아예 안 하는 게 좋습니다!

군중 문을 열어서는 안 되겠소! 우리가 칼에 찔려 죽어야 한다면, 우리 자신도 칼을 가지고 있잖소!

요수아 우리 기한을 정합시다. 매사에는 끝이 있는 법이오.

군중 기한을 정해요! 기한을!

장로 친애하는 형제들이여, 그럼 닷새만 인내하면서 하느님의 도움을 기다려봅시다!

유디트 그런데 하느님께서 닷새 이상을 필요로 하신다면 어떻게 되지요?

장로 그러면 우린 모두 죽게 될 거요! 하느님께서 우리를 도와주시고자 한다면 틀림없이 닷새 안에 도와주실 겁니다. 그렇지 않아 이 닷새가 지나면 우린 모두 살아남지 못할 것이오.

유디트 (사형선고를 내리듯 엄숙하게) 그렇다면 홀로페르네스는 닷새 안에 틀림없이 죽을 겁니다!

장로 이 닷새 동안을 견뎌내기 위해 우리는 할 수 있는 것은 다해야만 합니다. 우리는 우리들 중에서 하느님께 드릴 제물, 성스러운 포도주와 기름을 분담해야 합니다! 내가 이런 제안을 해야 하다니, 아 애통하오!

유디트　그래요, 애통하실 거예요! 그런데 왜 장로님은 차라리 다른 극단적인 제안을 하지 않나요? (군중에게) 베툴리엔의 남성들이여! 적을 공격합시다! 작은 우물들은 성벽 옆에 있지 않아요? 두 패로 갈라져서, 한 패는 우리 남성들의 퇴로와 성문을 굳건히 지키고 다른 한 패는 떼를 지어 공격하세요. 실패할 수 없어요. 그렇게 해서 물을 길어 오세요!

장로　자 보시오, 아무도 대답이 없잖소.

유디트　(군중에게) 어찌 된 일이죠? (잠시 후에) 하지만 저는 기뻐요. 당신들이 불과 몇백 명의 병사들과도 대적할 생각이 없다면 여러분들은 감히 하느님의 복수를 부를 만한, 파렴치하게 제단의 음식에 손을 뻗치는 그런 주제넘은 짓을 하지 못하겠지요.

장로　이것은 불가피한 일이오. 그리고 이것은 백 배로 마땅히 대가를 치러야 할 것이오. 당신이 말한 것도 너무 걱정스럽소. 즉, 성문을 열면 이 고을이 치명타를 입을 거요. 다윗도 거룩한 떡을 먹었소. * 그런데도 그는 죽음의 벌을 받지는 않았소.

---

* 구약 「사무엘 상」 21장 1~9절에 따르면, 다윗은 자기를 죽이려는 사울을 피해 도망치다가 배가 고파 어느 성전에서 먹을 것을 요청한다. 하지만 그때 성전에 있었던 것은 오직 제사장만 먹을 수 있다는 전설병, 즉 성소 안 떡상에 올려놓은 거룩한 떡이었다. 그러나 제사장은 허기진 다윗과 그 부하들의 성결함을 확인하고 그 떡을 내어주었다. 이들이 거룩한 떡을 먹음으로써 불가피하게 하느님의 금령을 어기게 되었지만, 하느님은 이 일로 인해 다윗과 제사장을 책망하지 않았다고 한다. 다윗이 그 떡을 먹지 않으면 쓰러질 수도 있는 매우 위급한 상황에 있었기 때문이다. 오히려 하느님은 다윗이 율법에 매여 배가 고파 쓰러지는 것보다 그 거룩한 떡을 먹고 힘을 얻어 하느님의 뜻을 이루는 것을 기뻐하셨다고 한다.

유디트	다윗은 하느님의 부름을 받은 분이었어요. 당신들이 다윗처럼 먹고 싶다면, 우선 먼저 다윗처럼 되세요. 마음대로 먹고 마시세요. 하지만 먼저 당신들을 성결하게 하세요!
군중 1	어째서 우리가 이 여자의 말을 듣고 있어야 하나!
군중 2	그 여자의 말을 듣지 않는 자는 염치가 없는 자야. 저 여자는 천사 같은 여자가 아니던가?
군중 3	이 고을에서 가장 신을 경외하는 여자지! 우리가 평화로울 때 그녀는 자신의 작은 방에 조용히 앉아 있곤 했지. 기도하거나 제물을 바칠 때 말고는 누가 이분을 바깥에서 본 적이 있는가? 하지만 이제 우리가 절망하려고 하니까 그녀가 집을 나와 우리와 함께 다니며 우리를 위로해주고 있지 않은가!
군중 2	저 여자는 부자야. 재산도 많지. 한데 저분이 전에 뭐라 말했는지 자네 알아? "전 이 재물을 관리만 하고 있을 뿐입니다. 이것들은 가난한 사람들의 것이지요"라고 말했다네. 게다가 그녀는 말만 그렇게 한 것이 아니라 몸소 직접 행동으로 보여주었어. 내 생각에 그녀는 다시는 남편을 얻지 않을 거야. 왜냐하면 그렇게 되면 가난한 사람들의 어머니 역할을 할 수 없기 때문이지. 하느님께서 우릴 도와주신다면 그것은 저분 때문일 거야.
유디트	(아히오르에게) 당신은 홀로페르네스에 대해 알고 있군요. 그 자에 대해 말해주세요.
아히오르	그자가 내 피에 목말라 있다는 것을 나는 알고 있소. 그러나 그렇다고 내가 그자를 욕하고 있다고 생각지 마요. 그가 칼을 들고 내 앞에 서서 내게 "날 죽여라. 안 그러면 널 내가 죽이

겠다!"라고 소리를 친다 해도 난 내가 어찌해야 될지 모를 겁니다!

유디트   당신의 감정이 그렇군요. 그자는 당신을 마음대로 할 수 있었는데 당신을 풀어주었군요!

아히오르   오, 그렇지 않아요! 그 일에는 화가 납니다. 손에 무기가 쥐인 채 적에게 보내는 자를 그가 얼마나 업신여기는지 생각만 하면 피가 얼굴로 치솟습니다.

유디트   폭군이군요!

아히오르   그렇소. 그는 애당초 폭군으로 태어났소. 그자 곁에 있으면 누구나 자신과 세계를 하찮게 여기게 되지요. 한 번은 내가 그와 아주 험준한 산속으로 말을 타고 들어간 적이 있었소. 우리는 현기증이 일 정도로 넓고 깊은 계곡에 이르렀소. 그는 말의 옆구리에 박차를 가하려고 했소. 그때 내가 그의 고삐를 잡고 깊은 계곡을 가리키며 "이 계곡은 바닥을 알 수 없이 깊습니다!"라고 말했소. 그러자 그는 "나는 뛰어내리려는 것이 아니라 뛰어넘으려고 하느니라!"라고 외치고는 대담하게 건너뛰었소. 아직 내가 뒤따르기 전에 벌써 다시 돌아와서는 내 곁에 있었소. 그러고는 "저쪽에 샘물이 하나 있다고 생각해서 마시려고 했는데 아무것도 없었다. 잠이나 자서 갈증을 달래야겠다"라고 말하더군요. 그리고 나에게 고삐를 던져주고 말에서 내려 잠을 청하였소. 나도 어쩔 수 없이 말에서 내려 그의 옷자락에 내 입을 맞추고 그에게 그늘을 만들어주기 위해 햇빛을 막고 서 있었소. 체! 내가 이렇소! 난 그자에 대한 이야기만 나오면 그자를 칭찬할 정도로 완전히 그의 노예가 되었소.

유디트	그자가 여자를 좋아하나요?
아히오르	당연하죠. 하지만 여자는 먹고 마시는 거나 다름없는 정도지요.
유디트	저주받을 인간!
아히오르	어쩌려고 그러죠? 내가 우리 민족의 여자 하나를 알고 있는데, 그 여자는 그자로부터 버림을 받아 미쳐버렸소. 그 여자는 그의 침실로 몰래 기어들어가 그가 막 잠이 들었을 때 단검을 빼서 달려들었죠.
유디트	그자가 어떻게 했나요?
아히오르	웃었소. 그 여자가 스스로 자신을 찌를 때까지 그렇게 오래 웃고만 있었소.
유디트	홀로페르네스, 고맙구나! 그 여자만 생각하면 되겠구나. 그러면 나도 남자처럼 용기를 갖게 될 것이니까!
아히오르	왜 그러시오?
유디트	그자에게 살해당한 여러분들, 제가 당신들의 상처를 볼 수 있도록 무덤에서 나와 제 앞에 와주세요. 그자에게 능욕당한 당신들, 제 앞으로 나와주세요. 그리고 영원히 닫게 된 눈을 한번 다시 떠보세요. 그자가 그대들에게 얼마나 많은 죄를 지었는지 제가 그대들의 눈에서 읽을 것입니다. 당신들 모두를 위해 복수해드리지요! 하지만 왜 저는 그의 칼에 맞아 죽을 남자들을 생각하지 않고 오히려 그의 팔에 안겨 목 졸려 죽게 될 여자들을 생각하는 걸까요? 난 죽은 자들을 위해 복수를 하고 살아 있는 사람들을 지켜주겠어요. (아히오르에게) 제가 홀로페르네스의 희생자가 될 정도로 아름다운가요?
아히오르	당신과 견줄 만한 사람을 여태 본 적이 없소.

유디트	(장로에게) 저는 홀로페르네스에게 볼일이 있어요. 제게 성문을 좀 열어주시겠어요?
장로	대체 무엇을 생각하는 거요?
유디트	우리 하느님 외엔 아무도 알아서는 안 돼요.
장로	하느님이 당신과 함께하기를! 성문을 열도록 하지요.
에프라임	유디트! 유디트! 당신은 그 일을 결코 해낼 수 없어요!
유디트	(미르차에게) 나와 함께 갈 용기가 있어?
미르차	아씨를 홀로 보내드릴 용기는 더더욱 없습니다.
유디트	그러면 네게 부탁한 것을 준비했겠지?
미르차	빵과 포도주가 여기 있습니다. 얼마 안 됩니다!
유디트	그만하면 충분하지.
에프라임	(혼잣말로) 내가 이 일을 미리 알아차렸었더라면 그녀 말대로 했을 텐데. 난 무서운 벌을 받을 거야!
유디트	(몇 발짝 간다. 그다음 다시 한 번 군중 쪽으로 몸을 돌린다.) 죽은 자를 위해 기도하는 것처럼 저를 위해 기도해주세요! 어린 아이들에게 제 이름을 가르쳐주시고 그 아이들이 저를 위해 기도하게 해주세요.

(유디트는 성문 쪽으로 간다. 성문이 열린다. 그녀가 성문을 나가자 에프라임을 제외하고 모두 무릎을 꿇는다.)

| 에프라임 | 난 하느님에게 저 여자를 지켜달라고 기도하지 않겠다. 내가 직접 그녀를 지키겠다! 그녀는 사자 굴속으로 들어가고 있어. 내 생각에 그녀가 저런 행동을 하는 건 모든 남자들이 자기 뒤 |

를 따라올 수 있을 거라고 기대하기 때문일 것이다. 뒤따라가
야겠다. 내가 죽는다면 다른 사람들보다 좀 일찍 죽는 것일
뿐. 그녀가 어쩌면 되돌아올지도 몰라! (퇴장)

델리아   (극도의 흥분 상태에서 군중 속에서 나타난다.) 큰일 났어요!
큰일 났어요!

장로   무슨 일이오?

델리아   아 그 벙어리가! 그 무서운 벙어리 놈이! 제 남편을 목 졸라
죽였어요!

군중 1   저 여자는 사마야의 아내잖아!

앞의 장로 (델리아에게) 어떻게 된 일이오?

델리아   사마야는 그 벙어리와 함께 집으로 왔어요. 사마야는 그를 데
리고 뒷방으로 들어가서 방문을 잠갔어요. 사마야가 큰 소리
로 말하는 것도 들렸고 벙어리가 신음 소리를 내며 훌쩍거리는
소리도 들렸어요. 무슨 일일까 생각하고 몰래 그 방문 옆으로
가서 틈으로 안을 엿보았어요. 그 벙어리는 앉아 있었고 손에
날카로운 칼을 쥐고 있었어요. 사마야는 그 옆에 서서 그에게
심한 욕을 해대더군요. 벙어리는 칼을 자신의 가슴에 대고 있
었어요. 저는 깜짝 놀라 비명을 질렀어요. 사마야가 그 미친
벙어리가 날뛰는 것을 제지하지 않는 것을 보았기 때문이죠.
그런데 갑자기 그 벙어리가 칼을 내팽개치고는 사마야에게 덤
벼들더군요. 그놈은 초인적인 힘을 가진 것처럼 남편을 바닥
에 쓰러뜨리고는 남편의 목을 움켜쥐었어요. 남편은 그를 막
을 힘이 없었어요. 남편은 그와 격투를 했지요. 저는 도와달라
고 소리를 질렀어요. 이웃 사람들이 달려왔어요. 안에서 잠긴

문을 뜯고 들어갔는데, 이미 너무 늦은 거예요. 벙어리가 벌써 사마야를 목 졸라 죽인 다음이었어요. 그리고 아직도 짐승처럼 죽은 자에 대해 분노하고 있더군요. 그러고는 우리가 안으로 들어서자 웃기 시작했어요. 그놈이 목소리로 나를 알아차리고는 조용해지더니 엎드려 나에게 다가왔어요. 내가 "이 살인마!" 하고 소리치니까 그 벙어리는 손가락으로 하늘을 가리켰어요. 그다음 그자는 바닥에서 칼을 찾더니 그것을 주워 제게 주며 자기를 찔러달라는 듯 자기 가슴을 가리키는 거예요.

한 사제 다니엘은 예언자입니다. 하느님은 벙어리의 입을 열어주셨어요. 하느님은 나중에 자신이 보여주려는 기적을 여러분이 믿도록 기적을 행하신 것이오! 사마야는 자신의 예언으로 파멸한 것이오. 사마야는 다니엘에게 죄를 범했소. 그래서 사마야는 다니엘을 통해 그 대가를 받은 것이오.

군중의 외침 다니엘에게로 가자! 그에게 고통이 일어나면 안 된다!

사제 하느님께서 다니엘을 보내셨소. 하느님께서는 그를 보호해줄 것이오. 가서 기도하시오.

(군중들은 사방으로 흩어진다.)

델리아 사람들은 내가 사랑한 사람을 죄인이라고 말할 뿐 나를 위로해 줄 생각은 전혀 없구나. (그녀가 퇴장한다.)

제4막

홀로페르네스의 막사.

홀로페르네스와 두 명의 대장.

대장 1   총사령관께서는 마치 꺼져가는 불처럼 보이는군요.

대장 2   그런 불은 조심해야 하오. 그런 불은 스스로 불길을 지피기 위
         해 가까이 오는 모든 것을 집어삼켜버리거든.

대장 1   지난 밤 홀로페르네스께서 거의 스스로 목숨을 끊으려고 한 사
         실을 알고 있소?

대장 2   설마 그랬겠소!

대장 1   악몽에 시달리셨어요. 잠결에 누군가가 자신을 덮쳐 목을 졸
         라 죽인다고 생각하신 모양이오. 그는 꿈결에 단도를 잡고 적
         을 등 뒤에서 찌르려고 생각했는데 그만 실제로 자기 가슴에
         칼을 꽂으셨다는 게요. 다행히 그 칼이 갈비뼈에 맞아 미끄러

져 나갔지요. 이것을 그가 깨어나서 알게 되었다오. 시종이 그의 몸에 붕대를 감으려 했더니 그는 웃으면서 이렇게 외쳤다고 합니다. "흐르게 내버려둬. 시원하군. 난 피가 너무 많거든!"

대장 2   지어낸 이야기 같소.

대장 1   그럼 시종에게 물어봐요!

홀로페르네스   (재빨리 몸을 돌린다.) 직접 내게 물어봐라! (두 대장이 화들짝 놀란다.) 내가 너희들을 부른 것은 너희들을 좋아하기 때문이다. 또 난 쓸 만한 두 용사가 지루한 나머지 온갖 쓸데없는 관찰과 비교 따위를 경솔하게 말해서 화를 입는 걸 좋아하지 않는다. (혼잣말로) 내가 대화를 들어서 무척 놀라는군. 내가 저런 이야기를 들을 시간과 관심을 가지고 있다니 치욕스럽기 그지없다. 자신의 생각으로 채울 수 없는 머리, 남의 별난 생각과 착상들로 채우려는 머리는 먹여 살릴 가치가 없지. 귀는 정신의 동냥을 구걸하는 물건이기에 거지와 노예만이 귀가 필요한 거야. 그래서 귀를 이용하는 자는 거지 아니면 노예, 이 둘 중의 하나가 되는 것이다. (대장들에게) 너희들과 말다툼하지 않겠다. 너희들이 할 일이 없는 것도, 또 너희들이 마치 살아 있다는 것을 보여주기라도 하는 것처럼 말을 많이 하는 것도 내 탓이다. 어제 먹은 음식은 오늘 배설물이 되기 마련이다. 그걸 우리가 쑤셔대야 한다는 것은 통탄할 만한 일이다. 하지만 내게 말해봐라! 만일 내가 오늘 아침에 정말 침상에서 죽은 채 발견되었더라면 너희들은 어떻게 했겠느냐?

대장들   장군님, 저희들이 어떻게 해야 했겠습니까?

홀로페르네스   내가 그걸 알고 있다 해도 말하지 않겠다. 스스로 이 세상에 없다고 생각하고 자신을 대신할 자를 거론할 수 있는 사는 더 이상 이 세상 인간이 아니다. 난 내 갈비뼈가 무쇠로 되어 있다는 것에 대해 감사할 뿐이다. 죽었더라면 웃음거리가 될 뿐이지. 그리고 내 손이 실수를 해 내가 죽었다면 틀림없이 그 어떤 말라비틀어진 신, 예를 들어 히브리인이 믿는 신을 토실토실하게 살찌게 만들었겠지. 그러면 아히오르는 자신의 예언을 뽐내고 스스로 우쭐했겠지! 한 가지만 알고 싶다. 대체 죽음이란 무엇인가?

대장 2   그것 때문에 우리가 목숨을 사랑하게 되는 것입니다!

홀로페르네스   아주 훌륭한 대답이군. 그렇다. 우린 어느 때라도 목숨을 잃어버릴 수 있다는 이유만으로 그것을 꼭 붙잡고 있으며 끊어질 때까지 그것을 쥐어짜내고 들이마시게 되지. 어제도 오늘도 항상 똑같이 계속된다면 우리는 그와는 반대되는 곳에서 목숨의 가치와 목적을 찾게 될 것이다. 그렇게 되면 우리는 편안히 잠을 자게 될 것이고 꿈에서 깨어나는 것 말고는 그 어떤 것도 두려워하지 않을 것이다. 지금 우리는 잡아먹히지 않기 위해 먼저 잡아먹으면서 우리 자신을 방어하려고 한다. 우리는 우리의 이빨로 세상의 이빨에 대항해서 싸우고 있다. 그래서 삶 자체를 만끽하며 죽는다는 것, 생명의 혈관이 터질 때까지 그 혈관을 가득 채우는 것, 그리고 최고의 쾌락과 파멸의 전율을 한데 뒤섞는 것은 비할 나위 없이 아름다운 일이기도 하단 말이다! 난 언젠가 나 스스로에게 "이제 나는 살고 싶다!"고 말한 것 같은 기분이 들 때가 있었다. 그땐 아주 달콤한 포옹에서 빠져나온 것 같은 느낌이었고, 내 주위가 밝아지고, 오한이

나고, 자극을 느끼고 그리고 내가 살아 있다는 기분이 들었지. 그래서 나는 또 언젠가 나 자신에게 이렇게 말하고 싶었다. "나는 이제 죽고 싶다!" 그리고 내가 이 말을 했는데도 바람으로 흩어져 날아가버리거나 천지 만물의 목마른 입술에 빨려들어가지 않는다면, 나는 나를 붙들고 있는 사슬을 가지고 스스로 헤어 나오지 못하는 뿌리를 만들었다는 사실에 부끄러워 견디지 못할 것이다. 아마도 사람은 단순히 죽겠다는 생각만으로도 스스로를 죽일 수 있을 것이다!

대장 1   장군님!

홀로페르네스   흥분할 필요가 없다고 말하려는 거겠지. 맞는 말이다. 왜냐하면 도취될 줄 모르는 자는 멀쩡한 정신 상태가 얼마나 무미건조한 것인지도 전혀 알지 못하니까. 하지만 도취란 우리의 모자람을 풍요롭게 해준다. 그리고 내 마음속에서 바다가 용솟음치듯 도취감이 올라와 둑과 경계라고 하는 모든 것들을 물바다로 만든다면 나는 이를 기꺼이 느끼고 싶다! 또 언젠가 살아 있는 모든 것에 흠뻑 도취된다면, 그때에는 이러한 도취가 닥치는 대로 무너뜨리고 함께 결합해서는 천둥 번개가 치는 커다란 폭풍우처럼, 바람이 제멋대로 몰아대는 구름을, 축축하고 차가우며 조각조각 찢어진 구름을 완전히 제압할 수 있지 않을까? 오, 틀림없어! (대장들에게) 너희들은 나에 대해 이상하게 생각하겠지. 내가 내 머리에서 물레를 만들어 꿈과 사고의 뭉치를 아마(亞麻) 다발처럼 한 오라기씩 꼬고 있으니 말이다. 물론 사상(思想)은 생명의 도둑이다. 땅을 헤쳐서 억지로 빛을 보게 한 싹은 제대로 자라지 못할 테니까! 그것을 난 잘 알고 있다. 그렇지만 오늘은 방혈(防血)을 했으니 괜찮을 것이다! 지금 우리는 정말 한가하다. 왜냐하면 베툴리엔의 인간들은, 병사가 칼 휘두르기를 방해받고 있는 동안에도 자기 칼을 오랫동안 갈고 있다는 걸 모르는 것 같으니 말이다.

한 대장   (들어온다.) 장군님! 우리가 산 위에서 잡은 한 히브리인 여자가 문 앞에 있습니다.

홀로페르네스   어떤 종류의 여자냐?

대장   장군님, 장군님께서 그 여자를 보지 못한 순간은 모두 아깝게 허비해버린 순간일 겁니다. 그 여자가 그렇게 아름답지 않았더라면 장군님께 데려오지도 않았을 겁니다. 우리는 우물가에서 진을 치고 혹시 누군가가 감히 접근하지 않을까 기다리고 있었습니다. 그때 우리는 그 여자가 오는 것을 보았습니다. 그녀의 하녀는 그녀의 그림자처럼 뒤따라오고 있었습니다. 그 여자는 면사포를 쓰고, 처음에는 하녀가 거의 따라올 수 없을 정도로 빨리 오고 있었습니다. 그러다가 그 여자는 되돌아가려는 듯 갑자기 멈추어서 그 고을을 향해 바닥에 엎드려 기도를 하는 것처럼 보였습니다. 이제 우리 쪽으로 다가와서는 우물가로 왔습니다. 우리 보초들 중 한 명이 그녀에게 다가갔습니다. 저는 그 보초가 그녀를 해치려 한다고 생각했습니다. 왜냐하면 병사들은 오랫동안 지루했기에 화가 난 상태였죠. 그러나 그 보초는 허리를 숙여 물을 퍼서 그녀에게 바가지를 건네주었습니다. 그 여자는 고맙다는 말도 없이 그것을 받아다가 자신의 입에다 갖다 대었습니다. 그렇지만 그 여자는 마시기 전에 그것을 다시 내려놓더니 그것을 천천히 쏟아버렸습니다. 그 때문에 그 초병은 매우 불쾌해서는 칼을 빼들고 그 칼을 그녀에게 갖다 대었습니다. 이때 그녀는 면사포를 젖히더니 그 보초를 뚫어지게 바라보았습니다. 하마터면 그 초병이 그녀의 발아래 엎드릴 뻔했다고 해도 지나치지 않습니다. 그러나 그 여자는 이렇게 말하는 것이었습니다. "나를 홀로페르네스에게 데려다 주시오. 나는 그에게 항복하고 우리 쪽의 기밀사항들을 그에게 털어놓으려 합니다."

홀로페르네스 이리 데려와라! (대장 퇴장) 난 이 세상의 모든 여자들을 보는 것을 좋아한다. 단 한 여자를 제외하고서 말이야. 그 여자를 난 아직 본 적도 없으며 결코 보고 싶지도 않다.

대장 1 그 여자가 어떤 여자인가요?

홀로페르네스 내 어미다! 난 내 무덤을 보기 싫은 것만큼이나 내 어미도 보고 싶지 않다. 내가 어디서 왔는지 모를 때가 나는 가장 행복하다! 사냥꾼들이 야생아였던 날 사자 굴에서 주웠지. 어느 암사자가 나에게 젖을 먹여주었다. 그러니 이전에 내가 수사자 한 마리를 이 두 팔로 목 졸라 죽인 것도 놀랄 게 없지. 도대체 어미란 자식에게 무슨 소용이란 말인가! 어제 또는 내일의 자기 무력함을 비추는 거울일 뿐. 자식은 몇 방울의 젖을 쩝쩝거리며 빨아댔던 불쌍한 벌레였던 어린 시절을 생각하지 않고서는 어미를 쳐다볼 수 없는 법이다. 만일 자식이 그것을 잊게 되면 어미를 유령으로 보게 되지. 이 유령은 자식에게 늙음과 죽음을 눈앞에 어른거리게 해서 자신의 모습, 자신의 살과 피를 자식이 싫어하도록 만들어놓지.

유디트 (안으로 들어온다. 대장과 미르차가 그녀를 동반하고 있다. 미르차와 수하 대장은 문가에서 걸음을 멈춘다. 유디트는 처음에는 당황하지만 재빨리 정신을 차린다. 그녀는 홀로페르네스에게 가서 그의 발밑에 엎드린다.) 당신이 바로 제가 찾던 그분이군요. 당신이 홀로페르네스 장군님이시군요.

홀로페르네스   넌 옷에 금이 제일 많이 반짝거리는 자가 이곳의 지배자가 틀림없다고 생각하는구나.

유디트   오직 한 분만이 그렇게 보이십니다!

홀로페르네스   만약 또 다른 자가 그렇게 보인다면 난 그놈의 머리를 잘라 네 발 앞에 놓을 것이다. 내 얼굴에 대한 권리를 가진 자는 나뿐이라고 생각하니 말이다.

대장 2   (다른 대장에게) 이런 여자들이 있는 민족은 아주 좋겠소.

다른 대장   여자 때문이라도 그 민족과 전쟁을 해야만 하겠어요. 이제 홀로페르네스 장군님은 즐기시기만 하면 되겠군. 아마 저 여자는 입맞춤으로 그의 분노도 질식시킬 수 있을 거요.

홀로페르네스   (정신 나간 듯 그녀를 관찰하듯 뜯어보면서) 이 여자를 바라보고 있는 동안은 마치 상쾌한 목욕을 하고 있는 것 같은 기분이 드는군. 사람이 무얼 바라보고 있으면 자기도 그렇게 되지. 풍부하고 큰 세계는 우리를 감싸고 있는 약간 늘어진 살가죽 속으로 들어오지 못해. 하지만 우리는 눈을 가지고 있어서 그 세계를 한 조각씩 삼켜버릴 수 있게 되지. 보지 못하는 장님들만 안됐군. 맹세하건대 난 다시는 누군가를 결코 장님으로 만들지 않을 것이다. (유디트에게) 너는 아직도 무릎을 꿇고 있느냐? 일어서라! (그녀는 일어선다. 홀로페르네스는 양탄자 아래의 자신의 장군 의자에 앉는다.) 이름이 무엇이냐?

유디트	유디트라고 하옵니다.
홀로페르네스	두려워 말라, 유디트. 넌 내 마음에 든다. 지금까지 그 누구도 내 마음에 든 여자는 없었다.
유디트	그건 제가 바라고 바라던 바입니다.
홀로페르네스	자, 말해봐라. 왜 넌 네 고을의 사람들을 버리고 내게 왔느냐?
유디트	그건 누구라도 당신에게서 도망칠 수 없다는 것을 알기 때문입니다. 또 우리가 믿는 하느님이 우리 민족을 당신의 손에 넘겨주려고 하시기 때문입니다.
홀로페르네스	(웃으면서) 네가 여자이기 때문이고, 그리고 네가 너 자신을 믿고 있기 때문이며, 또 홀로페르네스가 보는 눈을 가지고 있다는 것을 네가 알고 있기 때문이겠지. 그렇지 않은가?
유디트	넓으신 마음으로 제 말씀에 귀를 기울여주세요. 우리들이 믿는 하느님은 우리들 때문에 분노하고 있습니다. 우리의 하느님은 우리 민족이 저지른 죄로 우리를 벌주려 하신다는 것을 오래전에 예언자를 통해 말씀하셨습니다.
홀로페르네스	죄가 무엇이냐?
유디트	(잠시 후) 한 아이가 제게 그런 질문을 한 적이 있습니다. 전 그 아이에게 입을 맞춰주었습니다. 저는 장군님께 어떤 대답을 해야 할지 모르겠습니다.
홀로페르네스	계속 해봐라.
유디트	우리 민족은 이제 하느님의 진노와 당신의 분노 사이에 서서 두려움에 떨고 있습니다. 게다가 그들은 배고픔에 시달리고 있으며 갈증이 나서 고통 속에 죽어가고 있을 수밖에 없습니다. 그리고 그들은 너무 큰 고통에 시달려 새로운 죄를 지으려

고 하고 있습니다. 그들은 손대는 것조차 엄하게 금지되어 있는 성스러운 제물을 먹으려 합니다. 그 제물을 먹으면 그 제물이 불로 변해 그들의 오장육부가 타버릴 것입니다.

홀로페르네스 그런데 왜 그들은 항복하지 않는가?

유디트 그들은 용기가 없습니다! 그들은 자신들이 가장 지독한 벌을 받아 마땅하다는 것을 알고 있습니다. 그 벌을 하느님이 면하게 해주시리라고 그들이 어떻게 생각할 수 있겠습니까! (혼잣말로) 내가 이자를 유혹해야 할 텐데. (큰 소리로) 그들은 장군님이 분노를 느끼는 정도보다 훨씬 더 겁을 먹고 있습니다. 만약 제가 그들의 두려움이 영웅이자 남자 중의 남자인 장군님을 얼마나 욕되게 하고 있는가에 대해 말한다면 장군님의 복수는 저를 짓눌러버리겠지요. 저는 장군님을 우러러봅니다. 장군님의 얼굴에서 분노의 고결한 절제를 엿볼 수 있습니다. 장군님의 분노에는 아무리 격렬한 불길에서도 그 이상은 더 불타오르지 않는 그런 지점이 있다는 것을 저는 알았습니다. 거기서 저는 얼굴이 붉어지지 않을 수 없습니다. 왜냐하면 저는, 그들이 비겁한 자학과 죄책감 때문에 어떤 식으로든 생각해낼 수 있는 모든 만행을 바로 장군님이 저지를 것이라고 무례하게 예상하고 있다는 것과 또 그들 자신이 죽어 마땅하기 때문에 대담하게도 장군님을 감히 사형집행인으로 생각하고 있다는 것을 잘 알고 있기 때문입니다. (그녀는 홀로페르네스 앞에 엎드린다.) 무릎을 꿇고 장군님께 비오니 눈먼 제 민족의 이런 모욕을 부디 용서해주소서.

홀로페르네스 무슨 짓이냐? 네가 내 앞에서 무릎을 꿇는 것을 원치 않는다.

유디트 (일어선다.) 그들은 장군님이 자신들을 모두 죽일 것이라고 생각합니다. 화를 내시지 않고 웃으시네요? 오, 저는 장군님이 누구인지를 잊고 있었습니다. 장군님은 사람의 마음을 잘 알고 있습니다. 장군님을 놀라게 할 수 있는 것은 아무것도 없습니다. 흐린 거울에 장군님의 모습이 일그러지고 뒤틀어진 모습으로 나타난다 해도 그것은 장군님의 조롱거리가 될 뿐이겠지요. 그러나 그들이라면 결코 그런 생각을 하지 않는다는 것을 전 제 명예를 걸고 말씀드려야겠습니다. 그들은 장군님에게 성문을 열려고 했습니다. 그때 모압족의 대장 아히오르가 그들 가운데 나타나더니 그들을 겁먹게 만들었습니다. "여러분들은 무엇을 하려고 합니까?"라고 그는 외쳤습니다. "홀로 페르네스가 여러분들 모두의 씨를 말리겠다고 맹세했다는 것을 아시오?" 장군님이 그의 목숨을 구해주었고 자유로운 몸으로 만들어주었다는 것을 알고 있습니다. 장군님은 상대할 가치도 없는 자에게는 복수하고 싶어 하지 않기에 그자를 우리에게 보냈고 대범하게도 그를 장군님의 적진에 세워두었습니다. 그 답례로 아히오르는 장군님의 모습을 피로 그려내고 이스라엘인들의 마음을 장군님으로부터 떠나도록 만들었지요. 보잘것없는 우리 민족이 장군님의 진노를 살 만한 가치가 있다고 스스로 생각한다면 그것은 너무 지나친 자만이 아닐까요? 장군님이 전혀 알지도 못했던, 길에서 단지 우연히 만났던 사람들, 또 두려움에 마비되어 살아 있다는 의식이 없어져 피하지 못한 자들을 어찌 미워하실 수 있겠습니까? 그리고 설사 용기 같은 것이 있어 그들을 고무시켰다고 하더라도 이것이 장군님의 말을 거역하게 할 수 있겠습니까? 홀로페르네스 장군님께서는 자신을 위대하고 유일한 존재로 만드는 모든 것을 다른 사람이 마음속으로 바란다고 해서 적대시하고 핍박하실 수 있겠습니까? 이것은 자연의 이치에 역행하는 일이며 결코 그런 일이 일어나지 않을 것입니다! (그녀는 홀로페르네스를 응시한다. 그는 침묵한다.) 아, 저는 장군님과 같은 사람이 되고 싶습니다. 단 하루라도 단 한 시간이라도 좋습니다! 그렇게 되면 전 칼을 거두고 승리를 축하하겠습니다. 칼을 가지고 그런 승리를 이룬 자는 아직 아무도 없으니까요. 저 고을에 있는 수많은 사람들이 지금 장군님 앞에서 떨고 있습니다. 제가 장군님이라면 그들에게 이렇게 외칠 것입니다. "너희들은 내게 저항했다. 그렇지만 너희들이 나를 모욕했기 때문에 내가 너희들의 목숨을 살려주겠다. 너희들에게 복수를 하겠지만 너희들 자신을 통해 하겠노라. 너희들을 완전히 내 노예로 만들기 위해 자유롭게 풀어주겠다!"

홀로페르네스   넌 내게 그렇게 하도록 요구해서 내가 하는 이 모든 것을 중단시킬 수 있다고 생각하느냐? 내게 그런 생각이 들었더라면 아마 난 그것을 실행에 옮겼을 테지. 하지만 그런 생각은 네 생각일 뿐 결코 내 생각이 될 수 없다. 유감스럽지만 아히오르의 말이 옳다.

유디트   (격렬하게 큰 웃음을 터뜨린다.) 용서해주세요. 저를 비웃었어요. 제가 사는 고을에는 자기들을 찌를 수 있는 칼이 번쩍번쩍거리는 것만 봐도 미소를 지을 정도로 순진무구한 어린아이들이 있습니다. 또 그곳에는 면사포를 통해 스며드는 햇빛 앞에서도 벌벌 떠는 처녀들이 있답니다. 저는 저 아이들을 기다리고 있는 죽음을 생각해보았어요. 이 처녀들을 위협하고 있는 치욕도 생각해보았습니다. 끔찍한 장면을 머릿속에 그려보았습니다. 그리고 저는 그러한 모습을 보고도 겁에 질려 움츠러들지 않을 만큼 강한 사람은 아무도 없을 것이라고 생각했습니다. 약한 마음을 장군님이 가지고 계시리라 생각한 점 용서하세요.

홀로페르네스　넌 나를 미화하고 싶었군. 그래, 고맙다는 말을 할 만하다. 비록 이런 말이 내겐 어울리지 않지만 말이다. 유디트, 우리는 말다툼할 필요가 없다. 상처를 내는 일은 내가 해야 할 몫이고, 상처를 치료하는 것은 네게 정해진 일이다. 내가 내 일을 태만하게 한다면, 너에게는 소일거리가 없겠지. 또 넌 내 부하들 일도 꼼꼼히 생각할 필요가 없다. 내일 살아남을지 오늘 알지 못하는 인간들이 이 세상에서 자기 몫을 차지하려면 대담하게 공격해서 배 속에 무엇인가를 잔뜩 집어넣어야만 하는 법이니라.

유디트　장군님, 저는 장군님의 용기와 힘뿐만 아니라 지혜까지도 도저히 따라잡을 수 없습니다. 저는 제 마음속에서 헤매고 있었습니다. 이제 제가 가야 할 길을 잘 알게 된 것은 오직 장군님 덕분입니다. 아, 저는 바보 천치였어요! 저들이 모두 마땅히 죽을죄를 지었고 그들이 그것을 이미 오래전에 알게 되었음을 전 알고 있어요. 저의 하느님께서는 그들에 대한 응징을 장군님에게 맡기셨다는 것도 전 알고 있습니다. 그럼에도 불구하고 나는 가련한 연민에 사로잡혀 저들과 장군님 사이에 몸을 던졌네요. 장군님의 손이 검을 움켜쥐고 여자의 눈물을 마르게 하기 위해 칼을 내던지지 않으셨으니 전 행복합니다. 그렇지 않았다면 우리 민족의 오만함이 얼마나 커졌을까요? 만일 홀로페르네스 장군님이 떨어지지 않는 천둥번개처럼 그저 그들 옆을 스쳐 지나갔더라면 그들에겐 다른 두려운 일이 생겼을 겁니다! 그들이 장군님의 아량을 비겁함으로 보고 장군님의 자비를 비꼬는 노래를 부르지 않을지 누가 장담하겠습니까? 지금은 그들이 겸손하게 속죄와 참회를 하고 있지만, 장군님이 아량을 베풀면 그들은 매 시간 해온 금욕을 하루 동안의 무절제한 향락과 광란으로 보상하려 들 것입니다! 그러시면 그들 모두의 죄는 제 탓으로 돌아올 것이며 저는 후회와 부끄러움으로 죽고 말 것입니다. 그러니 장군님, 그러시면 안 됩니다. 장군님의 맹세를 기억하시고 그자들을 모두 섬멸해주세요. 이것은 저의 하느님께서 제 입을 빌려 장군님께 부탁드리는 것입니다. 장군님이 그들의 적인 것처럼 제가 믿는 하느님은 장군님의 친구가 되려 하십니다!

홀로페르네스 이봐라, 네가 날 갖고 노는 것 같은 기분이 드는구나! 하지만 아니다, 내가 그렇게 생각하면 나 자신을 모욕하는 거지. (잠시 후) 넌 너희 민족을 가혹하게 고발하고 있구나.

유디트 제가 경솔한 마음으로 그런다고 장군님은 생각하십니까? 제가 그들의 죄 때문에 저들을 고발하는 것은 그것이 바로 제 자신의 죄에 대한 벌이기 때문입니다. 제가 눈앞에 닥친 우리 민족의 몰락에서 벗어나려고 했기 때문에 그들에게서 도망쳐 왔다고 생각하지는 마세요. 하느님께서 큰 심판을 하시는데 그것을 피할 만큼 그렇게 깨끗하다고 어느 누가 생각했겠어요? 제가 장군님께 온 것은 제가 믿는 하느님이 제게 명령했기 때문입니다. 저는 장군님을 예루살렘으로 인도해야 합니다.* 저는 목자(牧者) 잃은 양 떼처럼 제 민족을 장군님의 손에 넘겨드려야 합니다. 이것을 하느님은 어느 날 밤에 제게 명하셨습니다. 그날 밤 절망적인 상태에서 무릎을 꿇고 기도를 하고 있었어요. 장군님과 그 부하들을 파멸시켜달라고 수천 번 하느님께 간절히 빌었습니다. 저는 장군님을 포박해서 목을 졸라 죽이려는 생각뿐이었습니다. 그때 하느님의 목소리가 들렸습니다. 그래서 전 기뻐 환성을 크게 질렀습니다. 그러나 하느님은 제 기도를 거절하셨습니다. 하느님은 제 민족에게 사형선고를 내리셨습니다. 하느님은 제 영혼에 형리의 일을 맡겼습니다. 오, 그건 정말 뜻하지 않은 변화였습니다! 제 몸은 마비되는 것 같았지만 곧 하느님의 뜻에 순종하고 급히 그 고을을 뒤로하고 발의 먼지를 털어버렸습니다. 그러고는 장군님 앞에 나타나 얼마 전까지만 해도 제가 피와 살을 희생해서라도 구해내고 싶었던 제 민족을 섬멸하여줄 것을 간청했던 것입니다. 자, 이제 그들은 저를 헐뜯고 제 이름에 영원히 낙인을 찍을 것입니다. 그것은 죽음보다 더 고통스러운 일입니다. 그럼에도 불구하고 전 흔들리지 않을 것입니다.

홀로페르네스 그들은 그런 짓을 하지 못할 것이다. 내가 한 놈도 살려두지 않을 텐데 누가 널 욕할 수 있겠느냐? 정말로 네 하느님이 네

---

* 「유디트」 11장 13절 참조. 세부적인 여러 상황들(예컨대 홀로페르네스의 방에서 유디트가 음식을 거절한 것)이 외경 「유디트」와 정확하게 일치하고 있다.

가 말한 것을 행하고자 한다면 그는 곧 나의 하느님이기도 하다. 그리고 난 너를 위대한 여자로 만들어주겠다. 지금까지 어떤 여자도 그렇게 만들어준 적이 없다! (시종에게) 이 여자를 내 방으로 안내하고 내 식탁에서 식사하게 하라!

유디트 장군님, 저는 장군님이 드시는 음식을 먹을 수 없습니다. 그렇게 되면 저는 죄를 짓게 되니까요. 저는 하느님의 뜻을 거역하기 위해 당신에게 온 것이 아니라, 하느님을 잘 섬기기 위해서 왔습니다. 제가 직접 먹을 걸 좀 가져왔습니다. 그것을 먹고 싶습니다.

홀로페르네스 그것이 다 바닥이 나면?

유디트 틀림없이 제가 가지고 온 것을 다 먹기 전에 제가 믿는 하느님은 저를 통해 그가 계획하신 것을 이루실 것입니다. 닷새면 충분합니다. 하느님은 닷새 안에 그 일을 끝내실 겁니다. 정확히 언제인지 저는 아직 알지 못합니다. 그리고 하느님은 때가 되기 전까지는 그것을 알려주지 않으십니다. 그러니 제가 기도하고 하느님의 계시를 기다릴 수 있도록 장군님의 부하들에게 제지받지 않고 저 고을 앞의 산까지 나갈 수 있게 명령을 내려주십시오.

홀로페르네스 허락하지. 난 지금까지 여자가 가는 길에 감시병을 붙여본 적이 없다. 그럼 닷새다, 유디트!

유디트 (그의 발아래 엎드리고 나서 문가로 간다.) 닷새만이옵니다, 홀로페르네스 장군님!

미르차 (이미 표정에 놀라움과 혐오감을 나타낸다.) 저주받을 여자, 아씨는 아씨의 민족을 배반하기 위해 온 거군요?

유디트	다 들리도록 큰 소리로 말하렴! 너까지도 내 말을 믿고 있다는 것을 모든 사람이 알게 되는 것이 좋으니 말이야.
미르차	말해봐요, 유디트 아씨. 전 아씨를 저주하지 않을 수 없어요.
유디트	잘됐다! 네가 의심하지 않는다면 홀로페르네스도 틀림없이 의심하지 않을 것이다.
미르차	아씨는 울고 있나요?
유디트	너를 속일 수 있었기에 흘리는 기쁨의 눈물이다. 난 내 입을 통해 나온 거짓말의 힘에 소름이 끼친다. (퇴장)

제5막

저녁. 불이 켜져 있는 홀로페르네스의 막사. 안쪽 커튼에 의해 침실이 가려져 있다.

홀로페르네스, 대장들, 시종.

홀로페르네스 (대장들 중 한 사람에게) 정보를 좀 얻었느냐? 그 고을의 상황은 어떻더냐?

대장 모두가 매장되어버린 것 같습니다. 성문을 지키던 놈들은 마치 무덤에서 나온 자들 같습니다. 그중 한 놈에게 활을 겨누었는데 제가 쏘기도 전에 스스로 바닥에 쓰러져 죽었습니다.

홀로페르네스 그럼 싸우지 않고 이기는 거구나. 내가 좀더 젊었더라면 이런 꼴은 내 마음에 들지 않았을 것이다. 그땐 매일 새로 싸워 이기지 않으면 난 내 생명을 도적질하고 있다고 생각했거든. 내게 거저 주어진 것은 소유할 가치가 없다고 생각했었지.

대장	사제들이 말없이 심각한 표정으로 걸어 다니는 것이 보입니다. 아시리아에서는 죽은 사람들이나 입는 그런 길고 하얀 옷을 걸치고 있고, 눈은 하늘을 꿰뚫으려는 듯 움푹 들어갔습니다. 두 손을 모아 합장할 땐 손가락들이 떨리고 있었습니다.
홀로페르네스	그런 사제들은 죽이지 마라! 그들의 얼굴에 드리운 절망의 빛이 나에게 도움이 될 테니까.
대장	그들이 이제 하늘을 올려다보는 것은 거기서 저들의 신을 찾기 위해서가 아니라 한 조각 비구름을 볼까 해서입니다. 그러나 태양은 한줄기의 시원한 빗방울을 기대하게 하는 엷은 구름마저도 집어삼켜버리고는 그들의 갈라진 입술에 뜨거운 햇빛만 내리쬐고 있습니다. 그리고 두 손은 움켜쥐고 눈알을 굴리면서 피와 골수가 흘러내릴 정도로 머리들을 벽에 부딪쳐 짓찧고 있습니다.
홀로페르네스	우리도 자주 그런 것을 보아왔다. (웃으면서) 우리 자신도 배고픈 고통을 경험한 적이 있으니까. 그때는 누가 입이라도 맞추려고 하면 행여 뺨이라도 물러뜯길까 겁이 나 물러섰었지. 여봐라, 식사를 대령해라, 즐겁게 먹어보자! (식사가 차려진다.) 내일이 닷새째 날인가?
대장	네.
홀로페르네스	내일이면 결판나겠군! 그 히브리 여인이 말한 대로 베툴리엔이 항복한다면 그 완고한 고을이 저절로 기어와서 내 발아래 엎드리겠지만……
대장	장군님께서는 그것을 의심하십니까?
홀로페르네스	난 내가 명령을 내릴 수 없는 것에 대해서는 모두 의심한다.

그러나 그 여자가 약속한 대로만 되면, 내가 칼로 성문을 두드리지 않고도 문이 열린다면, 그러면……

대장 그렇게 되면요?

홀로페르네스 그러면 우리에게 또 하나의 새로운 신이 생기는 거다. 정말이다. 난 이스라엘의 신이 내 마음에 드는 일을 해준다면 그 신은 나의 신도 될 수 있다고 맹세했다. 그리고 이미 나의 신들이 된 모든 신들의 이름으로, 바빌론의 벨 신*과 위대한 바알 신의 이름으로 난 그 맹세를 지킬 것이다! 여기, 포도주가 든 이 잔을 내가 그 신에게 바치겠노라. 에…… 에…… (시종에게) 그 신의 이름이 뭐라고 했지?

시종 여호와라고 합니다.

홀로페르네스 여호와, 당신에게 이 잔을 바치나이다. 한 사나이가 바치는 잔이오. 그것도 바칠 필요가 없는 한 사나이가 말이오.

대장 그런데 만일 베툴리엔이 항복하지 않는다면 어떻게 하지요?

홀로페르네스 그 맹세와는 다른 맹세로 응징하겠다. 그때는 내가 여호와를 무자비한 채찍질로 다스리겠다. 그리고 저 고을도— 하지만 지금 미리 내 분노의 한계를 정하지 않겠다! 그것은 번갯불에 한 수 가르쳐주겠다는 뜻이지. 그 히브리 여인은 무얼 하고 있느냐?

대장 오, 정말 아름다운 여인입니다. 하지만 콧대도 세더군요.

홀로페르네스 그 여자에게 치근댔느냐?

대장 (당황해서 침묵을 지킨다.)

---

* 벨 신은 바알 신의 바빌로니아 지역 이름이다(외경 「바벨의 벨」 참조).

홀로페르네스 (사나운 눈초리로) 네놈이 감히 그런 짓을 하다니. 그 여자가 내 마음에 들었다는 것을 알고 있었으면서도? 이런 망할 놈, 이거나 받아라! (그 대장을 칼로 벤다.) 이놈을 치워버리고 그 여인을 이리 데리고 와라. 그 여자가 아무런 탈도 없이 우리 아시리아인들 사이를 헤집고 돌아다닌다는 것은 우리의 수치다! (시체가 치워진다.) 여자는 결국 다 여자지. 그런데 사람들은 여자도 여자 나름이라고 생각한단 말이야. 물론 사나이는 여자의 품에 안겼을 때만큼 자신의 가치를 많이 느낄 때도 없어. 하, 남자가 껴안을 때 여자들은 욕정과 부끄러움의 갈등에서 어쩔 줄 모르고 떨지. 그들은 도망칠 것 같은 기색을 보이다가 갑자기 자신들의 본성에 압도되어 사내의 목에 매달리거든. 여자들에겐 약간의 마지막 자존심과 자의식이 갑자기 생겨나지만 그들이 더는 저항할 수 없어 자발적으로 사내에게 달려들지. 이어 자기 마음을 배반한 입맞춤으로 육체의 모든 핏기가 치솟아 여자의 욕망과 남자의 욕망이 서로 내기라도 하듯 경쟁하고 여자들은 반항하기로 되어 있음에도 결국 사내를 요구하거든. 그래, 이런 것들이 바로 인간의 삶인 거지. 바로 여기서 우리는 어째서 신들이 인간을 만들려고 애를 썼는지 알게 되지. 거기서 우리는 만족감을, 넘쳐흐르는 충만함을 얻게 되거든. 그리고 여자들의 좁은 소견이 조금 전까지 잠시 증오와 겁먹은 분노로 가득 차 있었다면, 자기를 정복할 사내가 덤벼들었을 때 황홀해서 뜬 눈을 어둡게 감았다면, 지금 아양을 떨며 내미는 손으로 사내가 마실 술에 독약이라도 탔었다면, 이것이야말로 어느 누구도 맛보지 못한 승리라고 할 수 있지.

그리고 난 이런 승리를 이미 자주 축하했다. 저 유디트도 마찬가지이다. 그녀의 눈길이 친절해 보이고 뺨은 햇빛처럼 미소를 짓고 있긴 하지만, 그러나 마음속에는 그녀의 하느님 외에 아무것도 깃들어 있지 않다. 그리고 이제 난 그 신을 내쫓아버리겠다. 내가 한창 젊었을 때는 적과 만나면 내 칼을 빼는 대신 적의 칼을 그에게서 빼앗아 그걸로 적을 베었지. 저 여자도 그런 식으로 파괴해야겠다. 그 여자를 내 앞에서 자신의 감정에 의해, 믿을 수 없는 관능에 의해 쓰러지게 하겠다.

유디트   (마르차와 함께 등장한다.) 장군님, 명하신 대로 당신의 종 대령했나이다.

홀로페르네스 앉아라, 유디트. 그리고 먹고 마셔라. 넌 내 은총을 입었도다!

유디트   그렇게 하겠나이다. 장군님, 저는 기쁩니다. 제 평생 이렇게 존중을 받은 적이 없었으니까요.

홀로페르네스 어째서 주저하느냐?

유디트   (그녀는 선혈을 가리키면서 몸을 벌벌 떤다.) 장군님, 전 여자입니다.

홀로페르네스 그 피를 잘 살펴보거라. 그것은 틀림없이 네 허영심을 채워줄 것이다. 너 때문에 불타오르다가 흘린 피니까.

유디트   이럴 수가!

홀로페르네스 (시종에게) 다른 양탄자를 가져와라! (대장들에게) 물러들 가라!

(양탄자를 가져온다. 대장들은 퇴장한다.)

유디트   (혼잣말로) 내 머리카락이 곤두서는구나. 그러나 하느님께 감
         사해야겠어. 하느님께서는 제게 이 끔찍한 자를 이러한 모습
         으로도 보여주시는군요. 제가 살인자를 죽이는 것이 좀더 수
         월해졌어요.

홀로페르네스 자, 이제 거기 앉아라. 넌 창백해졌구나. 몹시 떨고 있군. 내
         가 무서우냐?

유디트   장군님은 제게 친절하게 대해주셨습니다!

홀로페르네스 이봐라, 솔직히 말해보거라!

유디트   장군님, 장군님은 저를 틀림없이 업신여기시겠지요, 만일 제
         가—

홀로페르네스 만일?

유디트   만일 제가 당신을 사랑하고 있다면 말입니다.

홀로페르네스 이봐라, 넌 너무 대담하구나. 아니다. 전혀 무례하지 않다. 난
         지금까지 그런 말을 들어보지 못했다. 그 말에 대한 대가로 이
         금 목걸이를 받아라.

유디트   (당황하여) 장군님, 장군님을 이해할 수 없습니다!

홀로페르네스 네가 나를 알게 되면 화를 입을 것이다! 어린아이는 사자를
         모르기 때문에 대담하게 사자의 갈기를 잡아당긴다. 이런 아
         이를 사자는 호의적으로 바라보게 되지. 그러나 아이가 커서
         영리해진 다음 똑같은 짓을 계속하게 되면 사자는 그놈을 갈기
         갈기 찢어버릴 것이다. 내 옆에 앉아라. 잡담이나 나누자. 처
         음 내가 군대를 이끌고 너의 나라를 위협한다는 것을 들었을
         때 무슨 생각이 들었느냐?

유디트   아무 생각도 없었습니다.

홀로페르네스 이봐라, 사람들이 홀로페르네스에 대해 들으면 많은 생각을 하는 법이다.

유디트 전 제 선조들의 하느님에 대해서 생각했습니다.

홀로페르네스 그래 날 저주했느냐?

유디트 아닙니다. 제가 믿는 하느님이 하시는 대로 되기를 바랐습니다.

홀로페르네스 나에게 첫번째 입맞춤을 해다오. (그는 그녀에게 입을 맞춘다.)

유디트 (혼잣말로) 오, 어째서 내가 여자로 태어났단 말이냐?

홀로페르네스 그리고 내 수레들이 굴러가는 소리와 낙타들이 발을 구르는 소리 그리고 내 전사들의 칼이 부딪치는 소리를 들었을 때는 어떤 생각을 했느냐?

유디트 이 세상에서 장군님만이 유일무이한 남자가 아니며, 이스라엘에도 장군님과 맞설 수 있는 남자가 나오리라 생각했습니다.

홀로페르네스 그렇다면 내 이름만 들어도 네 민족이 쓰러지고 너희들의 하느님이 기적을 행하는 걸 잊어버리고, 너희의 남자들이 여자의 옷이나 입고자 하는 것을 알았을 때는……

유디트 그때 전 실소를 금치 못했습니다. 그리고 남자를 볼 때마다 제 얼굴을 가렸습니다. 그리고 제가 기도를 드리려고 하면 저의 생각은 나 자신에 대해 격분하고 갈기갈기 찢어졌으며 뱀처럼 하느님의 모습에 휘감겼습니다. 오, 제가 그렇게 느낀 다음부터 전 제 자신의 마음에 소름이 끼쳤습니다. 전 마치 햇빛이 안으로 비치지만 은밀한 구석에는 아주 못된 벌레가 사는 그런 동굴 속을 헤매고 있는 것 같은 생각이 들었습니다.

홀로페르네스 (옆에서 그녀를 살펴본다.) 이 여자 얼굴이 달아오르는군! 언젠가 어두운 밤에 하늘로 솟아오르던 불덩이를 떠오르게 하는

군. 어서 오너라, 증오의 불길에서 끓어오른 욕망이여! 유디
트, 자 입을 맞추어다오! (그녀는 입을 맞춘다.) 두 입술이 거
머리처럼 붙어 정말 차갑군. 포도주를 좀 마셔라, 유디트. 포
도주 안에는 우리에게 부족한 모든 것이 들어 있다!

유디트   (미르차가 술을 붓자 그 술을 마신다.) 그래요, 포도주 안에는
          용기가 들어 있지요, 용기가!

홀로페르네스 그렇다면, 넌 내 식탁에서 나와 함께 앉아 있기 위해서는 나의
          눈길을 견디어내고 내 입맞춤을 받기 위해서는 용기가 필요하
          단 얘기로군. 딱한 여자로다!

유디트   오, 당신은…… (정신을 가다듬으며) 용서하세요. (그녀는 운
          다.)

홀로페르네스 유디트, 난 네 마음속을 들여다보고 있다. 나를 증오하고 있
          군. 손을 이리 주고 네 증오에 대해 이야기해보아라!

유디트   제 손을? 그건 제 인간성의 뿌리에 도끼질을 해대는 모욕을
          뜻합니다!

홀로페르네스 정말로, 정말로 이 여자는 탐낼 만하군!

유디트   정신을 차려야겠어! 더 이상 뒤로 물러설 것도 없다! (그녀는
          일어선다.) 그래요. 전 당신을 증오하고 있어요. 아니 저주하
          고 있어요. 그리고 당신에게 이 말은 해야겠어요. 제가 미치지
          않으려면 제가 당신을 얼마나 증오하는지를, 얼마나 저주하는
          지를 당신이 알아야 합니다! 자 이제 날 죽이세요!

홀로페르네스 죽여달라고? 내일이면 몰라도. 오늘은 우선 함께 잠자리에
          들자.

유디트   (혼잣말로) 어째서 별안간 내 마음이 이렇게 가벼워지는걸까!

내가 이제 일을 해낼 수 있겠어.

시종   (등장한다.) 장군님, 한 히브리 남자가 막사 밖에서 기다리고
있사옵니다. 그가 급히 당신을 알현하길 청합니다. 아주 중요
한 일이랍니다.

홀로페르네스   (일어선다.) 적에 관한 이야기인가? 들여보내라! (유디트에
게) 그들이 항복하려는 것일까? 그렇다면 얼른 네 친척들과
친구들의 이름을 말해보아라! 그들을 살려주겠다.

에프라임   (홀로페르네스의 발아래 뛰어든다.) 장군님, 장군님은 제 목숨
을 보장해주겠습니까?

홀로페르네스   그렇게 하마.

에프라임   자! (홀로페르네스에게 접근하여 재빨리 칼을 빼고는 그를 내리
친다. 홀로페르네스는 몸을 피한다.)

시종   이 야비한 놈, 네놈에게 사나이를 치려면 어떻게 해야 하는지
를 내가 가르쳐주마! (에프라임을 치려고 한다.)

홀로페르네스   잠깐!

에프라임   (자기 칼로 스스로를 베려고 한다.) 유디트가 보았어! 영원한
내 수치이다!

홀로페르네스   (에프라임이 자살하려는 것을 저지한다.) 감히 두 번이나 그렇
게 멋대로는 못할 거다! 네놈은 내가 방금 약속한 것을 지키
지 못하게 하려고 하느냐? 난 네놈의 목숨을 보장하였다. 따
라서 난 네놈을 네놈한테서 지켜야 한다. 이놈을 포박하라!
내가 아끼던 원숭이가 죽지 않았나? 이놈을 그 원숭이 우리에
처넣고 익살맞은 원숭이 선배의 재주를 가르쳐주어라. 이놈은
참 기이한 놈이다. 홀로페르네스를 치려고 했는데도 무사히

살아남은 것을 자랑할 수 있는 유일한 인간이야. 난 네놈을 궁정에 전시해놓겠다. (시종이 에프라임을 데리고 퇴장한다. 유디트에게) 베툴리엔에는 뱀처럼 음흉한 놈들이 많은가?

유디트   아닙니다. 하지만 미친 자들은 많이 있지요.

홀로페르네스   이 홀로페스네스를 죽이는 것, 세계를 불태우려 위협하는 번갯불을 꺼뜨린다는 것, 불사의 싹을 짓눌러 죽이는 것, 용맹스럽게 시작한 것을 끝내기도 전에 중단시켜 그 시작을 요란한 허풍으로 만들어버리는 것은…… 오, 이것들은 유혹적인 일일 수 있다. 그것들이야말로 운명의 고삐를 휘어잡는 일이지! 만약 현재의 내가 아니었다면 나 자신도 꾐에 빠져 그런 일들을 했을 테지. 그러나 위대한 일을 보잘것없이 하찮은 방식으로 하려고 하는 것은, 사자의 너그러움을 이용해 먼저 그물을 쳐놓고 사자가 걸렸다고 칼을 들고 덤벼드는 것은, 위험을 당하지 않으리라는 보장을 미리 손아귀에 넣겠다는 비겁한 수작은, 안 그런가, 유디트? 그것은 오물로 신을 빚는 격이지. 그것에 대해 너도 경멸적으로 말하지 않을 수 없겠지. 그런데 가장 친한 네 친구가 너의 가장 사악한 적에 대해 그런 짓을 한다면 어떻게 하지?

유디트   장군님은 위대하시고 다른 사람들은 모두 하찮은 존재입니다. (낮은 목소리로) 내 선조들의 하느님, 제가 혐오하는 자를 존경하지 않도록 제발 제 자신을 지켜주세요. 이자야말로 정말 사나이입니다.

홀로페르네스   (시종에게) 잠자리를 준비해라! (시종 퇴장) 이봐, 유디트, 나의 이 팔들은 팔꿈치까지 피로 젖어 있다. 나의 모든 생각들은 공포와 파괴를 낳고 내 말은 곧 죽음이다. 내가 보기에 세상은 보잘것없이 초라하다. 나는 이 세상을 부수고 보다 나은 세상을 열기 위해 태어났다고 생각한다. 인간들은 모두 날 저주하지. 하지만 그 저주는 내 영혼에 들러붙지 못하거든. 내 영혼의 날개가 활개를 치기만 하면 그 저주를 깨끗이 털어버리지. 처음부터 남아 있지 않은 것처럼 말이다. 따라서 난 틀림없이 정당하게 행동하고 있다. 한번은 어떤 놈을 달구어진 석쇠에 올려놓았는데 그자가 "오, 홀로페르네스, 넌 이것이 무슨 짓인지 모를 것이다!"라면서 신음 소리를 내더군. "사실 난 모르지"라고 말하고는 난 그의 옆에 나란히 누웠지. 놀라지 말거라. 그 짓은 어리석었지.

유디트   (혼잣말로) 그만둬! 그만둬! 내가 이자 앞에 무릎을 꿇지 않으려면 그를 죽이지 않으면 안 돼.

홀로페르네스 힘이야! 힘! 바로 그것이다. 나를 대적해서 쓰러뜨릴 자가 나타났으면 좋겠다. 그런 자를 내가 그리워하거든. 자기 자신 외에 그 누구도 존경할 수 없다는 것은 참 공허한 일이다. 그런 자가 있어 나를 절구에 넣어 으깬다면 좋겠다. 또 그런 자가 마음이 내켜 내가 이 세상에 뚫어놓은 구멍에 죽을 채워놓으면 좋겠다. 난 내 칼로 더 깊숙하게, 점점 더 깊숙하게 구멍을 뚫을 것이다. 살려달라는 비명 소리에도 구원자가 깨지 않는다면 구원자는 어디에도 없는 것이지. 강한 폭풍우는 바람을 뚫고 질주한다. 폭풍우는 자신의 상대를 알고 싶어 한다. 그러나 이 폭풍우는 자기에게 반항하는 것처럼 보이는 떡갈나무의 뿌리를 송두리째 뽑아버리며 탑들을 무너뜨리고 땅덩어리를 근본적으로 뜯어 고쳐놓는다. 그때 폭풍우는 자신과 필적할 만한 놈이 없다는 것을 깨닫게 되지. 그러고는 권태감에 젖어 곧 잠들어버린다. 혹 네부카드네자르 대왕이 내 상대일까? 그는 분명히 나의 군주이긴 하다. 그가 언젠가는 내 머리를 개들에게 던져줄지도 몰라. 개들이 얼마나 잘 먹을까? 아니 어쩌면 내가 언젠가는 대왕의 창자를 아시리아의 호랑이들에게 먹이로 줄지도 모르지. 그렇게 되면…… 그래, 그렇게 되면 나는 내가 인류의 척도라는 것을 알게 되겠지. 그러면 난 공포의 칼을 찬 범접할 수 없는 신으로서 어지러워하는 인류 앞에 영원히 군림하게 되겠지. 오, 그 마지막 순간, 그 최후의 순간이 벌써 온다면 좋으련만! 그렇게 되면 난 이렇게 외칠 것이다. "내게 고통을 받은 모든 자들이여, 이리들 와라! 내게서 사지가 절단된 너희들은, 나로 인해 품에서 여자를 빼앗기고 곁에서 딸자식을 잃은 너희들은 이리 와서 내게 가할 고통의 방법을 궁리하라! 내 피를 짜내 내가 그걸 마시게 하라! 내 허리에서 살을 도려내 내가 그걸 먹게 하라!" 그리고 이들이 나에게 가장 잔혹한 짓을 했다고 생각할 때 내가 그들에게 더 잔혹한 짓을 알려주고 그걸 내게 가하는 것을 거부하지 말라고 호의적으로 청하게 된다면, 그리고 그들이 주변에서 소름이 끼칠 정도로 놀라워하고 있을 때 내가 아무리 고통스러워도 웃음으로 대해 그들을 죽음과 정신착란으로 몰고 간다면, 난 그들에게 이렇게 호통을 칠 것이다. "내가 너희들의 신이니, 무릎들을 꿇어라!" 그리고 난 두 입술을 붙이고 눈을 감으면서 조용히 비밀스럽게 죽으리라.

유디트   (몸을 떨면서) 만일 하늘이 번갯불을 던져서 당신을 파멸시킨
         다면 어떻게 하겠어요?

홀로페르네스   그러면 내가 마치 그 일을 번갯불에게 명령한 것처럼 손을 뻗
         을 것이고, 죽음의 빛줄기는 음울하고 위엄있게 나를 감쌀 것
         이다.

유디트   끔찍하군요! 소름이 끼치네요! 내 감정과 생각은 메마른 잎들
         처럼 뒤엉켜 흩날리는군요. 무서운 인간이여, 당신이 나와 내
         하느님 사이에 밀치고 들어오다니! 이 순간 기도를 해야 하는
         데 도저히 할 수가 없습니다!

홀로페르네스   엎드려 나를 섬겨라!

유디트   하, 이제 다시 분명하게 알게 되었어요! 당신을 섬기라고요?
         당신은 당신의 힘을 자랑하고 있군요. 그 힘이 변했다는 것을,
         그 힘이 오히려 당신의 적으로 변했음을 전혀 모르시나요?

홀로페르네스   그런 새로운 얘기를 들으니 기쁘구나.

유디트   당신은 힘이라는 것이 세상에 폭풍우를 일으키기 위해 존재하
         는 것이라고 생각하는군요. 만약 그 힘이 스스로를 제어하기
         위해 존재한다면 어떨까요? 그러나 당신은 그 힘을 당신의 정
         열의 먹이로 만들었습니다. 당신은 당신의 군마들에게 잡아먹
         히는 기병입니다.

홀로페르네스   그래, 그래, 힘은 자살을 위해 있음을 지혜는 말할게다. 지혜
         는 결코 힘이 아니니까. 난 내 자신과 싸우지. 왼쪽 다리뼈에
         오른쪽 발이 걸려 넘어지게 한다고나 할까. 오른발 옆에 있는
         개미 둑만은 짓밟아버리지 않게 하려고 말이다. 황야의 저 바
         보는 자기 그림자와 싸우고는 밤이 밀려오자 "이제 난 패했다.

104

이제 내 적은 이 세상만큼이나 그렇게 크다"라고 외쳐댔지. 그 바보는 원래 아주 똑똑했다, 그렇지 않은가? 오, 자기 스스로를 꺼버리는 불을 내게 보여다오! 너희들은 그런 불을 발견하지 못하는가? 그러면 저를 태우며 번지는 불을 내게 보여다오! 너희들은 그것도 발견하지 못하는가? 그러면 불붙은 나무가 과연 불에 대해 판결할 권한이 있는지 내게 말해보거라!

유디트 어떻게 대답해야 할지 모르겠어요. 이제는 제 생각이 자리 잡고 있던 곳에 공허함과 어둠만이 있을 뿐입니다. 난 이제 더 이상 내 마음조차 모르게 되었습니다.

홀로페르네스 넌 나에 대해 비웃을 권리가 있다. 한낱 여자에게 그런 것을 이해시키려고 할 필요는 없었는데.

유디트 여자를 존경하는 법을 배우세요! 당신을 살해하기 위해 여자가 당신 앞에 서 있습니다! 그리고 여자가 당신에게 그 말을 하고 있습니다!

홀로페르네스 여자가 그런 말을 내게 하는 것은 스스로 자신의 범행을 불가능하게 만들려고 그러겠지! 오, 스스로 위대하다고 여기는 비겁함이여! 하지만 아마도 넌 단지 내가 너와 동침하지 않기 때문에 그런 생각을 할 것이다. 네게서 나를 지키기 위해서는 네게 아이 하나만 임신시켜놓으면 되겠구나.

유디트 당신은 히브리 여자에 대해 전혀 알지 못하는군요! 가장 치욕적인 꼴을 당해도 가장 행복하다고 느끼는 그런 가련한 여자들만 알고 있을 뿐이지요.

홀로페르네스 이리 오너라, 유디트, 널 알고 싶구나. 어쨌든 반항은 좀 하거라. 언제까지라는 것은 내가 말해줄 것이다. 자 한잔 더 하고!

| | (그는 들이켠다.) 이제 그만 바둥거리거라, 그만하면 충분하다! (시종에게) 물러가라! 그리고 이 밤에 나를 방해하는 놈이 있다면 목을 베어놓겠다! (유디트를 강제로 데리고 간다.)* |

유디트 (나가면서) 내가 감행해야 해…… 하고야 말겠다. 내가 할 수 없다면 난 나를 영원히 저주할 것이다!

시종 (미르차에게) 너는 여기 남아 있겠느냐?

미르차 전 아씨를 기다려야 합니다.

시종 넌 어째서 유디트 같은 여자가 되지 못했느냐? 유디트 같았더라면 나도 우리 장군님과 똑같이 행복을 누릴 텐데 말이다.

미르차 당신은 어째서 홀로페르네스와 같은 남자가 되지 못했죠?

시종 난 홀로페르네스 장군님을 편안히 모시기 위해 있는 사람이다. 불세출의 영웅께서 몸소 음식을 나르고 포도주를 따를 필요가 없도록 말이다. 또 그가 취했을 때 잠자리로 모시는 일도 내가 할 일이지. 이제 너도 내게 대답을 한번 해봐라. 무엇 때문에 못생긴 여자들이 세상에 존재하고 있는 거지?

마르차 바보 같은 자가 조롱할 수 있도록 하기 위해서죠.

시종 당연하지. 남자들이 재수 없이 어두운 곳에서 입을 맞추게 되었을 때 밝은 곳에서 그런 여자들 얼굴에 침을 뱉기 위해서지. 한번은 홀로페르네스 장군님이 적절치 않은 시각에 자기 앞에 나타난 여자의 목을 친 일이 있었어. 그 여자가 예쁘지 않다고 생각했기 때문이지. 장군님은 언제나 제대로 된 것만 보시거

---

* 「유디트」 12장 21절에는 홀로페르네스가 "평생 동안 전례가 없었던 만큼 그렇게 많이" 술을 마셨다고 적혀 있다. 그가 취해 자고 있는 틈에 유디트는 그의 목을 벤다(「유디트」 13장 1~9절).

든. 추악한 히브리 여자야. 저 구석에 숨어 조용하나 있거라!
(퇴장한다.)

미르차 　(독백) 조용하군, 정말 조용해! 내 생각에 (침실을 가리키면서) 저기서 누군가는 죽을 거야. 홀로페르네스가 죽을지, 아니면 유디트 아씨가 죽을지 모르겠어. 조용하군! 정말 조용해! 언젠가 물가에 있었을 때 어떤 사람이 익사하는 광경을 보게 되었지. 두려움 때문에 그를 살리려 쫓아 들어갔지만, 곧 그 두려움 때문에 난 다시 물러섰어. 그때 난 그의 비명 소리를 듣고 싶지 않아서 지를 수 있는 한 크게 소리쳐댔지. 그래서 지금도 난 이렇게 중얼거리고 있는 거야. 오, 유디트 아씨, 유디트 아씨! 아씨가 홀로페르네스에게로 와 내가 이해하지 못하게 위장을 해서 당신의 민족을 그의 손에 넘겨주겠다고 약속을 했을 때, 그때 난 아씨를 잠시 배신자로 생각했어요. 제가 아씨께 잘못했군요. 전 그것을 곧 느꼈어요. 오, 차라리 제가 아씨를 지금도 잘못 생각하고 있다면 얼마나 좋을까요! 아씨의 말 대부분이, 또 아씨의 눈길과 태도가 전처럼 날 속일 수 있다면 좋을 텐데! 난 용기가 없어. 두렵기만 하다니. 그러나 지금은 두려움 때문에 내가 이렇게 말하는 것이 아니야. 범행이 실패할지도 모른다는 불안감에서도 아니야. 여자는 사내를 낳아야지. 여자가 사내를 죽이는 것은 안 될 일이야.

유디트 　(머리가 헝클어진 채 비틀거리며 황급히 나온다. 안쪽 커튼이 젖혀진다. 홀로페르네스가 자고 있는 것이 보인다. 그의 머리맡에는 그의 칼이 걸려 있다.) 여기는 너무 밝아! 너무 밝아! 불을 꺼, 미르차! 부끄러움을 모르는 불빛 같으니.

미르차	(환성을 지르며) 아씨가 살아 있다. 그 남자도 살아 있고…… (유디트에게) 아씨, 어떻게 된 일이죠? 아씨의 두 볼은 마치 피가 쏟아져 나올 것처럼 상기되어 있어요. 아씨의 눈은 두려움으로 가득 차 있어요!
유디트	날 쳐다보지 마, 미르차! 아무도 나를 쳐다보아서는 안 돼! (그녀는 비틀거린다.)
미르차	제 몸에 기대세요. 비틀거리시네요!
유디트	뭐라고, 내가 그렇게 약해 보여? 물러서! 나 혼자 서 있을 수 있어. 오, 그보다 더한 것도 할 수 있지. 그보다 훨씬 더한 것도 해낼 수 있단 말이야!
미르차	어서 가요, 우리 여기서 도망쳐요!
유디트	뭐라고? 넌 저자의 하녀냐? 그가 나를 강제로 질질 끌고 가서 치욕적인 자기 잠자리로 날 밀어 넣고는 내 영혼을 질식시킬 때 넌 이걸 보고 가만히 있었지? 그리고 이제 그자의 품에 안겨 느꼈던 모멸감을 보복하려고 하는데, 나의 인간성을 거칠게 유린한 것에 대해 복수를 하려는 이때, 아직 내 입술에서 화끈거리는 수치스러운 입맞춤을 그자의 피로 씻어내려 하는데, 나를 데리고 도망치려고 하다니 부끄럽지도 않으냐?
미르차	불쌍한 아씨, 어쩌시려는 거예요?
유디트	딱한 것, 그걸 모른단 말이야? 너의 마음이 그걸 말해주지 않아? 난 그를 죽일 생각이다! (그때 미르차가 놀라 뒷걸음친다.) 다른 선택이 더 있겠어? 있다면 내게 그걸 말해봐, 미르차. 살인을 택하지 않으려면, 내가…… 아니, 내가 지금 무슨 말을 하고 있지? 더 이상 한마디도 하지 마라, 미르차! 세상이

빙빙 돌고 있는 것 같다.

미르차   가요!

유디트   절대 그럴 수 없어! 네가 할 일을 가르쳐주겠어. 미르차, 알다시피 난 여자야! 아, 이제는 내가 여자라고 생각해서는 안 되지! 내 말을 듣고 내가 부탁하는 대로 해줘! 만일 내가 힘이 빠지면, 내가 정신을 잃어 주저앉게 되더라도 내게 물을 끼얹지 말아줘. 소용이 없어. 그 대신 내 귀에 "당신은 창녀야!"라고 소리쳐줘. 그러면 난 벌떡 일어나서 어쩌면 널 움켜잡고는 네 목을 조를 거야. 그렇게 되면 놀라지 말고 내게 이렇게 외쳐줘. "홀로페르네스가 당신을 창녀로 만들었어. 그런데도 저자는 아직 살아 있어요!" 그러면 난 영웅으로 다시 태어날 것이다. 홀로페르네스와 같은 영웅 말이야.

미르차   아씨 생각은 아씨에겐 너무 과도한 것이에요.

유디트   날 이해하지 못하는구나. 하지만 날 이해해야 해. 당연히 그래야지, 미르차. 넌 처녀야. 너의 신성한 처녀의 마음을 한번 들추어보겠어. 처녀란 꿈에서도 치명적으로 욕을 당할 수 있기에 제 꿈에 대해서 벌벌 떨고 있기는 하지만, 그러나 영원히 처녀로는 남아 있지 않을 것이라는 기대 속에서만 살아가고 있는 어리석기 그지없는 존재지. 처녀에게는 처녀로 존재하기를 멈출 때보다 더 중요한 순간은 없어. 그동안 처녀로서 억제하려고 했던 끓는 피, 또 참아왔던 모든 한숨이 몸을 바치는 저 순간에 치러야 하는 희생의 가치를 높여주지. 처녀는 자신의 모든 것을 바치지. 처녀가 자신의 모든 것을 바쳐 황홀함과 희열을 직접 느끼고자 한다면 그것이 너무 뻔뻔한 욕망일까? 미르차, 내 말 듣고 있어?

미르차　어찌 듣지 않고 있겠어요!

유디트　이제 그것이 얼마나 충격적인 일인지 생각해봐! 이제 한번 그
걸 상상해보라고! 두 손을 들어 빌면서 수치심이 너와 너의
생각 사이로 비집고 들어올 때까지, 그리고 가장 소름끼치는
일이 생길 수 있는 그런 세상을 네가 저주할 때까지 상상해보
란 말이야!

미르차　도대체 무엇을? 대체 무엇을 상상해보란 말인가요?

유디트　무엇을 상상해봐야 하냐고? 가장 치욕적으로 모멸을 당한 너
자신을 상상해보란 말이야. 남용된 포도주의 힘을 빌리고 비
열한 도취를 훨씬 더 비열한 도취로 채우는 데 도움을 주기 위
해 너의 심신이 쥐어짜내지는 순간을 머릿속에 그려보란 말이
지. 잠자고 있는 남자의 탐욕이 너의 가장 신성한 것을 유린하
는 데 필요한 만큼의 불길을 네 자신의 입술에서 훔쳐오는 순
간을 상상해봐. 그리고 술에 취해 자기 주인을 더 이상 알아보
지 못하는 노예처럼 네 감각 자체가 너 자신에 대해 저항하는
순간을, 또 너의 지금까지의 모든 삶, 네 모든 생각과 느낌을
오로지 오만한 몽상으로만 간주하고 너의 치욕을 진실한 너의
존재로 간주하기 시작하는 순간을 한번 상상해보란 말이야!

미르차　제가 아름답지 않은 것이 천만다행이군요!

유디트　내가 이리로 왔을 때 바로 그 점을 생각하지 못했어. 그러나
이 모든 것은 내가 (그녀는 침실을 가리킨다.) 저곳으로 들어
갔을 때, 첫 눈길이 펼쳐진 잠자리로 향했을 때 내게 아주 분
명하게 드러났지. 난 저 끔찍한 자의 발아래 엎드려서는 날 괴

롭히지 말아달라고 신음하듯 절규했거든. 그자가 나의 영혼의 두려움에서 나오는 절규를 들어주었더라면, 난 절대로, 절대로 그를…… 하지만 그의 대답은 결국 내 가슴을 풀어 헤치고 내 젖가슴을 칭찬해대는 거였지. 그자가 나에게 입을 맞추었을 때 난 그의 입술을 깨물었지. 그러자 그는 비웃듯이 "네 열정을 좀 누그러뜨려라. 너무 앞서가는군!"이라고 말하더군. 그러고는…… 아, 난 하마터면 의식을 잃을 뻔했다. 난 그저 벌벌 떨기만 했어. 바로 그때 갑자기 무엇인가 번쩍거리는 것이 내 눈에 들어왔어. 그의 칼이었어. 내 혼미한 생각들은 오직 그 칼에 모아졌어. 그리고 난 결국 나의 존엄성이 상실되면서 존재의 권리를 잃어버렸지. 내가 그의 칼로 내 잃어버린 존재의 권리를 다시 쟁취해야겠어! 날 위해 기도해다오! 지금 그 일을 하겠어! (그녀는 침실로 뛰어 들어가 칼을 잡으려고 손을 내민다.)

미르차   (무릎을 꿇는다.) 하느님, 그자를 깨워주소서!

유디트   (주저앉는다.) 아니, 미르차, 무슨 기도를 하고 있는 거지?

미르차   (다시 일어서며) 됐어요! 아씨는 그런 일을 할 수 없어요!

유디트   할 수 있어. 아, 미르차. 수면이란 피곤한 인간들을 감싸 안아주는 하느님 자신이지. 그래서 잠자는 사람은 틀림없이 안전해. (그녀는 일어서서 홀로페르네스를 응시한다.) 그런데 이자는 정말 태평하게 자고 있군. 자신의 칼을 뽑아 자기를 살해하리라는 걸 전혀 눈치채지 못하고 있어. 태평스럽게 자고 있네. 하, 유디트, 이 비겁한 여자, 네가 분개해야 하는 것이 너로 하여금 연민을 갖게 하느냐? 저 치욕의 시간을 뒤로한 채 이렇게 태평하게 자고 있다니. 이것이야말로 가장 사악한 모욕이 아닌가? 함부로 짓밟아버리고 나서 아무 일도 없었다는 듯이 태평하게 잠자고 있으니, 난 대체 하나의 벌레란 말인가? 난 벌레가 아니다. (그녀는 칼집에서 칼을 뽑는다.) 이자가 미소를 머금고 있군. 이 웃음을, 이 악마의 웃음을 난 잘 알고 있지. 날 끌어당길 때도 저렇게 웃었지. 이자가…… 유디트, 이자를 죽이거라. 그는 지금 꿈속에서도 널 한 번 더 능욕하고 있다. 그가 자는 것은 바로 네가 당한 치욕을 개처럼 다시 씹어대는 짓거리에 불과하지. 그가 뒤척이는군. 유디트, 넌 이자가 다시 허기에 찬 탐욕 때문에 잠에서 깰 때까지, 그래서 그가 또다시 널 덮칠 때까지 망설이려고 하느냐. 그리고……
(그녀는 홀로페르네스의 목을 친다.) 봐라, 미르차, 여기 그자의 수급(首級)이 있다. 자, 홀로페르네스, 이젠 날 존경하겠는가?

미르차   (정신을 잃는다.) 절 잡아주세요!

유디트   (오한을 느끼며 몸을 떤다.) 미르차가 기절했구나…… 내가 한 행동이 그녀의 피를 혈관 속에서 얼어붙게 해서 저렇게 죽은 자처럼 쓰러질 만큼 정말 끔찍한 짓이었을까? (격해져서) 어리석은 미르차, 정신 차려. 네가 기절하니 마치 날 비난하고 있는 것 같구나. 그래서 난 도저히 참을 수가 없어!

미르차   (정신을 차리며) 저 위에 보를 덮으세요!

유디트   정신 차려, 미르차. 제발 정신 차려! 네가 벌벌 떨고 있으면 내 몸의 일부를 도려내는 것 같아. 이렇게 네가 어지러움에 뒷걸음치며 네 눈길을 매정하게 딴 곳으로 돌리고, 또 네 얼굴이 하얗게 질려 있으니, 내가 비인간적인 짓을 저질렀다는 생각이 들어. 그러니 이제 난 내 자신의 목숨을 스스로…… (그녀는 칼을 잡는다.)

미르차 (유디트의 품 안으로 뛰어든다.)

유디트 기뻐해라, 내 마음이여. 미르차가 아직 날 감싸 안아줄 수 있다니! 하지만 괴롭다. 미르차가 오로지 저 죽은 자를 차마 볼 수가 없어서, 또다시 기절하는 것이 두려워 내 품으로 뛰어든 거로구나. 아니면 이렇게 안고 있으면 네가 또다시 기절할 것이냐? (유디트가 그녀를 밀쳐낸다.)

마르차 아씨는 제 마음을 아프게 하고 있어요! 그리고 아씨 스스로는 자신의 마음을 더 아프게 하는군요!

유디트 (그녀의 손을 잡고 부드럽게) 그렇지 않아, 미르차. 그것이 정말 천인공노할 짓이라면, 내가 정말로 잔인무도한 짓을 저질렀다면, 넌 내게 이런 느낌을 갖게 하지 않았을 거야. 그리고 내가 내 행위를 스스로 용납하려고 하지 않았다면, 넌 내게 정답게 이렇게 말했겠지. "아씨는 잘못 판단했어요. 그것은 영웅적인 행위였으니까요!"

미르차 (침묵한다.)

유디트 내가 벌써 구걸하는 자로 네 앞에 서 있다고 생각하지 말아다오. 내가 이미 내 자신에게 유죄판결을 내리고 네게서 사면을 기대하고 있다고 생각하지 말아줘. 이것은 영웅적인 행위였어. 그 이유는 바로 상대가 홀로페르네스였기 때문이지. 그리고 난…… 너처럼 하나의 물건에 불과해. 이것은 영웅적 행위 그 이상의 것이었어. 난 내가 한 행위의 절반만큼이라도 위대한 행위를 한 영웅을 보고 싶다.

미르차   아씨는 복수를 말씀하시는데 한 가지만 물어보겠어요. 어째서 아씨는 눈부시게 아름다운 모습으로 이 이교도의 진영에 왔나요? 아씨가 이곳에 발을 들여놓지 않았더라면 복수에 대해서는 결코 생각하시지 않았을 텐데요.

유디트   왜 이곳에 왔냐고? 우리 민족의 비참함이 나를 이리로 오도록 채찍질했지. 위협적인 기아의 고통이, 고통스럽게 죽어가는 아이에게 젖을 먹이기 위해 자신의 맥박을 끊은 어머니들에 대한 생각이 날 이리 오도록 했지. 오, 이제야 다시 나 자신과 화해한 기분이군. 난 내 문제 때문에 이 모든 것들을 잊어버리고 있었지!

미르차   그걸 아씨는 잊고 있었어요! 그러니까 아씨가 그 손을 피로 물들이게 만든 것은 그런 일 때문이 아니었어요.

유디트   (서서히, 무너져가면서) 그래…… 그래…… 네 말이 맞아…… 그 때문이 아니었지…… 난 내 자신에 대한 생각만으로 일을 저지른 거야. 아, 혼란스럽다! 우리 민족은 구원을 받았지. 하지만 돌 하나가 홀로페르네스를 완전히 박살냈더라면…… 그러면 우리 민족은 지금의 나보단 그 돌에 대해 더 고마워할 텐데! 고마워한다고? 누가 그런 고마움을 원할까? 그러나 이제 난 내 행위에 대해 혼자서 책임을 져야만 해. 그리고 그 행위가 날 짓누르고 있어!

미르차   홀로페르네스는 아씨를 품에 안았지요. 만일 아씨가 그자의 아들을 낳는다면, 그래서 그 아이가 아씨에게 자기 아버지에 대해 묻는다면 그때 아씨는 뭐라고 대답하겠어요?

유디트	오, 미르차. 난 죽어야 해. 죽고 싶다. 아! 난 잠들어 있는 저 진중(陣中)으로 달려가고 싶다. 홀로페르네스의 머리를 높이 쳐들고 싶다. 내가 살해했다고 소리쳐 알리고 싶어. 그러면 수많은 병사들이 모두 일어나서 나를 갈기갈기 찢어버리겠지. (가려고 한다.)
미르차	(조용히) 그렇게 되면 그들은 저도 갈기갈기 찢어버리겠군요.
유디트	(걸음을 멈춘다.) 그럼 내가 어쩌란 말이지? 내 머릿속이 갑자기 연기처럼 흩어지는구나. 내 마음은 치명상을 입은 것 같아. 하지만 난 나 자신 외에는 아무것도 생각할 수가 없어. 좀 달라졌으면 좋으련만! 내 자신이 마치 내부로 향하고 있는 눈처럼 느껴져. 그리고 내가 나 스스로를 그렇게 날카롭게 관찰하고 있으면, 난 더, 점점 더, 훨씬 더 작아지고 있다는 걸 느껴. 그래서 난 내 내부를 들여다보는 것을 멈추어야 해. 그렇지 않으면 난 아주 아무것도 아닌 존재로 사라져버릴 테니까.
미르차	(귀를 기울이면서) 맙소사, 누가 와요!
유디트	(당황해서) 조용히 해! 조용히! 그 누구도 올 수 없어! 난 세상의 심장을 찔렀으니까. (웃으면서) 그것도 정확하게 명중시켰지! 세상은 아마도 더 이상 움직이지 않고 멈추어 있겠지. 내일 아침 하느님이 굽어 내려보시다가 태양이 더 이상 움직일 수 없고 별들도 마비된 것을 알게 된다면, 그것에 대해 뭐라 하실까? 혹시 하느님이 나를 벌주시려 하지 않을까? 오, 아냐. 난 유일하게 살아 있는 자니까. 어디에서 다시 생명이 오겠어? 하느님이 어찌 날 죽일 수 있겠어?
미르차	유디트 아씨!

유디트	아, 내 이름이 날 괴롭히는구나!
미르차	유디트 아씨!
유디트	(불쾌하게) 날 잠들게 둬라! 꿈은 꿈이지! 우습지 않아? 지금 난 울 수도 있을 것 같아. 우는 이유를 나에게 말해줄 단 한 사람이라도 있다면 좋을 텐데.
미르차	아씨에겐 이제 희망이 없어 보여요! 유디트 아씨, 아씨는 마치 어린아이 같아요.
유디트	그래 맞아, 됐어. 생각해봐라, 그걸 난 몰랐어. 난 그동안 착실하게 나 자신을 감옥과 같은 이성에 의지해왔지. 그런데 내 뒤에서 쇠로 된 문 같은 것이 끔찍하고 굳건하게 닫혀버렸어. (웃으면서) 그렇지, 난 내일도 여전히 나이를 먹지 않아. 모레도 마찬가지지! 이리 와, 우리 다시 놀자, 그러나 좀더 근사하게 놀자. 방금까지 난 한 사람을 죽인 나쁜 여자였어! 후, 내가 이제 어떻게 해야 할지를 말해줘!
미르차	(얼굴을 돌리며) 오! 아씨가 미쳐버리셨네!
유디트	내가 어떻게 해야 할지 말해봐! 빨리! 빨리 말해봐! 그렇지 않으면 난 다시 이전의 내가 될 거야.
미르차	(홀로페르네스를 가리킨다.) 저기를 봐요!
유디트	내가 어떻게 해야 할지 더 이상 알지 못한다고 생각하지? 오, 그렇지 않아, 그렇지 않아. 제발 미치게 해달라고 난 애걸이라도 하겠어. 때때로 내 의식이 약간 몽롱하긴 해도 완전히 어두움 속에 있지는 않아! 내 머릿속에는 온통 두더지 굴투성이야. 하지만 이것들 모두 내 크고 두터운 이성이 들어가기엔 너무 작아. 거기로 이성이 비집고 들어가려고 하지만 허사지.

미르차	(극도의 불안감에서) 곧 아침이 밝아올 거예요. 만일 적들이 여기에 있는 우리를 발견하면 아씨와 절 온갖 고문으로 죽일 거예요. 그들은 우리를 갈기갈기 찢어 죽일 거예요.
유디트	넌 인간이 죽을 수 있다는 걸 정말 믿느냐? 그것을 누구나 믿고 있고 또 믿어야만 한다는 것을 잘 알고 있어. 옛날에는 나도 그렇게 믿었어. 하지만 이제 죽음은 내게 무의미한 것, 불가능한 것 같은 생각이 들어. 죽는다는 것! 아! 지금 내 마음을 갉아먹고 있는 것은 앞으로도 영원히 갉아먹을 것이야. 그것은 치통이나 열병 같은 것이 아니지. 그것은 이미 나 자신과 하나가 되어 있으며, 또 그것은 영원히 계속될 거야. 사람은 고통에서 뭔가를 배우거든. (유디트는 홀로페르네스를 가리킨다.) 저자도 죽은 것이 아니야! 이 모든 것을 내게 말하는 자가 바로 저자인지 누가 알아! 떨고 있는 나의 정신에다가 그가 자신이 죽지 않는다는 비밀을 알려줌으로써 내게 복수를 하고 있는 것인지 누가 아느냐고!
미르차	가엾은 아씨, 어서 가세요!
유디트	그래, 그래, 미르차. 네게 부탁하는데 내가 어떻게 해야 할지 그때그때 말해줘. 난 아직도 무슨 짓을 하는지 불안해.
미르차	그렇다면 절 따라오세요!
유디트	아아, 그러나 넌 가장 중요한 것을 잊어서는 안 돼! 저기 있는 저자의 수급을 자루에 집어넣어. 그것을 난 여기에 두고 가지 않을 테니까. 그러고 싶지 않아? 아니면 난 한 발짝도 움직이지 않겠어! (미르차는 몸서리를 치며 홀로페르네스의 머리를 자루에 넣는다.) 자, 이 수급은 내 소유물이야. 베툴리엔의 사람

들이 내 말을 믿도록 이 머리를 내가 가지고 가야 해. 그러니까 내가…… 아, 괴롭구나, 괴로워, 내가 사람들에게 이러한 사실을 알린다면 날 찬양하고 칭송하겠지. 그리고 이것을 내가 전부터 생각했던 것 같은 기분이 드니 더 괴롭구나!

미르차   (가려고 한다.) 지금은 어때요?

유디트   명료해져. 이봐, 미르차. 난 네가 그 일을 해냈다고 말하겠어!

미르차   제가 했다고요?

유디트   그래, 미르차. 이렇게 말하겠어. 결정적인 순간에 내 용기가 사라졌다고. 하지만 너에게 성령이 내려, 네가 하느님의 가장 센 적대자에게서 네 민족을 구원했다고 말이야. 그러면 사람들은 나를 하느님이 내팽개쳐버린 도구처럼 경멸할 거야. 그리고 너에겐 이스라엘의 칭송과 찬양이 일어날 것이고.

미르차   절대 그래서는 안 돼요.

유디트   오, 네 말이 맞아! 그건 비겁한 짓이지. 이스라엘 사람들의 환호와 온갖 꽹과리들의 소리가 날 짓이겨놓을 것이야. 그게 나에 대한 보답이겠지. 가자! (둘 다 퇴장)

제3막과 같은 베툴리엔 고을.

성문이 보이는 광장. 성문에는 파수병들이 서 있다. 여러 군데 무리를 지어 있는 많은 군중들. 누워 있거나 서 있다. 아침이 밝아온다.

사제 두 명이 한 무리의 여자들과 어머니들에 둘러싸여 있다.

한 여자	당신들은 우리의 하느님이 전능하다고 말하면서 우리를 속였어요. 하느님도 자신이 말한 약속을 지킬 수 없는 평범한 인간과 다를 게 뭐예요?
사제 1	하느님은 전능하십니다. 그러나 여러분 스스로가 하느님의 손을 묶어놓았소. 여러분이 자격이 있을 때만 하느님은 여러분을 도울 수 있소.
여자들	이런, 이럴 수가! 우리에게 앞으로 무슨 일이 일어나지요?
사제 1	여러분의 뒤를 돌아다보시오! 그러면 여러분은 여러분 앞에 닥친 일을 알게 될 겁니다!
한 어머니	어떤 어미가 죄 없는 어린 자식이 목말라 죽어가야만 할 정도로 그렇게 큰 죄를 지을 수 있나요? (자신의 아이를 들어 올린다.)
사제 1	죄에는 한계가 없기 때문에 벌도 끝이 없소.
어머니	사제님! 어떻게 어미가 그런 죄를 지을 수 있는지 당신에게 묻겠어요. 하느님이 화가 나셨다면 차라리 아이가 어미 배 속에 있을 때 숨통을 끊어놓는 게 좋겠어요. 아이가 태어났다면 그 아이는 살아야 하지 않겠어요? 우리는 제 몸이 두 개이기를 바라기 때문에 아이를 낳아요. 우리 안의 자신을 미워하고 경멸하지 않으면 안 될 때도 우리를 보며 순수하고 성스럽게 웃고 있는 아이를 보고 우리 자신의 모습을 사랑할 수 있기에 우리가 아이를 낳는다고요.
사제 1	당신 멋대로 생각하는군요! 하느님이 당신에게 아이를 생산하게 해주는 것은 살과 피를 가진 당신을 징계할 수 있기 위함이며, 또 당신이 죽은 이후에도 당신을 계속 괴롭히기 위함이오.
사제 2	(사제 1에게) 절망에 빠진 사람들이 이 고을에 너무 많지 않습

니까?

사제 1   당신은 씨를 뿌려야 하는 순간에도 한가롭게 있을 작정입니까? 땅이 단단하지 않으니 당신의 뿌리를 내리도록 하시오!

어머니   내 아이가 나 때문에 고통을 당해서는 안 돼요. 부디 이 아이를 데리고 가시오! 전 방에서 문을 잠그고 모든 저의 죄에 대해 반성하며 각각의 죄에 두 배의 고통을 가하겠어요. 전 제 자신이 죽을 때까지, 또는 하느님이 하늘에서 "그만둬라!"고 소리치실 때까지 계속 스스로를 괴롭히겠어요.

사제 2   당신의 아이를 직접 보호하고 양육하세요! 당신의 하느님께서도 그것을 원하십니다!

어머니   (아이를 껴안는다.) 그래요. 이 아이가 완전히 핏기가 없어질 때까지, 아이의 신음 소리조차 막혀 숨통이 딱 멎을 때까지 그렇게 오래오래 이 아이를 지켜볼 거예요. 이 아이에서 결코 눈길을 다른 데로 돌리지 않겠어요. 심지어 고통 때문에 아이의 눈이 너무 일찍 약삭빠르게 되어 아주 비참한 상태로 날 응시한다 할지라도 절대 시선을 다른 데로 돌리지 않겠어요. 누구도 해보지 않았던 참회를 위해 제가 그렇게 하겠어요. 그러나 이 아이가 이제 점점 더 약아지면, 그리고 하늘을 쳐다보고는 주먹을 불끈 쥔다면 어떻게 하나요?

사제 1   그렇게 되면 당신이 그 아이의 양손을 모으도록 해주어야 합니다. 그리고 당신은 어린아이도 하느님에게 반항할 수 있다는 것을 알게 되어 몸서리를 칠 것이오.

어머니   모세의 지팡이가 반석(盤石)을 쳤더니 그곳에서 시원한 샘물이 솟아 나왔다고 하더군요.* 그것은 바위에 불과했어요! (자신의 젖가슴을 친다.) 하지만 이 망할 놈의 젖, 이건 뭐야 대체? 안에서부터는 아주 뜨거운 사랑이 치솟아 오르는데, 밖에서는 타는 듯한 순진한 입술이 짓눌러대는데 한 방울의 젖도 나오지 않으니! 좀 나와라! 나오라고! 내 혈관을 모두 빨아대서 한 번만 더 이 벌레 같은 아이에게 마실 것을 좀 다오!

사제 2   (사제 1에게) 감동적이지요?

사제 1   그렇소. 그러나 저는 감동이라는 것이 언제나 자신에게 충실하지 않게 만드는 한낱 유혹에 불과하다고 생각하오. 그래서 감동을 억제하고 있소. 당신에게 있는 남자의 용기가 눈물로 녹아버렸군. 당신은 눈물을 손수건에서 적셔 담아내거나 또는 그 눈물로 제비꽃에 생기를 불어넣을 수도 있겠지.

사제 2   그냥 눈물이 줄줄 흘러내리니 어쩔 수 없군요.

다른 여인   (그 어머니를 가리키며) 이분에게 당신은 한마디 위로의 말도 해주지 않으세요?

사제 1   (냉정하게) 그렇소!

여인   그렇다면 당신이 믿는 하느님이란 당신 입술 외에 그 어느 곳에도 존재하지 않는군요.

사제 1   그런 말만으로도 마땅히 베툴리엔이 홀로페르네스의 수중에 떨어질 수 있소. 난 그런 당신의 영혼에 이 마을의 몰락에 대한 책임을 지우겠소. 당신은 이 여인이 왜 고통을 받는지 묻는 것이오? 그건 바로 당신 같은 자가 그녀의 동포이기 때문이오! (두 사제가 지나가버린다.)

---

* 이스라엘 백성들은 호렙산 반석에서 물을 마셨다(「출애굽기」 17장 6절 이하 참조).

두 시민	(이 광경을 보고 있다가 앞으로 걸어 나온다.)
시민 1	이 여인의 고통이 내 자신의 고통처럼 느껴져요. 오, 끔찍하군!
시민 2	그것만으론 아직 가장 끔찍한 일이라고 볼 수 없어요! 만약 저 여자가 자기 아이를 잡아먹을 수 있다는 생각을 한다면, 그땐 정말 가장 끔찍한 일이 일어나지요. (그는 자신의 이마를 친다.) 내 마누라가 벌써 그런 생각을 하지 않았을까 두렵소.
시민 1	당신 제정신이 아니군!
시민 2	내 마누라를 때려죽일 수 없어 난 집에서 도망쳐 나왔소. 거짓말이 아니오! 내가 도망쳐 나온 건 바로 마누라가 인간이 먹을 수 없는 음식을 탐내고 있는 것에 몸서리쳤기 때문이고, 또 나도 함께 그것을 먹을 수 있을지도 몰라 두려웠기 때문이오. 우리 집 아들 녀석이 죽어가고 있었거든. 마누라는 처절하게 절규하며 땅바닥에 주저앉았소. 그런데 갑자기 벌떡 일어나서는 나지막하게, 아주 나지막하게 이렇게 말하는 거요. "아들이 죽는다는 것이 대체 불행일까?" 그런 다음에 아들에게 몸을 굽히더니 언짢은 듯 "아직도 이 아이가 살아 있어!"라고 혼자 중얼거리더군요. 그때 난 아주 분명히 알게 되었소. 마누라가 자기 자식을 한 조각의 고깃덩어리로만 보고 있다는 걸 말이오.
시민 1	당신 마누라가 내 누이동생이라고 해도 당장 가서 찔러 죽이고 싶소!
시민 2	당신이 간다 한들 너무 이르거나 너무 늦었을 것이오. 마누라가 아이를 먹기 전에 자살을 하지 않았다면 먹은 다음에 틀림없이 자살을 했을 테니까.

시민 3	(끼어든다.) 어쩌면 우리가 살아남게 될지도 모르겠소. 오늘이 바로 유디트가 돌아오기로 되어 있는 날이잖아요!
시민 2	지금도 살아남게 될 수 있다고요? 지금도? 하느님! 하느님! 난 나의 기도를 모두 철회하겠습니다! 하느님이 내 기도를 들어줄 수도 있지만 지금은 너무 늦었다는 생각은 내가 아직 해 본 적도 없으며, 또 도저히 참아낼 수도 없습니다. 하느님, 당신이 자꾸 더 커지는 이런 비참함에서도 영원성을 분명히 보여줄 수 있다면, 나의 마비되어가는 정신을 완전히 몰아내줄 수 있다면, 또 어떤 끔찍한 것을 내 눈앞에 보여주어서 내가 이전에 본 끔찍함을 잊고 비웃도록 만들어줄 수 있다면, 난 하느님을 찬양하고 칭송하겠습니다. 그러나 하느님이 이제 여전히 나와 내 무덤 사이로 들어온다면, 내가 처자식을 매장하고 이들을 찰흙과 썩은 내 육신으로가 아니라, 그저 흙덩이로 덮어줘야 한다면, 난 하느님 당신을 저주하겠습니다! (이들이 지나간다.)
미르차	(성문 앞에서) 문 열어요! 어서 문 열어요!
파수병들	거기 누구냐?
미르차	유디트 아씨입니다. 아씨가 홀로페르네스의 머리를 베어 가지고 왔답니다.
파수병들	(이들이 문을 열면서 마을 안으로 소리를 친다.) 이봐요! 이봐요! 유디트란 분이 돌아왔습니다!

  (군중이 모여든다. 장로와 사제들도 온다. 유디트와 미르차가 성문 안으로 들어온다.)

미르차	(홀로페르네스의 머리를 내던진다.) 여러분은 이자를 압니까?
군중	누구의 머리인지 모르겠소!
아히오르	(끼어들며 무릎을 꿇는다.) 이스라엘의 하느님이시여, 당신은 위대하십니다. 당신 외에 그 어떤 다른 신도 존재하지 않습니다! (그는 일어선다.) 이건 홀로페르네스의 머리요! (그는 유디트의 손을 잡는다.) 그자의 머리를 벤 손이 이 손이란 말이오? 여인이여, 당신을 쳐다보고 있으면 내 눈앞이 아찔해지는군요.
장로들	유디트가 우리 민족을 구했소! 그녀의 이름은 칭송될 것이오!
군중	(유디트 주위에 모여든다.) 유디트 만세!
유디트	그래요. 난 이 세상의 최초의 남자이자 최후의 남자를 죽였소. (한 사람에게) 당신이 평화롭게 양을 칠 수 있도록, (다른 사람을 향해) 또 당신이 양배추를 재배할 수 있도록, 그리고 (또 다른 사람에게) 당신이 생업에 종사하고 당신과 닮은 아이들을 생산할 수 있도록 그자를 살해했어요!
군중 소리	자 출발! 적진으로 진격하자! 이제 저들에게 대장은 없다.
아히오르	좀 기다리시오! 아직 그들은 밤에 일어난 일을 모를 것입니다! 그들 스스로 공격 신호를 알려줄 때까지 기다리시오! 그들이 울부짖는 비명 소리가 들리면, 그때 우리가 그들에게 진격합시다.
유디트	여러분은 내게 감사를 해야 합니다. 그것은 당신들이 아궁이나 정원에서 나오는 최초의 것들로도 갚을 수 없는 값진 것입니다! 난 이런 일을 하지 않을 수 없었어요. 내가 한 일을 정

당한 것으로 만들어주세요. 성결하게 사십시오. 그러면 난 내 행동에 대해 책임질 수 있어요!

(거칠고 혼란스러운 아우성이 들려온다.)

아히오르   귀를 기울여들 보시오. 이제 때가 왔어요!

한 사제   (홀로페르네스의 잘린 머리를 가리키며) 이것을 창끝에 꽂고 앞에 세워 진격합시다!

유디트   (머리 앞으로 다가선다.) 이 머리는 즉시 묻어버려야 해요!

파수병들   (성벽에서 아래로 소리친다.) 우물가를 지키고 있던 적의 보초병들이 뿔뿔이 흩어져 도주하고 있습니다! 대장들 중 한 사람이 그들을 가로막고 있습니다…… 그자들은 그 대장에게 칼을 들이대고 있어요. 우리 편 한 사람이 이리로 달려오는데. 에프라임입니다. 저놈들은 그를 보고 있지 않아요.

에프라임   (성문 앞에서) 열어라! 열어라!

(성문이 열린다. 에프라임이 급히 뛰어 들어온다. 성문은 열린 채로 있다. 황급히 도주하는 아시리아인들이 보인다.)

에프라임   하마터면 저자들이 날 찔러 죽일 수도, 불에 태워 죽일 수도 있었을 것이오. 하지만 난 그것을 모두 모면했소. 이제 홀로페르네스가 목이 달아난 이상 그들 모두 목이 달아난 것과 같아요. 자, 갑시다! 가요! 아직도 두려움에 떠는 자가 있다면 그 자는 바보일 뿐이오.

아히오르   자 출발! 돌격!

(그들은 성문 밖으로 급히 뛰어나간다. "유디트의 이름으로!"라고 외쳐대는 함성 소리가 들린다.)

유디트   (불쾌한 듯 몸을 돌린다.) 저런 짓은 도살자의 용기에 불과하지!

(사제와 장로들은 그녀를 둘러싼다.)

장로 1   당신은 영웅들의 이름을 지우고는 그 자리에 당신의 이름을 새겨놓았소.

사제 1   당신은 백성과 교회를 위해 뛰어난 공적을 세웠소. 내가 앞으로 우리 주 하느님이 얼마나 위대하신지를 알리려고 할 때는 이제 막연한 과거보다는 바로 당신을 보여줄 것이오.

사제와 장로들   당신이 원하는 대가를 요구하시오!

유디트   당신들은 날 놀리나요? (장로들에게) 그 일이 성스러운 의무가 아니었다면, 내가 그 일을 하지 않고 내버려두었다면 그것이 바로 오만이며 모욕적인 일이 아닌가요? (사제들에게) 희생자가 신음하며 숨을 거두면서 제단에 쓰러질 때 여러분들께서는 그의 피와 생명의 가격에 대해 물으면서 그를 괴롭힐 작정인가요? (잠시 후 갑작스런 생각에 사로잡힌 듯) 좋아요. 내가 원하는 대가를 요구하겠어요. 먼저 여러분들이 그것을 거절하지 않겠다고 굳게 약속해주십시오.

사제와 장로들	약속하겠소! 온 이스라엘의 이름으로 말이오!
유디트	제가 간절히 바라니 당신들이 날 좀 죽여주십시오!*
모든 사람들	(깜짝 놀라며) 당신을 죽여달라고요?
유디트	그래요. 그리고 나는 당신들이 내게 약속한 것을 믿어요.
모든 사람들	(전율하면서) 당신은 우리의 약속을 믿어도 됩니다!
미르차	(유디트의 팔을 붙잡고는 둘러싸고 있는 군중의 무리에서 그녀를 앞으로 인도한다.) 유디트 아씨! 유디트 아씨!
유디트	난 홀로페르네스의 아들을 낳고 싶지 않아. 제발 임신이 되지 않게 하느님께 기도를 해줘! 하느님이 날 도와주실 거야!

---

* 물론 유디트의 이런 소망은 작가가 독창적으로 고안한 내용이다. 「유디트」(6장 23절 이하)에는 그녀가 백성들에 의해 존경을 받으며 율법에 충실하고 경건하게 105살까지 살다가 죽는 인물로 나온다.

헤롯과 마리암네
Herodes und Mariamne

등장인물	헤롯	-왕
	마리암네	-헤롯의 아내
	알렉산드라	-마리암네의 어머니
	살로메	-헤롯의 누이동생
	소에무스	-갈릴리 총독
	요셉	-헤롯 부재시 부왕
	사메아스	-바리새인
	티투스	-로마 대장
	요압	-사신
	유다	-유대 대장
	아르탁세르세스	-하인

모세
예후 } -하인, 그리고 몇 명의 다른 하인들

	실로	-시민
	제루바벨	-갈릴리인
	필로	-제루바벨의 아들

로마 전령

아론과 다섯 명의 다른 재판관들

동방에서 온 세 명의 박사들　　-후에 기독교에서 성인이라 일컬어짐

장소　예루살렘

때　그리스도의 탄생 즈음

제1막

시온 성.* 대알현실. 요압. 사메아스. 제루바벨과 그의 아들. 티투스. 유다와 많은 다른 사람들.

(헤롯이 입장한다.)

〈제1장〉

요압   (왕에게 다가가며)

            돌아왔나이다!

헤롯	너와는 나중에 이야기하겠다!
	가장 중요한 일 먼저 처리하자!
요압	(물러나며 혼잣말로) 가장 중요한 일이라!
	우리 머리가 계속 단단하게 붙어 있을지 없을지
	아는 것이 바로 가장 중요한 일이라고 생각했는데.
헤롯	(유다에게 손짓으로 신호한다.)
	그 불은 어찌 되었는가?
유다	그 불이라고 하시면?
	제가 무엇을 보고하려고 온 지 이미 아신단 말씀이십니까?
헤롯	한밤중에 불이 일어났다.
	내가 불이 난 것을 알고 제일 먼저 보초병을 불렀도다.
	내 생각이 그르지 않다면 내가 널 직접 깨웠지!
유다	불은 꺼졌습니다! (혼잣말로) 그렇군. 그러니까 그가, 사람들
	이 잠을 잘 때 변장을 하고 몰래 거리를 돌아다닌다는 소문이
	사실이야.* 우리가 입을 함부로 놀려대서는 안 되겠다.
	혀는 언젠가 귀를 만날 수 있는 법이니.
헤롯	이미 모든 것이 불타고 있었을 때 완전히 실성한 듯 보이는
	어떤 젊은 여인이 자기 집 창으로 뛰어 들어가는 것을 내가 보

명령에 대해서도 언급되어 있다. 『유대 전쟁사』(총 7권)에서는 로마의 두 영웅 안토니우스
와 옥타비아누스 간에 벌어진 투쟁 그리고 악티움 해전(기원전 31년)의 승자에 대한 헤롯
의 선택에 대해 상세히 기술되어 있다. 작품의 첫 무대인 시온 성은, 모태로 삼은 원전에는
언급되어 있지 않은 상징적인 이름이다. 헤롯은 통치 18년에 요새로 된 성을 쌓았고 이 성
을 안토니우스를 기념하여 '안토니아Antonia'라고 명명했다고 한다.
* 헤롯 왕이 변장을 하고 민심을 살피기 위해 밀행하는 대목은 역사가 요세푸스의 『유대 고대
사』(15권 10장 4절)에도 기록되어 있다.

았다.

그 여인은 구출되었는가?

유다   　　　　　　　　그 여자 스스로 구출되기를 바라지 않았

습니다.

헤롯   스스로 원하지 않았다고?

유다   　　　　　　　　　　그렇습니다.

그 여자는 사람들이 강제로 끌어내리려고 하자 저항하며

온 힘을 다해 닥치는 대로 때리더니

앉아 있던 침대에 꼭 매달려서는

"전 방금 스스로 목숨을 끊고 싶었어요.

지금 제게 갑자기 죽음이 찾아오고 있어요!"

라고 소리쳤습니다.

헤롯   그 여잔 미쳐버린 것이 확실하군!

유다   　　　　　　　　　　그 여자는

고통스러워서 그랬을 겁니다!

바로 직전에 남편이 갑자기 죽었거든요.

그 시신이 아직 침대에 따뜻한 채로 누워 있었습니다.

헤롯   (혼잣말로) 이 이야기*를 마리암네에게 해줘야겠군.

그러고는 그녀의 눈을 들여다보아야겠어!

(큰 소리로) 그 여자가 아이까지 데리고 죽지는 않았을 게다.

만일 그러하다면 내가 그 아이를 보살펴주마!

하지만 그 여자 자신의 장례도 성대하고 왕족의 격에 맞게 치

---

* 남편을 따라 스스로 죽음을 택하고자 했던 여인에 대한 이야기는 뒤에 전개될 사건을 미리
선취하는 모티프로써 작가에 의해 고안된 것이다.

134

러줘야 하느니라.

그 처자는 모든 여인의 여왕과 같은 존재였노라!

사메아스　(헤롯에게 다가서며)

장례를 치러주라는 분부십니까? 그건 있을 수 없는 일입니다!

적어도 이스라엘에서는 그럴 수 없습니다!

그렇게 유대 율법에 적혀 있으니까요.

헤롯　　　　　　　　　　　　　　　내가 너에 대해 모를 것

같은가?

사메아스　　　　　이전부터 저에 대해 알고 계셨을 것입니다.

산헤드린*이 전하 앞에서 침묵하고 있었을 때

전 바로 그 산헤드린의 입이었으니까요!

헤롯　　　　　　　　　　　　　　　　　사메아스,

너도 나에 대해 알기를 바란다!

넌 그 사내애를 가혹하게 핍박했었다.

너는 그의 머리를 사형집행인에게 선물로 주려고 했었지.

남자이자 왕으로서 난 네가 한 짓을 잊었도다.

여전히 너는 머리가 붙어 있군!

사메아스　전하께서 그자를 제게 맡기기만 하고 제가 그를

마음대로 이용할 수 없다면, 제게서 다시 그를 가져가십시오.

---

* 산헤드린Sanhedrin: 신약시대까지 예루살렘에 있던 유대인들의 최고 의결 기관이자 유대
인의 사회적, 종교적, 정치적 최고 권력 기관으로 사법권뿐만 아니라 유대 율법에 따른 재
판권도 행사하였다. 극중에 사메아스가 두려움 없이 헤롯에게 반박하는 대목은 요세푸스의
『유대 고대사』(14권 9장 4절)에도 기술되어 있다. 헤롯은 독단적으로 도적 떼의 우두머리
에게 사형 선고를 내렸다는 이유로 산헤드린에 고발되었다. 갈릴리(팔레스타인 북부지역)
의 총사령관으로서 헤롯은 도적 떼를 소탕하였다.

그것은 정말 그를 잃어버린 것보다 더 나쁠 것입니다.

헤롯 너는 무슨 일로 왔느냐? 지금까지 난 한 번도

이 성벽 안에서 자네를 보지 못했도다.

사메아스 오늘 전하께서 저를 보

는 것이 바로 그 때문이지요! 전하께서는 제가 전하를

두려워한다고 생각하실 것입니다.

하지만 전 전하를 두려워하지 않습니다!

지금까지는, 제 생각으로 아리스토불루스가 죽을 때까지는

전하에 대해 두려워하지 않았던 모든 사람들이

이제 전하를 두려워하기 시작했지만, 그래도 전 두렵지 않습

니다!

그리고 지금 제가 고맙게 여기고 있다는 것을

전하에게 보여드릴 기회가 주어진다면,

전 그 기회를 이용하여 전하께

하느님께서 금지시킨 행위에 대해 경고하나이다.

그 처자의 뼈는 저주받을 것입니다.

그 여인이 구출을 거부한 것은 이교도적인 행동이었습니다.

그건 그녀가 스스로 목숨을 끊은 것과 다를 바 없기 때문입니다.

그리고 거기에는—

헤롯 다음 기회에 논하자!

(제루바벨에게) 갈릴리 출신이렸다!

제루바벨, 넌 내게— 그래, 잘 지냈는가!

널 이제야 보게 된 것은 네 탓이다!

제루바벨 전하, 아직 절 기억하고 계시다니 무한한 영광이옵니다!

(자기 입을 가리킨다.)

에, 말할 나위 없이 이 위아래 양쪽 큰 이빨들은

저를 수퇘지와 사촌 관계로 만들어주었나이다─

헤롯 난 충직하게 나를 섬긴 사내의 얼굴보다

오히려 내 자신의 얼굴을 잊고 지냈도다!

내가 너희들과 함께 도적 떼를 쫓고 있었을 때

넌 내 최상의 사냥개였지! 그래, 오늘은 내게 무얼 가져왔느냐?

제루바벨 (자기 아들에게 가까이 오라고 손짓한다.)

많은 것을 가져오지는 못했습니다! 제 아들놈 필로를 가져왔

나이다! 전하께서는 병사들이 필요하실 겁니다.

저야 필요하지 않거든요.

그리고 이 녀석에게는 로마인의 피가 흐르고 있습니다.

실수로 히브리 여자와의 사이에서 태어났지요!

헤롯 네가 갈릴리에서 올 때는 항상 쓸 만한 것만 가져온단 말이야!

너를 다시 부르겠다.

(제루바벨은 아들과 함께 물러간다.)

티투스 (앞으로 나선다.)   저는 어떤 속임수를 알아내게 되어

이리로 왔습니다─

헤롯   그걸 말해보게!

티투스   벙어리들이 말을 합니다!

헤롯 자세하게 말해보게!

티투스   아 글쎄 지난밤

백인대장(百人隊長)들* 중 한 사람과 함께

전하의 침실을 지켰던 근위병이─

헤롯	(혼잣말로) 알렉산드라 장모가 내가 있는 곳에
	그놈을 심어놓았군―
티투스	그놈은 세상 사람들이 죄다 그리 믿었던
	벙어리가 아니었습니다.
	그놈은 꿈을 꾸면서 말도 하고 욕도 퍼부어댔습니다!
헤롯	꿈을 꾸며 그랬단 말인가?
티투스	그놈은 서서 잠이 들었습니다.
	제 휘하의 백인대장이 그를 깨우지는 않았습니다.
	이 대장은 그자가 자기 보병대*에 근무하고 있지 않기 때문에
	그를 깨울 의무가 없다고 생각했습니다.
	하지만 대장은 그놈을 매섭게 바라보았지요.
	전하께서 주무시는 것을 방해하지 않기 위해 그가 쓰러지면 붙
	잡기 위해서였죠. 아직 너무 이른 아침이었고
	전하께서는 아직 침상에 계셨으니까요.
	그가 그를 붙잡자 이 벙어리가 갑자기 중얼거리더니
	전하의 이름을 감히 입에 올리고는
	아주 끔찍한 저주를 했습니다!
헤롯	그 대장이 뭔가 착각하고 있는 게 아닌가?
티투스	만약 그가 착각했다면, 그 벙어리는 그냥 계속 잠만 잤겠지요.

---

* '레기온legion'이라 불리는 고대 로마 군단은 보통 3천~6천 명으로 이루어져 있는데 가장 작은 전술 부대 단위가 켄투리아centuria라는 백인대이다. 켄투리오centurio로 불리는 백 인대장은 백 명의 부하를 통솔하는 지휘관을 말하지만, 실제로는 쉰에서 백 명 사이의 부 하를 통솔했다고 한다.
* 군단 '레기온'을 10등분한, 3백에서 6백 명 병력으로 이루어진 로마 보병부대 코호르트 cohort를 지칭한다.

이것은 얼마 전 카피톨리노 언덕의 암컷 이리상*을

훼손시킨 저 번갯불보다도

영원한 도시의 미래에 대한 더 불길한 징조 같습니다!

헤롯 티투스 대장, 고맙네! 자 이제—

(요압을 제외하고 모두 그에게 작별을 고한다.)

　　　　　　　　　　　　　　그래, 그래. 그렇게 돌아가

는군!

내 집안에서 일어나는 배반,

또 바리새인 놈들의 노골적인 반항,

내가 어리석은 바보들을 순교자로 만들려고 하지 않는다면

그놈들을 결코 벌할 수 없기 때문에 점점 더 대담해지고 있어.

저 갈릴리인들에게는 뭔가 사랑이 있어.

아니지, 사리사욕에서 나온 충성심이야.

왜냐하면 번쩍이는 칼로 무장한 나는 저들의 도적들에게

멀리서도 겁을 주는 도깨비 같은 존재일 테니까.

그런데— 이자는 분명히 안 좋은 소식을 가져왔겠지.

아까부터 내게 그걸 알리려고 너무 다급하게 굴었거든.

왜냐하면 이자는, 내 신하인데도 불구하고

내가 불쾌하게 여기는 일을 하고 있으니 말이야!

내가 알고도 모르는 체해야 하는 것들을 알기만 하면 그런다

---

* 기원전 5세기경 로마 카피톨리노 언덕Mons Capitolino에 있던 높이 85센티미터의 암이리 조각상을 일컫는다. 기록에 의하면, 카이사르도 번갯불로 훼손된 젖 먹이는 암이리 조각상에 대해 언급하였다고 한다. 르네상스 시대에는 이리 젖을 먹고 자란 쌍둥이 형제 로물루스와 레무스가 카피톨리노 언덕에 왕궁을 세우기로 결정하고 로마를 건국했다는 전설을 바탕으로 어린 쌍둥이상이 첨가되었다.

니까.

(요압에게)

그래, 요즘 알렉산드리아*의 사정은 어떠한가?

요압 　　　　　　　　　　　　　저는 안토니우

스** 장군을 면회했습니다.

헤롯 　　　　　　　　　시작이 이상하군!

안토니우스를 면회했다고? 내가 보낸 사신들이

면회가 허락되어 있다는 것은 익숙한 일인데.

하지만 너는 면회가 성공했다는 것을

나에게 확신시킬 필요가 있는 첫번째 사람이도다.

요압 　제겐 쉽지 않았습니다! 처음에는 저를 거부했습니다.

매몰차게 거부했지요!

---

　*　알렉산드리아는 마케도니아 왕국의 알렉산드로스 대왕이 기원전 332년에 자기 이름을 붙여 나일 강 하구에 건설한 도시이다. 나중에 이집트의 수도가 되어 헬레니즘 시대의 문화·경제의 중심지로 발전했으나 카이사르가 점령한 뒤 제1차 번영기는 끝났다. 로마 제정기에 다시 번영했으나, 이 무렵부터 그리스도교가 전파되어 종교적 분쟁의 요충지가 되었다.

＊＊　마르쿠스 안토니우스(Marcus Antonius, 기원전 82?～기원전 30): 고대 로마의 군인·정치가. 기원전 44년에 카이사르가 암살되자 카이사르의 세력 기반을 얻는 데 성공했다. 그러나 옥타비아누스(아우구스투스)의 출현으로 그의 지반이 잠식되고 반대파의 공격을 받자, 남프랑스 지방으로 건너가 카이사르의 유장(遺將) 레피두스와 합류했다. 기원전 43년 말에는 옥타비아누스, 레피두스와 더불어 삼두정치(三頭政治)에 참여했다. 그 후 동방 원정에 전념했고 기원전 30년대에는 이집트 여왕 클레오파트라를 포함하는 왕 다섯 명의 보호자가 되어 군사적, 경제적으로 막강한 세력을 쌓았다. 또한 이집트를 중시하여 여왕 클레오파트라를 아내로 삼아 그녀와 그녀의 아들에게 광대한 영토를 나누어 주는 등, 그녀와 사랑에 빠져버렸다. 그리하여 옥타비아누스를 비롯한 원로원 등 고국의 신임을 잃었고 옥타비아누스는 그를 제거하기 위한 결전을 벌였다. 기원전 31년에 악티움 해전에서 옥타비아누스에게 대패하여 이집트로 도망쳤는데, 다음 해 알렉산드리아에서 자살했다.

헤롯	(혼잣말로) 그렇다면 이자는 내가 생각했던 것보다
	옥타브*와 사이가 훨씬 더 좋군! (큰 소리로)
	그 말을 들으니 네가 시간을 잘못 잡았음을 알 수 있다!
요압	전 하루 종일 면회를 신청했습니다.
	그들이 아무리 내보내려고 했어도
	전 그 자리를 피하지 않았습니다.
	그곳 병사들이 간단한 요기를 주었을 때조차도,
	또 이를 거절하자 저를 비웃었을 때조차도
	결코 피하지 않았습니다.
	안토니우스 장군은 고양이가 시식했던 것만,
	개가 주둥이로 찢어놓은 것만 먹습니다!
	마지막에는 제가 결국 해냈습니다―
헤롯	상당히 영리한 네가
	금방 해냈다는 건―
요압	그의 곁에 다가갈 수 있었다는 것이지요!
	하지만 이미 밤이 되었습니다. 그리고 전 처음에는 그가

---

* 이 극에서 종종 언급되는 옥타브 또는 옥타비안은 모두 동일인물로 가이우스 옥타비아누스를 지칭하며, 나중에 고대 로마의 초대 황제 아우구스투스(Augustus, 기원전 63~기원후 14)가 된다. 어머니가 카이사르의 질녀로 카이사르의 보호를 받았다. 기원전 44년 카이사르가 암살된 후 그의 유언장에 양자 및 후계자로 지명되어 있음을 알고, 가이우스 율리우스 카이사르 옥타비아누스로 개명했다. 기원전 43년 안토니우스, 레피두스와 삼두정치를 다시 시작하면서 반대파를 추방했다. 기원전 42년에는 필리피 전투에서 카이사르의 암살자인 브루투스를 격파하고 로마 세계를 3분하여, 안토니우스는 동방을, 옥타비아누스는 서방을, 그리고 레피두스는 아프리카를 각각 장악했다. 그러나 레피두스를 탈락시킨 후부터는 안토니우스와의 대립이 격화되었고, 기원전 31년 악티움 해전에서 안토니우스와 클레오파트라의 연합군을 격파한 후 패권을 잡았다.

틀림없이 비웃고 있는 자기 병사들을 즐겁게 해주기 위해

저를 불렀을 것이라고 생각했습니다.

왜냐하면 제가 들어갔을 때,

방석을 깔고 몸을 뻗고 있던 한 무리 술꾼들을 발견했으니까요.

그러나 그는 제게 직접 술잔을 가득 채워주고는 이렇게 소리쳤

어요.

"내 건강을 기원하며 잔을 비워라!"

제가 정중히 사양하자 이렇게 말하더군요.

"만약 내가 그곳에 있는 자*를 없애려고 한다면,

그자를 일주일 동안 내 식탁에 끌어다 놓고

온 땅과 바다가 내게 바치는 배상금을

식탁 위에 던져놓기만 하면 될 것이다.

그러면 그는 한가롭게 앉아 있다가 굶어 죽을 테고

또 죽어가면서도 자기는 배부르다고 확신하겠지."

헤롯   그래, 그래. 그들은 우리에 대해 잘 알고 있군.

이제는 달라져야 해!

모세가 바보가 아니라면, 그가 공포한 것은 오로지

백성들이 다시 금송아지를 숭배하는 것을 막기 위함**이었겠지.

그런데 이 백성들은 공포한 내용을 마치 목적 자체인 양

아직도 추종하고 있지.

그리고 그들은 마치 완쾌한 후에도

치료에 썼던 약을 계속 복용하는 환자들과 같도다.

---

* 헤롯을 지칭함.

** 구약성서의 「출애굽기」 32장과 33장을 참조할 것.

마치 약과 음식이 같은 것처럼 말이다!

이젠 달라져야 한다— 말을 계속해보거라!

요압   하지만 저는

곧 제가 잘못 생각하였다는 걸 확신하게 되었습니다.

왜냐하면 안토니우스 장군은 모든 정무(政務)를

술을 마시면서 처리했으니까요.

그는 고위관리들을 임명하고,

제우스에게 제물을 바치라고 명하고,

또 복점관(卜占官)*의 말을 듣기도 했으며

속속 도착한 사신들과도 이야기를 나누었습니다.

그러니까 저하고만 이야기를 한 것이 아니었지요.

그런데 유별난 게 있었습니다.

한 명의 노예가 그의 뒤에서 귀를 세우고

손에 석필과 흑판을 든 채 서서는, 우스꽝스러운 진지함으로

그가 취기에 뱉어낸 말들을 기록했습니다.

이튿날 아침 안토니우스 장군은 취기가 덜 깬 상황에서

그 흑판을 다 읽고 거기 적힌 내용을

충실히 수행한다고 들었습니다.

또 그는, 최근에 그는 이렇게 맹세했다고 합니다.

그가 밤에 취중에 자신의 지역을 선물로 주어

그 지역의 자리를 차지할 권리를 잃게 되면

스스로 목매어 자살하겠다고 말입니다.

---

* 새의 움직임 등으로 공사(公事)의 길흉을 점쳤던 고대 로마의 신관(神官)을 말한다.

그가 밤에 자기 잠자리를 찾아갈 때도

비틀거리며 지그재그로 가는지는 전 알지 못합니다만

그렇거나 저렇거나 저에게는 아무런 차이가 없습니다.

헤롯   옥타비안, 당신이 이기겠소! 그런 일이 더 빨리 일어날지

아니면 더 늦게 일어날지에 대해서만 궁금할 뿐이지.

그래서?

요압   드디어 제 차례가 되어

갖고 있던 서한을 건네주자,

그는 그걸 뜯어보는 대신

경멸하듯 서기에게 던져놓고

술관원*에게 그림 하나를 가져오라고 시켰습니다.

전 그 초상화를 보고

그 그림이 정말 비슷한지 아니면 아니라고 생각하는지

그에게 대답해야 했습니다.

헤롯   그 초상화라는 것은—

요압   (음흉하게)   급작스럽게 익사한

대제사장 아리스토불루스의 초상화였습니다.

그것은 이미 오래전에 전하의 장모인,

그러니까 평소 알고 지내던 알렉산드라가

---

* 고대 이래 술관원 직책은 통치자나 왕족이 마시는 술, 특히 포도주를 관할하는 고위 관직
이었다. 또한 술관원은 통치자의 음식과 술에 독이 들어 있는지 먼저 맛보기도 하고 경호
하는 일도 같이하기도 했다고 한다. 통치자의 건강 및 안전과 직접적인 연관이 있기 때문
에 두터운 신임을 얻은 자만이 차지할 수 있는 중요한 지위이다. 이것이 현대로 오면서 소
믈리에(sommelier, 레스토랑 등에서 와인과 관련된 전반적인 업무를 담당하는 직업인)로
변화되었다.

안토니우스 장군에게 보낸 초상화였지요.*

하지만 그는 그 초상화를

지금까지 한 번도 보지 못했던 듯 탐욕적으로 바라보았습니다.

전 당황한 채 아무 말없이 서 있기만 했습니다.

이런 제 모습을 보더니 그가 이렇게 말했습니다.

"여기 등불이 너무 희미하게 타고 있는 듯하다!"

그리고 전하의 서한을 손에 쥐어 불을 붙이고는 그 불꽃을

초상화 앞에서 하얀 백지로 서서히 꺼져가게 했습니다.

헤롯   뻔뻔스럽군! 서한조차 그리하다니! 하지만 그건 취중에 일어

났겠다!

요압   전 "왜 그러시옵니까? 아직 그것을 읽지 않으셨습니

다!"라고 소리쳤습니다. 그러자 그는

"난 헤롯과 직접 이야기하고 싶다!

이것은 그걸 의미한다! 그의 생사가 달린 고발장이

나에게 접수되었다!"라고 대답했습니다.

그때 저는 그 대제사장이 죽게 된 연유를 말해야 했습니다.

온천욕을 즐기다가 어지러움이 대제사장을 쳤다고 말하자

그는 이렇게 끼어들었습니다. "쳤다고! 그래, 그래,

그게 맞는 말이지. 현기증도 주먹을 가졌을 테니!"

그리고 전―, 제가 이 말씀을 드려도 용서해주시겠습니까?

로마에서는 사람들이 그 젊은 대제사장이 익사했다고

---

* 요세푸스의 『유대 고대사』(15권 2장 4절)에 따르면 알렉산드라는 안토니우스를 부추겨 헤
  롯과 대적시키기 위해 그에게 그녀 자식들(마리암네와 아리스토볼루스)의 초상화를 보냈
  다고 한다.

믿고 있지 않으며 전하께서 부하를 시켜

그를 깊은 강물에 익사시켰다며

전하를 비난하는 소리를 전 들었습니다.

헤롯 고맙소, 알렉산드라, 고맙소!

요압 그는 제게 이제 나가보라고 손짓

했습니다. 그래서 저는 나왔습니다. 하지만 다시 절 부르더니

이렇게 말하더군요. "너는 내 첫번째 질문에

아직 대답을 안 했다. 그래서 다시 물어보마.

이 그림이 정말 죽은 그자와 닮았느냐?"

그래서 제가 마지못해 고개를 끄덕이자 이렇게 말하더군요.

"그렇다면 마리암네도 그녀의 남동생과 닮았느냐?

그 여자가 그렇게 부끄럽게 죽은 그 젊은이와 닮았느냐?

그 여자가 세상의 모든 여자들이 증오할 정도로 그렇게 아름답

단 말인가?"

헤롯 그래서 넌?

요압 그보다 먼저, 함께 일어섰다가 저와 함께 초상화

주위에 둘러섰던

다른 사람들이 제게 뭐라고 했는지 들어보십시오.

그들은 안토니우스 장군과 모호한 표정을 주고받더니

웃으면서 제게 이렇게 소리치더군요.

"죽은 그자에게서 언젠가 선물을 받았다면,

그 여인이 무척 아름답다고 말해라!

넌 어쨌든 그가 보복당했다고 생각하겠군!"

하지만 저는 이렇게 대답했습니다. "그 점에 관해

전 아무것도 모릅니다.

전 베일로 가려진 모습 외에는 왕비마마를 단 한 번도 뵌 적이
없었으니까요."

그리고 이 말은 사실입니다!

헤롯 (혼잣말로) 아, 마리암네! 하지만— 웃음이 나오는군.

그런 문제에 대해선 난 내 자신을 지킬 줄 아니까 말이야.

여하튼 어떤 일이 일어나든 다 받아주겠어!

(요압에게)

그리고 넌 그에게서 내게 전하라는 명을 또 받았느냐?

요압 전혀 없었습니다! 제가 명을 받았다면

전하께 이 모든 이야기를 하지 않았을 겁니다!

제가 지금 이런 이야기들을 할 필요가 없다고

생각했을 테니까요!

헤롯 좋아! 넌 즉시 나와 함께

알렉산드리아로 돌아가자.

그리고 넌 더 이상 이 궁성(宮城)을 떠나서는 안 된다!

요압 저 또한 절대로 성 안의 누구와도 이야기하지 않을 것입니다!

헤롯 그리 믿겠다! 십자가의 죽음을 기꺼이 맞이하려는 자는 없겠지.

특히 무화과 열매가 막 익을 때는 말이야!

내 밑에 있는 그 벙어리를 참수해라.

그리고 그가 이유를 물어보면

"네가 그렇게 물을 수 있기 때문에 죽인다"고 말해줘라!

(혼잣말로)

그 늙은 뱀 같은 여자가 누구를 통해 내가 여기서 무얼 하는지를

속속들이 알게 되었는지 이제야 알겠군. 사악한 여자 같으니!

(요압에게)

그 벙어리 놈의 머리통을 가져오라! 난 그 머리통을 좀 봐야겠다.

내가 그걸 장모에게 보내주마!

(혼잣말로)

그 여자에겐 경고의 표시가 필요할 것 같군.

요압   당장 시행하겠습니다!

헤롯   한 가지 지시가 더 있도다!

그 일에 그 젊은 갈릴리인을 써라. 제루바벨의 아들 말이다.

우리가 진군하기 전에 난 그 친구와 좀 이야기를 나누고 싶다!

(요압 퇴장)

〈第2장〉

헤롯   (독백) 내가 즉시 "때가 왔어! 한 번 더!"라고 말했어야 하는데.

하지만 끝이 안 보이는군.

난 앞에는 사자가, 뒤에는 호랑이가 움켜잡고

하늘에서는 독수리들이 부리와 날카로운 발톱으로 위협을 한 채

뱀 무리 위에 서 있던

우화 속의 남자와 닮았구나.

어쨌든, 난 모든 적에게 그들 자신의 무기를 이용해

내가 할 수 있는 한 끝까지 저항하겠노라.

이것이 이제부터 내 법칙이자 규칙이다.

얼마나 걸리는지는 내가 걱정할 문제가 아니야.

내가 끝까지 내 권리를 주장만 하면,

또 내 것이라고 부르는 어떤 것도 내가 잃어버리지 않는다면

그 끝은 스스로 오고 싶을 때 곧바로 오겠지!

〈제3장〉

한 신하 (등장한다.)

왕비마마 드시오!

(마리암네가 그의 뒤에 온다.)

헤롯 (왕비에게 다가간다.)

그대가 먼저 왔구려!

그러잖아도 내가—

마리암네 당신이 선물한 멋진 진주에 대해

감사의 인사를 직접 받고 싶어 하지 않았나요?

전 당신을 두 번이나 거절했어요.

제가 생각을 바꾸었는지를 또 한 번 시험해보는 것은

남편으로서는 지나친 행동이었을 테고

또 왕으로서도 분명 도가 지나친 일이겠지요.

아, 아닙니다. 전 제 의무를 알고 있습니다.

그리고 쾌활했던 제 남동생이 돌연히 죽은 이후

새롭게 구혼이라도 하듯 매일 그렇게 넘치게 선물을 주시니,

저도 마침내 모습을 드러내고
당신께 사의(謝意)를 표해야겠지요!

헤롯   알겠소!

마리암네   전 당신이 저에 대해 어떻게 생각하는지 모릅니다.
당신은 저를 위해 저 어두운 바닷속으로
잠수부를 들여보내고 있지요.
그리고 반짝거리는 돈을 노임으로 받기 위해
레비아탄*의 정적을 깨려는 자가
아무도 나타나지 않으면, 당신은 감옥을 열어
죽음으로 갚아야 할 강도의 목숨을 살려주잖아요.
제게 줄 진주를 채취해 당신에게 갖다 바칠 수 있도록 말이죠.

헤롯   당신은 그것이 잘못된 것 같소?
큰 화재에서 아이 하나를 구해내야 했을 때는
난 당연히 살인자에게도 처형시키기 전에 십자가에서 내려오
도록 해서 이렇게 말했소.
"네가 그 아이를 그 어미에게 다시 데려다 준다면,
이는 네가 죽음의 빚을 갚은 것과 다름없다."
그러자 그도 불길로 뛰어 들었소—

마리암네   그리고 그가 다시
불길에서 나왔나요?

헤롯   너무 늦었지! 그렇지 않았다면 난
그에게 한 약속을 지켰을 것이고 그를

---

* 레비아탄Leviathan: 구약성서(「욥기」 14장)에 하느님의 적으로 등장함으로써 기독교 세계
에서 가장 잘 알려진 바다의 괴물.

호랑이 같은 전사들이 필요한 로마에 병사로 보냈을 것이오.

나는 모든 일에서 이익을 취하는 게 당연하다고 생각하오.

하물며 죽음이 임박한 경우야

그렇게 하지 못할 이유가 뭐 있겠소?

그것이 필요한 경우가 있지!

마리암네   (혼잣말로)

오, 그는 직접 손에 피를 묻히려 하지 않는구나!

그에게 아무 말도 하지 말아야겠어!

자신이 무슨 행동을 하든 잘했다는 듯 말하고 있으니.

또 그가 남동생을 죽이려는 생각을 한 것도

다른 일들과 마찬가지로

반드시 필요했던 일, 불가피했던 일, 결국은 잘한 일이라고

날 설득하려 한다면, 그건 정말 끔찍한 일이야!

헤롯   당신은 침묵하려는 거요?

마리암네   그러면 제가 말을 해야 하나요?

진주에 대해서라면 몰라도!

우리는 지금까지 진주에 대해서만 이야기를 했어요!

그러니까 피 묻은 손에서조차 찬란한 광채를 잃어버리지 않을

정도로 아주 순수하며 새하얀 진주에 대해서 말이에요.

그래요, 당신은 제게 그것을 차고 넘치도록 주었지요!

헤롯   그것 때문에 불쾌하단 말이오?

마리암네   그렇지 않아요!

당신은 그런 것으로 제게 빚을 갚으려 하지 않아도 돼요.

전 여인이자 왕비로서·

진주와 보석을 지닐 권리가 충분하다고 생각합니다.

전 보석에 대해 클레오파트라처럼

이렇게 말할 수 있습니다.

"보석이란 내게 별을 대신하기에는 부족하지만

이를 용서할 수 있는 내 신하나 다름없다.

별을 대신하기에는 보석이 꽃보다 나으니까!"

하지만 당신에게는 누이동생 살로메가 있잖아요.

헤롯　　그런데 그녀는—

마리암네　　　　　　　자, 그녀가 절 죽여야만 한다면

저를 위해 바다에서 약탈을 계속하세요.

그렇지 않으면— 잠수부를 좀 쉬게 해주세요!

전 이미 그녀에게 큰 신세를 졌어요!

의심하듯 절 쳐다보시나요?

정말이에요! 정말! 그녀는 작년에 제가 죽기 직전 상태에

있었을 때 제게 입맞춤을 해주었지요.

그 입맞춤은 처음이자 유일한 것이었어요.

전 즉시 "이건 그녀가 날 떠나보내는 것에 대한 답례다"라고

생각했죠. 그랬었어요.

그러나 전 그녀를 속인 셈이 되었지요.

내가 다 나았으니까요.

그녀의 입맞춤은 이제 제게 소용이 없는 것이 되었어요.

그런데 그녀는 작년 그 일을 잊지 않고 있었어요.

지난번에 당신이 사랑의 표시로 선물한 멋진 진주를 목에 걸고

그녀를 만났을 때 전 그녀가 그때 그 일을 생각해내지 않을까

몹시 두려웠어요!

헤롯 (혼잣말로) 내 왼손이 오른손을 거역하는 행위를
하는 것이 문제로다!

마리암네 　　　　　어쨌든 전
환영의 축배를 거부하고 싶습니다!
또 그녀가 유리잔에 담긴 향기 좋은 포도주 대신
그저 물 한 잔을 제게 권한다 해도
그 물은 건드리지도 않을 겁니다.
이런 짓이 하찮은 일일 수 있지만요!
아니에요! 그런 짓이 지극히 당연할 수도 있어요.
제게 지금 물이란 더 이상 전에 제가 생각했던 물,
그러니까 꽃을 흠뻑 적셔주고 나와 온 세계를
상쾌하게 만드는 부드러운 요소가 아니니까요.
물이 제 동생을 집어삼킨 뒤부터
그것은 제게 전율을 불러일으키고
저를 경악으로 가득 채우고 있어요.
줄곧 전 물방울에도 생명이 깃들어 있다고 생각했어요.
하지만 일렁거리는 물결에는 쓰라린 죽음이 맴돌고 있어요!
그것이 당신에게는 아주 다르겠지요!

헤롯 　　　　　　　　어째서 그렇소?

마리암네 자신의 잔인하고 음험한 범행을
감히 당신 탓으로 돌리는 강물로 인해 당신이 비난을 받고 있
으니까요. 하지만 그 강물을 두려워하지 마세요!
내가 그 강물에게 반박해주겠어요!

헤롯	정말이오?
마리암네	그리할 수 있지요!

누이를 사랑하는 것과 남동생을 죽이는 일이
어떻게 같을 수 있겠어요?

헤롯   같을 수도 있지!

그 남동생 스스로 살인까지 할 생각을 품고 있었다면 말이오!
또 사람들이 그를 만나 그보다 앞서 일을 해치움으로써
자신들을 보존할 수 있다면 말이오!
우리가 여기서 말하고 있는 것은 있을 수 있는 가능성이오! 그
리고!
그가 비록 스스로는 악의가 없을지언정 적의 손아귀에서
무기가 되도록 내버려둔다면, 아직 휘두르기 전에
우리가 부러뜨려놓지 않으면 틀림없이 치명상을 입게 되는 그
런 무기 말이오.
우리는 여기서 그럴 수 있는 가능성에 대해 말하고 있소! 또
마지막으로!
이 무기가 한 개인의 목숨만 위협하는 것이 아니라
그래, 이 나라 백성들의 지배자까지 위협을 한다면 말이오!
지배자란 이 나라 백성들에게는 마치 몸통에 머리가 필요하듯
그렇게 필요한 법이지.
우리는 지금 여기서 있을 수 있는 가능성에 대해 말하고 있다
고 생각하오.
이 모든 경우에 누이는 오히려
남편에 빚진 사랑 때문에 아내로서,

또 신성한 의무에서 자기 백성의 딸로서

그리고 이 두 가지 모두를 통해 왕비로서

이렇게 말해야 할 것이오.

"내가 비난해서는 안 되는 일이 일어났도다!"

(그는 마리암네의 손을 잡는다.)

비록 룻* 같은 여인은 날 이해할 수 없을지라도

─그녀가 어떻게 해서 이삭줍기를 배웠겠소?─

마카베오가(家)의 여인은 나를 이해해주겠지요!

여리고**에서는 당신이 내게 입 맞출 수 없었지만

예루살렘에서는 당신이 그럴 수 있을 것이오!

(그녀에게 입을 맞춘다.)

이 입맞춤이 당신에게 후회의 감정을 일으킬지 모르겠지만

내 말을 더 들어보면 내 행동을 이해할 수 있을게요.

내가 한 것은 작별의 입맞춤이었소.

---

* 구약성서의 「룻기」(2장)에 따르면, 룻은 요르단의 모압 지방 여자로 기근을 피해 온 이스라엘 사람과 결혼하였다. 그런데 남편이 죽자 시어머니와 함께 이스라엘로 돌아가 시어머니를 섬기며 살았다. 나중에 남편의 친척이며 부자(富者)인 보아스의 아내가 되었고, 그 후손 중에서 다윗 왕이 나왔다. 특히 낯선 땅에서 시어머니를 보살피기 위해 호구지책으로 이삭 줍기를 하며 시어머니를 섬긴 룻의 효행은 유명하다. 따라서 룻은 겸손하고 온화한 성품의 여인상으로 알려져 있다. 이런 룻과는 상반된 인물이 왕족과 성직자 계급 출신의 지배자다운 마카베오가(家) 여인 마리암네라고 할 수 있다. 마카베오가는 기원전 168년 이래 로마 치하에서 이스라엘의 해방전쟁을 주도한 유다 마카베오 Judas Maccabeus에 따라 이름 붙여진 가문이다. 마카베오에 관해서는 207쪽 주 참조.

** 역사적으로 아주 오래된 요르단의 도시로 구약성서에 따르면 기원전 14세기 무렵 여호수아가 통솔한 이스라엘 사람들이 공격하여 점령하였다고 한다. 이스라엘 사람들은 이 땅을 거점으로 예루살렘으로 들어가 왕국을 세웠다. 기원전 6세기에 이곳에서 바빌로니아가 유대왕국을 멸망시켰다. 기원전 40년 로마로부터 유대 왕 지위를 부여받은 헤롯 왕은 이곳에 극장과 성벽을 구축하였다.

그리고 이 작별은 영원할 수 있지!

마리암네 영원할 수 있다고요?

헤롯 안토니우스가 나를 소환했소.

하지만 내가 돌아올 수 있을지 없을지는 모르겠소!

마리암네 당신도 모르다뇨?

헤롯 왜냐하면 내가 장모, 그러니까 당신 어머니가

그자에게 얼마나 심하게 나를 고발했는지 알지 못하기 때문이지!

(마리암네가 무슨 말을 하려고 한다.)

헤롯 어쨌든! 난 그걸 알게 될 것이오.

단 한 가지만 내가 당신의 입을 통해 알아야만 하겠소.

난 내가 날 지킬 수 있는지, 또 어떻게 지킬 수 있는지 알아야

만 하니까.

마리암네 그러니까 당신이 자신을─

헤롯 아, 마리암네, 묻지 말아주시오!

나를 당신과 맺어준 마법의 효과를 당신은 알고 있소.

매일매일 그 효과가 더 강화된 것도 알고 있잖소.

당신 가슴이 여전히 나를 향해 뛰고 있다는 것을

내게 확신시켜주지 못한다면, 내가 지금 날 위해

싸울 수 없다는 걸 당신도 틀림없이 느낄 것이오!

오, 어서 말해봐요, 가슴이 어떤지, 뜨거운지 차가운지.

그러면 난 안토니우스가 날 형제로 부를지

아니면 그가 날 유구르타 왕*이 죽음을 맞이한 지하 감옥에서

---

* 유구르타Jugurtha: 북아프리카 누미디아 왕(재위 기원전 118~기원전 105). 기원전 118
년 백부인 왕 미키프사의 양자로 입양되었으며, 그해 백부가 죽자 백부의 친아들 형제와 공

굶어 죽게 할지 당신에게 말해줄 수 있소!

침묵하고 있소? 아, 침묵하지 마시오!

왕에게 이런 고백이 전혀 합당치 않다는 걸 알고 있소.

왕이란 일반적인 인간들의 운명에 예속되어서는 안 되며,

또 마음속에서 자기 외에 어떤 존재에도

얽매여서는 안 된다고 생각하오.

왕은 오직 신에게만 매어 있어야 하니까!

하지만 난 그렇지 못하오!

작년에 당신이 죽음 직전의 상태였을 때

난 스스로 내 목숨을 끊으려고 생각했었소.

오로지 당신의 죽음을 경험하지 않기 위해서였지.

그리고─ 이 사실을 당신은 이제야 알게 되는군.

다른 것도 알아야만 하오!

언젠가 내 자신이 죽음 직전의 상태에 이르게 되면,

당신이 살로메가 하리라고 기대하는 것을 난 할 수 있소.

그러니까 난, 내가 죽어서도 당신을 소유할 수 있도록

포도주에 독을 섞어 당신에게 건네줄 수 있단 말이오.

마리암네 만약 그렇게 한다 해도 당신은 회복할 거예요!

헤롯 오, 아니오! 오, 아니오! 난 정말 당신과 함께 해왔소!

하지만 당신은 과도한 사랑이라고 말하겠지요.

동 통치자가 되었다. 이듬해 그들 형제를 죽이고 누미디아 왕가의 지배권을 찬탈하였다. 그
러나 로마가 이에 간섭하여 기원전 111년 유구르타 전쟁이 일어났다. 이 전쟁은 결국 로마
군의 승리로 끝났고, 유구르타는 포로가 되어 로마로 압송된 뒤 기원전 104년에 카피톨 언
덕에 있는 지하 감옥에서 아사(餓死)했다.

사랑이 그렇다면, 당신은 용서해줄 수 있겠소?

마리암네 제가 그 포도주를 마신 후에도

오직 마지막 말을 위해 목숨이 아직 붙어 있다면,

전 그 마지막 말로 당신을 저주하겠지요!

(혼잣말로)

그래, 만약 죽음이 당신을 부른다면,

난 내 자신이 고통 속에서

단검을 더욱 확실하게 잡을수록 더 그렇게 하겠어.

이것을 자발적으로 할 수는 있겠지만 견뎌낼 수는 없는 거야!

헤롯 어젯밤 불이 났을 때 한 여인이

죽은 남편을 따라 불길 속을 뛰어들어 죽었소.

사람들이 그 여자를 구하려고 했으나 그 여인은 완강히 저항했

다 하더군. 당신은 그 여자를 경멸하겠지요. 안 그렇소?

마리암네   누가 당

신에게 그리 말하던가요? 그 여자는 틀림없이

자신을 희생양으로 만들었던 것이 아니라

자발적으로 희생했을 겁니다. 그것은 죽은 남편이

그 여자에게는 이 세상보다 더 소중했음을 말해주지요!

헤롯 그러면 당신은? 그러면 나는?

마리암네   당신이 저를 세상과 같은 무게로

대했다고 당신 자신에게 말할 수 있다면

이 세상에 다른 무엇이 저를 지켜주겠어요?

헤롯 이 세상에는, 이 세상에는 아직도 많은 왕들이 존재하고 있소.

그리고 그들 중에 당신과 왕위를

공유하고 싶지 않을 자는 아무도 없소.

모든 왕들이 당신 때문에 자기 아내를 버리거나 쫓아낼 것이오.

그런 일은 신혼 첫날밤이 지난 다음 날 아침에도 얼마든지 일

어날 수 있을 테니까!

마리암네 당신이 그토록 이야기했던 클레오파트라*는 죽었나요?

헤롯 당신은 너무 아름다워서 당신을 보고 있노라면 누구나

틀림없이 불멸을 믿게 될 것이오.

바리새인들이 자랑스럽게 생각하는 불멸 말이오.**

아무도 자기 안에서 당신 모습이 지워질 수 있다고는

생각지 않기 때문이지. 당신은 너무 아름다워서

당신이 올 때까지 산이 품고 있던,

금은보다 귀한 귀금속을 당신을 치장하라고

갑자기 나에게 준다 해도 난 놀라지 않을 정도요.

당신은 너무 아름다워서— 아!

사랑하는 사람이 죽자마자 먼저 간 그를 뒤따라가기 위해,

---

* 이집트의 프톨레마이오스 왕조 최후의 여왕인 클레오파트라 7세(Cleopatra VII, 기원전 69~기원전 30)를 지칭한다. 그녀는 프톨레마이오스 12세의 둘째 딸로서 남동생인 프톨레마이오스 13세와 결혼하여 이집트를 공동 통치했다. 그 후 한때 왕위에서 쫓겨났으나, 재색을 겸비하고 외교 수완을 발휘한 그녀는 이집트에 와 있던 카이사르와 인연을 맺고 복위했다. 카이사르가 암살된 후 그녀는 기원전 41~40년 안토니우스와 인연을 맺었다. 기원전 37년 옥타비아누스와의 협조가 결렬된 안토니우스가 클레오파트라와 결혼함으로써 두 사람의 유대가 강화되었다. 안토니우스와 옥타비아누스의 대립은 악티움 해전으로 번졌으며, 이 해전에서 클레오파트라와 안토니우스 연합군은 패배했다. 그녀는 알렉산드리아에서 안토니우스와 재기를 꾀했으나, 기원전 30년 옥타비아누스 군의 공격을 받고 독사로 가슴을 물게 하여 자살했다고 한다.

** 요세푸스의 『유대 고대사』(18권 1장)에 의하면 옛 유대교의 한 교파인 사두개인들과 달리 바리새인들은 영혼의 불멸을 믿었다고 한다.

그리고 사람이 존재하면서도 더 이상 존재하지 않는 영역에서
—난 그런 영역을 상상해보고 있소—
그의 마지막 숨결에 당신의 마지막 숨결로 하나가 되기 위해
당신이 사랑 때문에 죽는다는 사실을 안다는 것은—
이것이야말로 자발적인 죽음의 가치가 있소.
이는 곧 공포가 깃든 무덤의 저편에서
환희도 느낄 수 있다는 뜻일게요.
마리암네, 내가 이를 기대해보아도 되겠소? 아니면 내가 두려
워해야만 하는 일이—
만약 당신이— 안토니우스가 당신에 대해 신경을 쓰고 있었소!

마리암네 사람의 행동에 대해서는 결코 채무증서를 작성하지 않는 법입
니다.
고통과 희생에 대해서는 더더욱 그렇지 않지요.
제가 느끼기에 절망이 그것들을 초래하기는 하지만
사랑은 그것들을 결코 요구할 수 없는 것처럼 말이에요!

헤롯 잘 있으시오!

마리암네   잘 다녀오세요! 당신이 돌아오리라는 걸 알고 있
어요! (그녀는 하늘을 가리킨다.) 저분만이
당신을 데려갈 수 있답니다.

헤롯   그렇게 두려운 생각이 들지 않소?

마리암네 확신이 그만큼 강하거든요!

헤롯   사랑이 흔들리고 있구려!
사랑이 영웅의 가슴에서조차 흔들리고 있구려!

마리암네 제 사랑은 흔들리지 않아요!

헤롯	당신은 걱정하지 않는군!

마리암네   이제 전 두려워지기 시작했어요! 당신이 남동생을 제게서 앗
아간 뒤부터— 아무튼 당신이 절 더 이상 신뢰할 수 없다면,
그렇다면 제게나 당신에게나 마음 아픈 일이죠!

헤롯   당신은 약속을
해주지 않는구려. 내가 당신에게 바랐던 맹세,
단 한마디 약속 말이오. 무엇을 내가 정말 믿어야 하지?

마리암네   제가 당신에게 맹세를 한들 제가 이 맹세를 지킨다는 걸
무엇으로 당신에게 보증할 수 있죠?
그건 언제나 오로지 내 자신,
당신이 알고 있는 그대로의 나라는 존재만이 그럴 수 있어요.
그래서 전 당신이 희망과 신뢰의 결과를 얻어야 하기 때문에
처음부터 곧바로 희망과 신뢰를 가져야 한다고 생각해요!
가세요! 가세요! 전 어쩔 수가 없군요! 오늘은 아직 어쩔 수
가 없네요!
(퇴장)

〈제4장〉

헤롯   오늘은 어쩔 수 없다는 거군! 하지만 내일이나 모레에는!
내가 죽은 다음에야 그녀는 내게 좋은 일을 할 모양이야!
여인이란 그런 식으로 말하는가?
하기야 내가 아름답다고 할 때마다

난 그녀가 자주 얼굴을 찌푸렸던 것을 알고 있어.

난 그녀가 울고만 있을 수 없다는 걸 알아.

또, 다른 사람들에게 눈물을 쏟아내는 일이

그 여자에겐 경련을 일으키는 일이라는 것도 알지.

또한 남동생이 온천에서 죽기 얼마 전에

그녀가 그와 사이가 나빠져서는

그와 도저히 화해할 수 없는 사람처럼 행동하다가

그가 이미 송장이 되었는데도

그에게서 선물을 받았다는 것도 난 알고 있지.*

그가 온천으로 가던 길에 그녀에게 주려고 샀던 선물 말이야.

그런데도! 여자란 자기가 사랑하는 남자가, 적어도 당연히 사

랑해야만 하는 남자가 떠나는 순간에도

그런 식으로 말하다니— 내가 부탁했을 때도,

그녀는 이전의 모습으로 다시 돌아오지 않았어.

그녀는 자신에게 구실이 되어줄 손수건도 남겨두지 않았어—

그래, 그녀는 내가 이러한 생각을 갖고

— 좋아, 그래! 알렉산드리아를 향해—그러니까 무덤 속으

로 들어가는 걸

견딜 수가 있나 보군— 어쨌든!

하지만 그전에 한 가지 알아둬야 할 게 있지! 한 가지를!

온 땅과 하늘이여, 들어보오!

당신은 내게 아무것도 맹세하지 않았어.

---

* 이 부분은 사료(史料)나 원전(原典)에 언급되어 있지 않다.

내가 당신에게 뭔가를 맹세하겠소.

그러니까 난 당신을 칼날 아래 두겠소.

안토니우스가 당신 때문에— 하기야 당신 어머니 때문에 그러

지는 않겠지만— 날 쓰러뜨리게 한다면,

그는 착각하고 있는 거지! 비록 죽을 때 날 감싸주는 수의가

도둑이 내게서 그걸 훔쳐갈 수 있기에

나와 함께 무덤까지 따라올지는 의심스럽다 할지라도 말이다.

당신은 내 뒤를 따라와야 해!

이것은 이제 명약관화한 일이야! 만일 내가 돌아오지 못한다면

당신도 죽게 된다! 난 이런 명령을 남기고 가겠어!

그러한 명령을! 이 순간 사악한 생각이 드는군.

사람들이 더 이상 날 두려워하지 않을 때도

그들이 과연 내게 계속 복종한다고 장담할 수 있을까?

오, 내 생각에는 틀림없이 그녀를

두려워할 자가 나타날 것 같다!

〈제5장〉

한 신하	전하의 매제(妹弟) 드시오!
헤롯	어서 오게!

그는 내 사람이지! 그에게 내 칼을 건네줘서

그가 비겁함을 벗어던지고 용기를 내도록 부추겨야겠다.

그러면 결국은 그가 나를 대신해서 그 칼을 사용하게 되겠지!

요셉	(등장한다.) 전하께서 곧 알렉산드리아로 가실 생각이라고 들었습니다. 그래서 작별 인사를 드리려고 왔습니다!
헤롯	작별 인사라! 아마 다시는 보지 못할 인사겠어!
요셉	다시 보지 못할 인사요?
헤롯	그럴 수도 있다는 게지!
요셉	전 여태껏 지금과 같은 전하의 모습을 한 번도 뵌 적이 없습니다!
헤롯	그것은 아직까지 한 번도 지금과 같은 이런 상황이 아니었다는 걸 말해주지.
요셉	전하께서 용기를 잃어버리신다면—
헤롯	난 그렇게 되지 않을 것이네! 어떤 일이 닥치든 난 견디어낼 수 있으니까. 하지만 난 뭔가 좋은 일이 생길 수 있다는 희망을 잃어버렸네.
요셉	그 때문에 전 차라리 제가 눈이 멀어서 알렉산드라의 비밀도 결코 알아내지 못했더라면 하고 바란 적도 있었습니다!
헤롯	그 말을 믿고 싶네!
요셉	그랬더라면 그녀가 안토니우스에게 보여주기 위해 은밀히 아리스토불루스를 그리게 했던 그림을 제가 찾아내지 못했을 테니까요. 또 클레오파트라에게 보낸 그녀의 전령들을 정탐하지 못했을 테고, 결국은 그녀와 그녀 아들을 숨긴 관을

164

항구에 멈추게 하지 못해서 저들이 도주하려는 것을*
제지할 수 없었을 겁니다.

헤롯   그렇다 하더라도 그 여자는
자네에게 결코 고마워하지 않을걸세. 그리고 자네는
조용히 왕위에 오른 그녀의 딸을 볼 수 있을 테지.
내가 돌아오지 않는다면,
또 어떤 다른 사람도 왕위를 먼저 차지하지 않는다면
이 대담한 마카베오가(家) 여자는
틀림없이 왕위에 오를 테니까.

요셉   전 그렇게 생각지 않습니다.
그랬다면 많은 일들이
일어나지 않았을 것이라고 생각합니다!

헤롯   많은 일들이라! 물론
그렇겠지만! 하지만 그 대신 또 다른 일들이 생겼을 테지.
이제 내게 그것은 상관이 없네―
자네는 여러 가지 이야기를 늘어놓았어.
하지만 아직 자네가 잊은 것이 한 가지 있지!

요셉   그게 무엇입니까?

헤롯   그때― 자네도 온천장에 함께 있었지.

요셉   있었습니다!

헤롯   또 자네는 그

---

* 알렉산드라가 아리스토볼루스와 함께 세르겐Saergen 지역으로 도주하려던 계획은 요세푸
스의 『유대 고대사』(15권 3장 2절)에도 언급되어 있다. 하지만 이 계획을 좌절시킨 자가
바로 요셉이었다는 것은 기록에 없다.

와 다투지 않았나?

요셉   네, 처음에는 그랬습니다.

헤롯   그래서, 계속 말
해보게!

요셉   그는 현기증 때문에 제 팔을 붙잡지 못했습니다.
제가 그를 붙잡았더라면 그를 구해냈거나
그가 저까지도 함께 강 밑바닥으로 끌고 갔을 것입니다.

헤롯   그 말을 의심하지 않아. 하지만 자네가 알아두어야 할 것은
거기 있던 자들 중 다르게 말하고 있는 사람이 아무도 없다는
사실이고 또 공교롭게도 자네가 그를
그곳에 데리고 갔을 뿐만 아니라
그와 몸싸움도 하게 되었다는 거지—

요셉   무슨 말씀을 하려다 마십
니까?

헤롯   나의 요셉, 자네와 나, 우리 둘 모두
심하게 고발을 당했네!

요셉   저까지도 말인가요?

헤롯   물론 자네는
내 매제일 뿐만 아니라 내 허물없는 친구이기도 하지!

요셉   저도 그것을 자랑스럽게 생각합니다!

헤롯   오, 자네가 내 벗이 아니
었다면 자네에게 마치 사울*처럼 창(槍)을 던졌을 텐데.

---

* 사울Saul: 고대 이스라엘의 초대 왕(재위 기원전 1021~1010)이다. 강력한 군사 지도자
였던 사울은 이스라엘 백성이 왕을 원하고 있을 때 예언자 사무엘의 눈에 띄어 왕이 되었

166

자네가 치명상을 통해 무죄임을 입증할 수 있었다면

그게 더 나았을지도 몰라.

비방을 믿는 사람도 없었을 것이고,

자네는 스스로 저지르지도 않은 살인 행위에 대해서

참수당하지도 않을 것이야!

요셉　　　　　　　　　　　　　　　제가요? 참수를 당한다구요?

헤롯　　내가 돌아오지 못한다면, 그리고 마리암네가—

그렇게 되면 그건 자네의 운명이네.

요셉　　　　　　　　　　　　　　　하지만 전 죄가 없습니다!

헤롯　　그게 자네에게 무슨 소용이 있겠는가? 드러난 상황이

자네에게 불리해!

또 사람들이 자네 말을 믿는다 해도, 알렉산드라의 눈에는

나를 위해 수행한 많은, 그 많은 자네의 직무들이

그녀에 대한 범죄들로 비쳐지지 않겠는가?

그 여자는 그녀를 도망치게 놔두었더라면, 지금 무덤에 누워

있는 자는 아직 살아 있을 것이라고 생각지 않겠는가?

요셉　　맞습니다! 맞아요!

헤롯　　　　　　　　　그 여자는 자네 잘못으로 잃어버렸다고 여

기는 다른 자의 목숨 값으로 자네 목숨까지

요구할 수 있지 않겠는가? 일종의 권리처럼 당연하게 말이지.

그리고 그녀가 그런 요구를 자기 딸을 통해 하지 않을까?

다. 블레셋인이 이스라엘을 침략하였을 때, 사울보다 냉정하고 침착한 다윗의 군사적 재능
을 두려워하여 다윗에게 창을 던져 죽이려 하였다(구약성서 「사무엘서 상」 18장 10절 이하
참조). 사울은 나중에 블레셋과의 싸움에서 패하여 길보아 산에서 자살하였다.

요셉	오, 살로메지요! 그건 살로메가 화가에게 발걸음을 한 탓입니다! 그녀는 해마다 늘 저의 초상화를 원하고 있습니다!
헤롯	그녀가 얼마나 자넬 사랑하는지 알고 있네!
요셉	아, 그 사랑이 약할수록 상황은 더 좋으련만! 만약 내가 그때―만약 그랬었더라면 난 아리스토불루스의 초상화를 발견했을 텐데. 이제 그녀는 곧 머리가 잘려 나간, 제 마지막 초상화를 가질 수 있겠군요.
헤롯	나의 요셉, 사람은 목숨을 지켜야 하지!
요셉	전하께서 전하의 목숨을 포기하신다면?
헤롯	난 반 정도만 포기할걸세. 난 내 머리를 자발적으로 사자의 목구멍 속에 집어넣음으로써 그걸 구하고자 노력할 거야!
요셉	이전에 전하께서는 일을 잘 해결하 셨지요!* 전에 바리새인들이 전하를―
헤롯	지금 상황은 점점 악화되고 있어. 하지만 내게 무슨 일이 생기든 간에 난 자네 운명을 자네에게 직접 맡기려 하네.

---

* 이 대목은 『유대 고대사』(14권 12장 2절)에 따르면 고발당한 헤롯이 필리피 전투(기원전 42년)가 끝난 직후 재빠르게 옥타비아누스에게 가서 그의 호감을 산 사실을 가리킨다.

자네는 항상 내 부하였지. 이제 왕이 되어주게!

자네에게 왕의 자포(紫袍)를 걸쳐주고

왕홀(王笏)과 왕의 검을 넘겨주겠어.

그것들을 꽉 붙잡고 있다가 오직 내게만 반환해주게!

요셉 제가 전하를 어찌 이해해야 할지?

헤롯   그리고 자네가 왕위를 지니고

이와 더불어 자네 목숨도 보장받기 위해서는

마리암네를 죽이게나!

내가 만일 돌아오지 못한다는 기별을 받게 되면 말이지.

요셉 마리암네 왕비님을 말입니까?

헤롯 아들이 강에서 익사한 뒤부터

알렉산드라에게는 마리암네가

자신의 민족과 연결시키려는 마지막 끈이며,

알렉산드라가 자네에게 저항할 때

지니고 다닐 다채로운 투구의 깃털 장식이네!

요셉   하지만 마마를

어떻게!

헤롯 놀라는군. 난— 요셉, 위선을 떨고 싶지 않아!

내 충고는 그리 나쁘지 않아. 자네에게도 마찬가지지.

말이 더 필요한가?

물론 내가 자네에게 충고한 것이 자네 때문만은 아니네.

솔직히 말해 내가 참을 수 없는 것은

언젠가 다른 사람이 그녀를—

이는 내게 그 무엇보다도 쓰라린 일이야. 그녀가 자존심이 강

하기는 하지만— 그러나 내가 죽은 후—
그러면 안토니우스 같은 자가— 게다가 죽은 자들이
죽은 자들에게 반감을 갖도록 선동할 장모란 여자도—
자넨 내 말을 알아들어야 해!

요셉   하지만—

헤롯   내 말을 끝까지 들어보
게나! 그녀는 나로 하여금, 내가 돌아오지 않을 때는
그녀 스스로 목숨을 끊었으면 좋겠다는 희망을 품게 만들었어.
빚을 회수하게 한다고 할 수 있지. 어떤 식으로?
바로 강제로 말이지. 어찌 생각하나?

요셉   이제 전하의 말씀을 믿겠
습니다!

헤롯   자 그럼, 자네는 그녀 스스로 목숨을 끊지 않으면
그녀를 죽이겠다고 내게 약속해주게!
하지만 그 일을 너무 서두른다거나,
또 너무 오래 지체하지 말게! 내가 전령을 보낼 테니
그가 자네에게 내가 이미 죽었다는 것을 알리자마자,
그녀에게 가서 이를 알리고 그녀가 과연 칼을 잡는지,
아니면 그녀가 뭔가 다른 행동을 하는지 지켜보게.
그리하겠다고 자네가 약속해줄 수 있는가?

요셉   네!

헤롯   내가 자네에게 맹세를 시키지는 않겠네.
자신을 죽이려고 위협하는 뱀을 짓밟으려 하는 자에게까지
맹세를 시키지는 않는 법이니까.

그런 자는 제정신이라면 저절로 그것을 하게 되거든.

그런 자는 이 일보다는 오히려

편안하게 먹고 마시는 걸 단념할 수 있거든.

(요셉은 몸을 움직인다.)

자네를 잘 알고 있네! 그래서 난 안토니우스에게

그가 신뢰할 수 있는 유일한 자로

자네를 추천할걸세. 자네는 그에게,

폭동 진압이 필요할 때 같은 혈족의 여자*를

희생으로 바치기에는 그녀가 그리 신성하지 않다는 걸

증명해 보일 수 있을 것이네.

왜냐하면 이것은 자네의 행위에 대해 그에게 설명해야 할 때

필요한 관점이기 때문이지.

자네가 행동하고 나면 곧 거리에서 군중들의 봉기가

이어질 것이야. 그러면 자네는 안토니우스에게

폭동이 자네 행동보다 먼저 발생했으며

오직 이 행동으로 인해 폭동이 진압되었음을 알리면 되거든.

그리고 백성들에 관해 말하자면, 저들은 자네의 피 묻은 칼을

보게 되면 두려움에 벌벌 떨 것이네. 그리고 많은 사람들이

"이자를 지금까지 제대로 알지 못했어!"라고 말할 것이네.

그리고 나면 이제—

요셉   제게는 아직 전하가 계십니다! 그리고 비

단 오늘뿐이 아닙니다.

---

* 마리암네를 지칭함.

전 전하께서 평소와 같이 돌아오리라 확신합니다.

헤롯   그야 물론 불가능한 일은 아니야! 그래서 한 가지 부탁이 더 있네!

(한참 후에)

내가 지금 자네와 관련해 뭔가를 맹세했네.

(그는 쓰고 나서 봉인을 한다.)

여기에 씌어 있지! 이 문서를 봉인한 채 지니고 있게!

자네는 이 문서의 수신인이 누구인지 보면 알겠지.

요셉   사형을 집행

하는 자로 되어 있군요!

헤롯   만일 자네가 혹시 왕에 대해

말할 경우가 생긴다면—

난 이 문서에서 자네에게 약속한 것을 지키겠네.

요셉   그렇다면 제게

이 문서를 사형집행인에게 직접 전달하는 일을 맡겨주십시오!

(퇴장)

〈제6장〉

헤롯   (독백)

이제부터 그녀는 칼날 아래 살게 된다! 이것은 나를 부추겨

내가 여태껏 한 번도 하지 않았던 것을 하도록 해줄 것이고,

내가 지금까지 한 번도 견뎌내지 못했던 것을 견디도록 해줄

것이며, 또 이런 일들이 전혀 쓸데없는 일이었다 해도,
나에게 마음의 위로를 줄 것이다! 이제 떠나자! (퇴장)

제2막

시온 성, 알렉산드라의 거실.

〈제1장〉

알렉산드라와 사메아스.

알렉산드라	이제야 아는군!
사메아스	아닙니다, 저는 놀라지 않습니다!

저는 헤롯 왕에 대해서라면

그 어떤 것도 놀라워하지 않습니다!

왜냐하면 그는 이미 젊었을 때 산헤드린에 전쟁을 선포한 자요,

번쩍거리는 무기를 차고 자기 재판관 앞에 가서

자신이 사형집행인이며 사형집행인은 결코 자신에게는

사형을 선고하지 않는다고 상기시킨 자이기에— 아,

저는 대제사장에 대항해서

기둥에 몸을 떡 기대고는

도적 떼와 강도들을 잡다가 스스로 강도로 변한

용병들에게 둘러싸인 채

마치 엉겅퀴 화단 앞에서

잡초를 어떻게 뽑아낼지 곰곰이 생각하듯

우리 모두의 머리 숫자를 몇 번이고 세던

그의 모습이 아직도 눈에 선합니다.

알렉산드라 그래, 그래. 그에겐

무척 자랑스럽게 회상할 수 있는 순간이겠지!

스무 살이 채 되기 전의 용감한 어린 친구가

대담하게 산헤드린 앞에 섰으니.

그는 방자하기 그지없는 오만함으로

율법에 대해 공격하고

아직 자네들에 의해 선고되지 않은

사형을 직접 집행했었지.

죽은 자의 미망인은 입구에서 그에게 온갖 저주를 해댔고

그 안에는 예루살렘의 늙고 머리가 하얗게 센 자들이

앉아 있었지—

하지만 그가 베옷을 걸치고 재를 머리에 뿌리며*

---

* 자신의 죄를 참회하는 표시로 베옷을 입고 머리에 재를 뿌리는 의식은 고대 및 구약시대 유
대교에서 유래되었다. 재는 물건이 타고 남은 잔재이다. 머리에 재를 뿌리는 것은 인간이
저지른 죄의 잔재를 보속(補贖)함을 상징한다.

자기 잘못을 참회하지 않았기 때문에 자네들의 마음은 더 약해
졌어. 자네들은 그를 더 이상 처벌할 생각을 못했으며
그를 위협할 생각도 아예 하지 못했지.

자네들은 그에게 한마디도 하지 못했어. 그는 자네들을 마음
껏 비웃고 갔어!

사메아스   제가 말했지요!

알렉산드라   이미 너무 늦었지!

사메아스   제가 더 일찍
말했었더라면, 그것은 너무 빨리 말을 한 것이 되었을 겁니다.
대제사장에 대한 경외심 때문에 제가 침묵했던 것이었지요.
맨 처음 발언권은 대제사장에게 있고, 맨 마지막 발언권이 제
게 있습니다.

그는 가장 연장자이고, 전 가장 연소자이었으니까요!

알렉산드라   아무튼 자네들이 그 순간
의무감에서 소박한 용기라도 보여주었더라면,
내가 지금 더 위대한 자를 필요로 하지 않았을 것이네!
하지만 자, 보게, 과연 자네들이―
그래, 자네들에게는 다른 탈출구가 아직 남아 있을지 모르지!
자네들이 그와 싸우려 하지 않는다면,
또 실제로 감히 싸우려고 하지 않았다면, 자네들에게 조언하
겠네. 그가 명령한, 사자나 호랑이와의 싸움을
자네들은 그저 받아들이기만 하면 되네!

사메아스   무슨 말씀을 하고 계시는 건지?

알렉산드라   자네는 로마인들의

검투사 경기에 대해 아는가?

사메아스   다행히도 전 그것에 대해

알지 못합니다! 전 모세가

이교도들에 대해 우리에게 이야기한 것 외에는

아무것도 알지 못하는 것을 다행으로 여기고 있습니다.

전 로마 병사를 만날 때마다 매번 눈을 감고는

무덤에 있는 내 아버지에게 고마움을 느낍니다.

그가 내게 그들의 언어를 가르쳐주지 않았으니까요.

알렉산드라   자네는 그들이 사나운 아프리카산 맹수들을

수백 마리씩 로마로 보내고 있는 것을

모르는가?

사메아스   예. 몰랐습니다!

알렉산드라   그 맹수들을 돌로 지은 원형경기장*에

한데 몰아넣고,

생사를 걸고 싸워야만 하는 노예들에게

그것들을 쫓게 하면서

상처가 심하게 찢어지고 붉은 피가 모래를 적실 때,

그들이 높은 관중석에 빙 둘러 앉아 환호하는 것을

모른단 말인가?

사메아스   제가 꾼 꿈들 중에 가장 사나운 악몽도 그런 장면을

보여주지는 않았지요. 하지만 그들이 그러면, 제 영혼은 기쁨

---

* 아레나Arena라 불리는 이 원형경기장은 고대 로마 시대 때 이탈리아의 베로나에 세워졌으
며 주로 맹수 사냥과 검투사들의 결투장으로 이용되었다. 아레나는 라틴어로 모래를 뜻하
는데, 검투사 경기를 위해 경기장 바닥에 깔아놓았던 모래 때문에 이런 이름이 붙었다.

니다. 그런 짓은 저들에게 잘 어울리니까요!

(두 손을 높이 들며)

하느님, 당신은 위대하십니다! 당신이 이교도의 목숨을
허락하신다 할지라도,

이교도는 당신께 그에 대한 엄청난 공물을 바쳐야 합니다.

당신은 이교도를 이교도에게 필요한 방식으로 벌주십니다!

그 경기를 보고 싶습니다!

알렉산드라   헤롯이 돌아오자마자,

자네 소망은 이루어질 것이네. 그는 그것을
이곳에 도입할 생각을 갖고 있어!

사메아스   결코 그래서는 안 됩니다!

알렉산드라   자네에게 말했잖아! 왜 안 되지?

사자들은 우리에게도 충분하지 않은가!

그 숫자가 줄면 산의 목동은 기뻐하겠지.

그가 보다 많은 소와 송아지를 확보할 테니까.

사메아스   쓸모없는 자들을 제외하면

헤롯 왕에게 전사(戰士)들이 있겠습니까?

그를 위해 생사를 걸고 싸울 노예들이 우리에게는 없습니다.

알렉산드라   첫번째 투사를— 내 앞에서 보고 있지!

사메아스   뭐라고 하셨습니까?

알렉산드라   틀림없어!

그자가 엄숙하게, 솔로몬이 성전을 지어놓고 여호와께 바쳤듯,

이교도의 원형경기장을 바칠 위대한 날을

자네가 보게 된다면,

자네는 지금처럼 얼굴을 일그러뜨릴 것이네.

심지어 주먹을 불끈 쥐게 될 것이고,

눈을 희번덕거리고 이빨을 드러낼 것이야.

이런 모습을 헤롯 왕은 놓치지 않을 것이네.

그는 자네에게 보수를 주면서 경기장 안에 입장하라고,

그러고는 이미 며칠 굶은 사자와 마주하게 하면서

자네가 할 수 있는 것을 모든 백성들에게

보여주라고 손짓할 것이야.

우리가 노예들을 갖고 있지 않기에

사형에 처해질 만한 범죄자들이

그들을 대신해야 하기 때문이지.

하지만 왕에게 대놓고 저항하는 자가 아니라면,

누가 사형에 처해질 만한 범죄자이겠는가!

사메아스　　　아마 헤롯 왕은—

알렉산드라　　　　　　　　　의심하지 말게! 그자의 머리가 너무 일찍

떨어진다면, 좋지 않을 것이야.

그러면 그자와 함께 내 계획들도 사라지게 되니까.

그 계획들에 대해선 불손한 이방인으로 성전의 지성소(至聖所)에

함부로 들어갔던 폼페이우스*조차도 아마도—

---

* 마그누스 그나이우스 폼페이우스(Magnus Gnaeus Pompeius, 기원전 106~기원전 48) :
고대 로마의 장군이자 정치가. 스파르타쿠스의 반란을 진압한 뒤 기원전 70년에 집정관이
되었으며, 이집트를 제외한 동방을 평정했다. 기원전 63년 폼페이우스는 예루살렘을 정복
한 뒤 예루살렘 성전에서 가장 깊숙한 곳에 자리 잡고 있던 가장 거룩한 장소인 지성소(데
비르Devir라고도 함)에 함부로 들어감으로써 성전을 모독했다. 특히 이 부분에 대해서는
요세푸스도 『유대 고대사』(14권 4장 4절)과 『유대 전쟁사』(1권 7장 6절)에서 언급하고 있

사메아스	(격해지면서)
	안토니우스, 이자가 헤롯 왕을 사로잡아준다면,
	난 1년 동안 그를 저주하지 않겠소!
	만약 그가 그렇게 하지 않는다면,
	그렇다면— 그럼, 우리가 그렇게 할 준비가 되어 있소이다!
알렉산드라	만약 우리 민족이 다른 민족과 섞이지 않았더라면
	우리만이 신에게서 온 세상을
	받았을 것이라고 헤롯 왕은 생각하고 있네!
사메아스	그가 그리 생각합니까?
알렉산드라	그러나 지금은 사정이 그렇지 않기 때문
	에, 물이 괸 호수와 바다처럼
	우리와 여타의 모든 사람들을 여전히 분리시켰던
	둑을 과감히 허물어버리는 일이 필요하다고 생각하지.
	그리고 그 일은 우리가 저들의 관례와 관습을 따르면
	된다고 보고 있네.
사메아스	관습을— (하늘을 향해) 하느님! 제가 미친 듯이
	날뛰어서는 안 된다면,
	그자가 어떻게 죽게 될지만이라도 제게 알려주소서!
	모든 종류의 죽음 중에 가장 무서운 죽음을 제게 보여주시고,
	또 그 대상이 바로 헤롯 왕이라는 것을 알려주소서!
알렉산드라	자네가 죽음의 천사역을 맡게!
사메아스	죽음의 천사가 헤롯 왕에게 가지

다. 이후 크라수스, 카이사르와 함께 1차 삼두정치를 실시했다. 그 뒤 원로원 보수파의 충
동으로 카이사르와 싸웠으나 패배했다.

180

않는다면 차라리 제게 오십시오!

제가 맹세하겠나이다. 제가 그의 무도한 짓을

막을 수 없다면 전 자살로 제 무기력함을

스스로 벌하고자 합니다. (가슴을 치는 동작을 취하며)

그에 의해 최초로

더럽히게 될 그날이 아직 오기 전에 말입니다!

이것이 바로, 제가 영웅적 행위를 할 수 없을 때,

그가 악행을 하지 못하게 만드는 저의 맹세입니다.

누가 이보다 더 위대한 것을 맹세할 수 있겠습니까?

알렉산드라   좋아! 다만, 적에게 돌진하기에

자신의 힘이 충분히 강하지 않을 때는

외부의 힘도 거절할 필요가 없다는 것만 잊지 말게!

사메아스   그런데 외부의 힘이라는 것이?

알렉산드라   그러면 자네가 더 쉽게 대처할

수 있으니까!

사메아스   좀더 분명하게 말해주십시오!

알렉산드라   누가 헤롯을

왕의 자리에 앉혔겠나?*

사메아스   안토니우스! 그 말고 누구겠습니까?

알렉산드라   그가 무엇 때문에 그렇게 했겠나?

---

* 필리피 전투 후 헤롯은 유대인들의 뜻과 상관없이 로마 제국의 분할 통치라는 새 체제하에
네 개로 분할된 영토의 왕으로 임명되어 이스라엘을 통치한다. 헤롯의 아버지는 팔레스타
인의 에돔인(신역성서에 나오는 이두매인 Idumaea)이었다. 마카베오가(家)는 이 부족을
강제로 유대교로 개종시킨 바 있다.

사메아스	헤롯 그자가 자기 마음에 들었기 때문이었죠! 또한 그자가 우리 마음에 들지 않았다는 이유만으로도 그리했을 테고! 그렇다고 그가 이교도이여서 왕으로 앉힌 것은 아니지 않습니까?
알렉산드라	그렇다면 그가 왕위에 있으면서 받은 것은 무엇이겠나?
사메아스	백성의 축복은 아닙니다! 아마 백성의 저주일 테죠! 하지만 누가 그걸 말할 수 있겠습니까?
알렉산드라	내가 할 수 있지! 우리가 로마인에게 지불해야 하는 이자를 매년 만기일 전에 보내고 심지어 그 이자를 자발적으로 배가시키는 전략이지. 전쟁이 다시 일어나면 로마인들은 우리에게서 금만 원할 뿐, 다른 것은 더 이상 원하지 않아. 그들은 우리에게 우리의 신앙, 우리의 신을 허락해주었지. 심지어 로마인은 우리와 함께 우리 신을 경외할 것이네. 그리고 카피톨리노 언덕*에서 유피테르**와 옵스*** 그리고 이시스**** 신 외에

---

* 카피톨리노 언덕은 여러 신전이 세워져 성역을 이루었던 곳이다. 고대 로마의 가장 신성한 언덕으로 생각되었으며, 원래는 언덕 위에 있던 유피테르 신전을 가리켰으나 언덕 전체를 가리키기도 한다. 이 신전은 기원전 509년에 완성되어 로마 국가 종교의 중심이 되었다. 집정관 및 총독의 취임 서약, 개선장군의 환영 행사도 여기에서 행하여졌다.

** 유피테르Jupiter: 그리스신화의 제우스에 해당하는 로마신화의 최고 신으로서, 온갖 기상 현상을 지배하며, 비와 폭풍과 천둥을 일으키는 신이다. 로마에서는 예로부터 카피톨리노 언덕 위에 유피테르의 큰 신전이 건립되어 있다. 유피테르는 또 전쟁에서 로마에 승리를 가져다주는 수호신일 뿐만 아니라, 정의를 다스리고 서약과 법률을 지키는 신으로 모셨다.

아직까지 빈자리로 남아 있는 구석 자리를 우리 신의 몫으로
허락할 것이야.

비록 우리의 신이, 저 신들처럼, 돌로 만들어진다 하더라도 말
이지.

사메아스   상황이 그러하다면, 유감스럽지만 별수 없군요.

안토니우스에게 바라시는 것이 무엇인가요?

이 중요한 사항을, 마나님 스스로 말씀하셨습니다만,

헤롯 왕은 결코 좌시하고 있지 않습니다. 지금도—

전 그가 출전하는 걸 보았습니다.

어떤 자의 버새* 한 마리가 성문에 다다르기도 전에 척추가 부
러졌어요! 헤롯 왕은 그자에게 버새의 혈관 속에 흐르는

피 한 방울 한 방울에 대한 대가로 금 1운제**씩 내놓고 있답
니다. 그가 그런 일을 마나님을 위해

거절할 것이라고 생각하십니까?

알렉산드라   틀림없이 그렇지는 않지. 난 내 일을 직접 처리했네!

*** 옵스Ops: 고대 로마에서 숭배하던 다산(多産)과 수확의 여신이다. 고대 로마인들은
   이 여신에게 해마다 두 차례씩 제례를 올렸다고 한다. 고대 로마에서는 그리스신화에
   나오는 땅의 여신 레아와 동일시한 것으로 보인다.

**** 이시스Isis: 고대 이집트 및 그리스, 로마에서 숭배된 최고의 여신으로서 남동생의 손
   에 죽은 남편의 갈가리 찢긴 유해를 고생 끝에 찾아내어 비탄 속에 매장한 일, 또한 자
   식 호루스를 온갖 위난으로부터 보호하며 양육한 일들로 아내와 어머니의 본보기가 되
   는 여신으로 알려졌다. 이 여신에 대한 신앙은 이집트 지역 밖으로까지 퍼져, 이시스교
   (敎)로서 교단을 형성하고 독특한 비의(秘儀)를 갖기에 이르렀다. 또한 그리스인들은
   그녀를 데메테르, 헤라, 그 밖에 아프로디테와도 동일시하였다.

   * 수말과 암나귀 사이에 난 잡종으로 노새와 비슷하나 몸이 더 작은 말과 짐승이다.

  ** '운제Unze'는 라틴어 '우누스(unus, 하나)'에서 파생된 말로 고대 로마 시대부터 유럽
   에서 귀금속의 중량 및 화폐 단위로 쓰였다. 1운제는 31.1035그램으로, 오늘날 귀금속
   중량 단위 1트로이온스를 의미한다.

이 일만은 클레오파트라도 내 편이지.

마리암네도 내 편이길 바라고 있고.

놀라는가? 내 말 잘 듣게!

행여 마리암네가 내게 등을 돌릴지 몰라 직접 그녀를 통하지는

않고, 단지 그녀의 초상화를 통해서만,

그것도 그녀 초상화 자체가 아니라, 그래,

그녀와 물론 꼭 닮은 다른 초상화를 통해서 난 일을 꾸몄지.

왜냐하면 무성한 숲에서는 사자뿐만 아니라

사자의 적인 호랑이도 묵게 되듯이,

그 로마인의 마음속에도 지배권을 위해 서로 싸워대는

흥분한 온갖 종류의 벌레들이 깃들어 있으니까.

또 헤롯이 첫번째 지배권을 장악한다면,

난 두번째 지배권을 거머쥘 것이네. 그리고 난

이 두번째 지배권이 다른 사람의 지배보다 훨씬 낫다고 생각

하지.

사메아스　　　　　마나님께서는―

알렉산드라　　　　　　　　　난 결코 히르칸*이 될 수 없어. 비록 내

가 그의 딸이지만 말이야!

하지만 자네는 내가 꾸민 일을 오해하지 말게.

난 또한 마리암네가 아니야!

그리고 만약 안토니우스가 그녀에게 갈 수 있도록

그녀를 소유한 남편을 제거한다면,

---

* 요세푸스의 『유대 고대사』(15권 6장 4절)에서 알렉산드라의 아버지 히르칸Hirkan은 온순
하고 온건한 성격의 유대교 대제사장으로 기록되어 있다.

그녀는 언제까지나 자기 자신의 주인으로 있으면서
영원히 과부의 옷을 둘러 입을 수 있지.
하지만 난 안토니우스에 대해 확신하고 있어.
이미 그는 칼을 잡았어.
그리고 그가 아직 칼을 뽑지 않았다면,
그것은 오로지 저 로마인들이 이 행복한 전사 헤롯을,
여기 우리의 모든 것을 장악하고 있는 칼의 친구로
여기고 있다는 걸 고려했기 때문이지.
실은 그와 정반대라는 걸 자네가 그에게 증명해 보이고
반란을 일으켜 잠자고 있는 평화를 깬다면,
그는 칼을 뽑을 것이야!

사메아스   제가 안토니우스에게 손쉽게 증명해 보
이겠습니다! 이미 백성들의 마음속에서는
헤롯 왕 그자를 때려 죽였다고 이야기들 합니다.

알렉산드라   자, 여기 그의
유언장에 자네의 인장을 찍어 봉인한 다음,
다시 즉시 그걸 개봉해보게!
이제 자네가 내용을 알겠군.
검투사 경기는 제일 위에 씌어 있네.
그리고 누구나 수백 대의 채찍질이나 십자가의 고문을
자신의 죽음으로 줄일 수 있다고 믿는다면,
자신이 믿을 만한 것을 믿게 되지.
왜냐하면 많은 사람들이
홍해가 모든 백성을, 신성한 열두 부족*을, 그리고 먼저 모세

자신을 삼켜버렸으면 하는 절망적 희망을 갖지 않아도 될

많은 일들이 곧 이스라엘에서 일어나기 때문이거든.

사메아스   가겠습니다! 그리고 정오가 되기 전에—

알렉산드라   난 자네가

마치 자네의 조상 요나**가 다시 나타난 것처럼

베옷을 걸치고 탄식하며 길거리를 누비고 다니면서

어떤 일을 할 수 있는지 알고 있네.

때때로는 어부의 집에 들러서

아무도 사지 않기에 그자가 직접 내놓는 것을 대부(代父)와 함

께 먹는 게 유익하다는 것이 증명될 것이야.

사메아스   마나님께서 생각하시는 것처럼 우리 바리새인들이

우리가 당한 치욕을 결코 잊지 않았다는 걸 보여주겠습니다.

우리의 행동으로 어차피 알게 될 일을

지금 들어보십시오.

우리는 이미 오래전에 그에게 저항할 것을 맹세하였습니다.

우리는 전체 유대 땅을 들쑤셔놓았지요.

그리고 예루살렘에서는—우리가 얼마나 확실히 백성들에게

기댈 수 있는지를 마나님이 알 수 있도록 말씀드리자면—

---

* 이스라엘의 열두 부족에서 유대 신앙공동체가 탄생했다.

** 구약성서에 나오는 인물로 니느웨에서 유대 사람들에게 심판을 선포하고 참회를 권하는
선지자이다. 특히 구약의 「요나서」에는 이 예언자가 겪은 중요 사건들을 교훈적으로 기록
돼 있다. 요나는 니느웨로 가서 그 주민들에게 경고하라는 하느님의 명령을 거역하고 다
르싯(다시스)으로 도피하다가 항해 중에 큰 풍랑을 만났다. 배 안에 신의 노여움을 산 인
물이 탔다고 생각한 선원들이 제비뽑기를 제안하였다. 요나가 제비에 뽑혀 바닷속에 던져
져 큰 물고기 배 속에서 사흘간을 지내다가 기적적으로 되살아나 다시 니느웨에서 자기
사명을 완수한 이야기이다(「요나서」 3장).

186

장님조차도 우리와 한편입니다!

알렉산드라 장님이 자네들에게 무슨 도움이 되겠는가?

사메아스　　　　　　　　　　　　　　　　물론 아무런 도움
도 되지 않아요! 장님 자신도 그걸 알고 있어요!
하지만 장님조차도 증오와 원한에 사무쳐서
우리와 함께 반란을 도모하려 하고 있으며
또 만일 그 일이 실패했을 때는 이 세상에 사느니
차라리 죽기를 원하고 있습니다.
전 이것이 하나의 징조라고 생각합니다! (퇴장)

〈제2장〉

알렉산드라 (독백)
이미 백성들은 마음속에서 그를 죽였다!
알겠어! 알겠어! 그리고 여기서 난, 그가 다시 돌아오지 않기를
저들이 얼마나 바라는지 알 수 있겠어.
그가 떠날 때 메뚜기 떼가 그를 뒤덮는 것은 잘된 일이지.
왜냐하면 그것은 사람들이 당연히 그의 죽음을 바란다는
징조로 생각할 수 있으니까 말이야.
또 이럴 수도 있어. 그가 실제 지금 이미 머리가 잘린 채—
그건 아니겠지!
알렉산드라, 네가 생각하는 대로 말거라.
저 바리새인이 문 앞에서 엿듣고 있지 않잖아!

안토니우스가 안토니우스이기는 하지만,

그자도 역시 로마인이다.

그리고 로마인이란 판결에 대한 집행은 재빨리 행하지만 판결

자체는 천천히 내리지.

헤롯 왕은 지금 감옥엔 있지 않더라도

포로로 잡혀 있을 수는 있어! 그리고 우리가 그걸 잘 이용한

다면, 계속 일이 잘 풀릴 수 있을 것이야.

그래서 이제 반란이 일어나게 되면,

아주 잘된 일이지. 비록 내가 그 반란 자체가

무엇을 의미하는지 안다 할지라도 말이야. 그리고 만약 그가

돌아온다면, 어떤 결과를 가져오든,

그것도 역시 나쁘지 않아. 만약에 말이야!

그런 일이 일어날 수도 있겠어. 이 경우도 좀 따져봐야겠군!

그는 떠날 때 작별인사로 베어놓은 머리 하나를 네게 보냈지.*

그것이 네게 보여주고 있는 것은—

체, 아니, 내가 내 아버지처럼 말하는군!

그것이 내게 보여주고 있는 것은

폭군들이 그러하듯 그도 재빠르다는 것이며

또 내게 겁을 주고 싶다는 뜻이기도 하겠지.

그가 재빠르다는 건 내가 이미 오래전부터 알고 있다.

하지만 내게 겁주려는 건 절대 성공해서는 안 돼!

만일 최악의 경우가 온다면, 만일 나의 모든 일이 실패로 끝난

---

* 알렉산드라는 자신을 2인칭으로 부르고 있음.

다면, 식기보다는 오히려 뜨거워지는 그의 사랑의 열정이,

원하기만 하면 날 지켜줄 수 있는

마리암네에게 끊임없이 향하고 있음에도

그가 가장 무도한 짓을 저지른다면—

그러면 어떻게 될까? 난 복수하기 위해

모든 것을 다 할 것이다.

그리고 내가 죽은 다음에도 복수는 계속될 것이다.

아들을 죽인 그에 대한 복수,

그리고 그 일을 일어나게 만든 그녀에 대한 복수까지도 말이다.

백성들은, 또 로마까지도 결코 인내만 하면서

수수방관하지 않을 것이다.

그리고 나로서는, 유혈 사태가 올 경우 난 내 조상들과 뜻이

더 잘 맞을 게다! 내 가문의 대부분의 사람들이,

내 조부, 조모, 선조들이

그자에게 고개를 숙이고 싶지 않았기 때문에

머리가 잘린 채 이 세상과 하직해야만 했듯이,

나도 그들과 운명을 같이할 것이다.

어떤 일이 더 일어날까?

〈제3장〉

(마리암네가 등장한다.)

알렉산드라	(혼잣말로)
	그녀가 오는군! 그래, 그녀가 그를 버리고
	나를 따라 로마로 가려고 한다면, 그렇다면—
	하지만 그녀는 지금 그를 증오하면서도 사랑한단 말이야!
	내가 좀 마지막으로 긁어볼까? 그래야겠어!
	(마리암네 쪽으로 급히 간다.)
	넌 위로를 찾을 수 있는 곳이 여기라는 것을 아는구나!
	내 품으로 오거라!
마리암네	위로라고요?
알렉산드라	위로가 필요하지 않느냐?
	아니라면 내가 널 잘못 보았다!
	그렇지만 내게는 널 결코 여자 같지 않은 여자로 여길 만한 이
	유가 있었다.
	난 너를 비방했었다!
마리암네	저를요? 어머니께서요?
알렉산드라	사람들이 남동생을 살해한 남편에게 네가 곧바로 해준
	포옹과 입맞춤에 대해 내게 말하더군.
	미안하구나. 내가 그 말들을
	믿지 말았어야 했는데.
마리암네	믿지 말았어야?
알렉산드라	그래! 그렇고말고!
	여러 가지 이유에서 그렇지!
	네가 누이로서 해야 할 복수의 제물을
	망자(亡者)의 피비린내 나는 그림자에서

냉혹하게 끄집어낼 수 있었더라면,

그 자신은, 그 살인자는

네게 감히 접근하지 못했을 것이다.

네가 유디트*의 칼이나 라합**의 장막(帳幕) 말뚝이 필요 없이

오직 말만 바꾸고 조용히 팔짱만 끼고 있어도 취할 수 있는

그런 제물을 죽은 네 남동생에게 바쳤어야 했는데 말이다.

왜냐하면 넌 죽은 남동생과 아주 닮았거든.

그러면 넌 그자에게

분을 바른 아리스토불루스의 시체처럼 보였을 것이고

그는 몸서리치며 네게서 몸을 돌렸을 것이다.

마리암네   그는 한 가지 일을 하지 못했고, 전 다른 한 가지 일을 하지 못했어요!

알렉산드라   그렇다는 거지— 하지만 아냐!

네겐 어쩌면 그의 죄에 대한 의심이 아직 남아 있을 게다. 증거를 원하느냐?

마리암네   전 그런 것 필요 없어요!

---

 * 구약성서의 외경(外經) 「유디트」에 등장하는 여주인공으로 목숨을 걸고 자고 있는 적장 홀로페르네스의 목을 칼로 베어 이스라엘을 위기에서 구해낸 영웅적인 여성이다. 작가 헤벨은 이 이야기를 재구성해서 이 책에 실린 비극 「유디트Judith」(1840)를 썼다.

** 작가가 성서인물 야엘Jael을 여기서 라합Rahab으로 잘못 표기한 것으로 추정된다. 구약성서의 「사사기」 4장 21절에 따르면 야엘은 이스라엘과의 전쟁에서 패주하여 자기 장막으로 피신한 시스라Sisera 장군을 자고 있는 틈에 그의 몸에 장막의 말뚝을 박아 죽인 여성이다. 원래 라합은 성서에서 바다 괴물이라 불리는데 흉악함을 뜻하며 여호와의 말씀을 거부하다 악마로 간주되기도 하며(구약성서 「욥기」 9장 13절; 26장 12절, 「시편」 87장 4절; 89장 10절, 「이사야」 30장 7절; 51장 9절), 성서의 또 다른 곳에서는 여호수아가 보낸 두 정탐꾼을 숨겨준 여리고의 여성(「여호수아」 2장 1~21절)을 가리키기도 한다.

알렉산드라	네게 필요한 것은—
마리암네	그런 것은 제게

전혀 중요하지 않습니다!

알렉산드라	그렇다면— 하지만 난 지금

너에 대한 비난을 참고 있다.

그래, 넌 이미 다른 욕들을 먹었을 테니!

여전히 넌 결코 영광스럽지 않은

사랑의 사슬에 매이는군—

마리암네	전 제가 직접

남편을 선택했다고 생각지 않아요.

어머니와 히르칸이 제게, 그러니까 딸이자 손녀인 제게

계획적으로 씌운 운명에 그저 제 자신을 맞추었다는 생각이 들

어요.

알렉산드라 내가 아니라 비겁한 내 아버지가 결탁을 했다.

마리암네 그래서 그분이 어머니 마음에 들지 않는 일을 했나요?

알렉산드라 그건 아니었지! 그렇지 않았더라면

그전에 내가 널 데리고 도주했을 게다.

난 이집트에 은신처가 있었거든.

난 용기가 없었다. 그저 난 그런 결정이 내 아버지에게서 나왔

다는 걸 최고 대제사장에게 전했을 뿐이었지.

그리고 난 처음에 내가 그에게서 느꼈던 역겨움을

몰아내려고만 애를 썼다.

하지만 내가 직접 그 일을 맡아 했지.

금방 난 겁쟁이 아버지의 결혼 거래가

잘된 것이라고 생각했거든.

그러고는 에돔의 칼*의 압박에

시온의 진주**를 건네주었지.

그래, 그 시절 클레오파트라를 문 뱀이 독뱀이었다면,

또 안토니우스가 진군해서 이곳에 오기만 했었더라면

난 반대했었을 것이다. 하지만 난 찬성을 했지!

마리암네　　그런데도—

알렉산드라　　　　　난 너를 비싼 가격에 판 만큼

네가 네 역할을 잘해줄 거라고 기대했었다.

또 네가 헤롯 왕에게서—

마리암네　　　　　　　　오, 알아요!

제가 미리 그에게서 매번 입맞춤의 대가로

어머니 마음에 들지 않는 자의 목을

하나씩 요구했어야만 했었죠.

그러고는 결국, 그의 부하들 외에 누구도

더 이상 당신에게 반항하지 않게 되면,

---

* 여기서 '에돔의 칼'은 헤롯을 지칭한다. 에돔Edom은 고대 이스라엘과 경계를 이루는 지역으로 요르단 남서부 지역에 위치하였다. 이스라엘인들과 가까운 혈족 관계였음에도 불구하고 에돔인들은 이스라엘인들과 빈번하게 충돌했으며 이스라엘 왕국(기원전 11~기원전 10세기) 때는 이스라엘인들에게 복속되었던 것으로 보인다. 구약성서의 예언서 「오바드야」는 유대의 이웃나라 에돔에 대한 보복 예언과 이스라엘의 회복에 관한 약속 등이 중심을 이루고 있다. 기원전 6세기 말경 신바빌로니아왕국에 의하여 예루살렘이 함락되어 신전을 비롯한 도읍이 파괴되었을 때, 에돔은 유다 왕국의 곤경을 틈타 약탈하거나 달아나는 사람을 치는 등 이웃 나라로서 우호 관계를 짓밟았는데, 이에 대한 신의 심판과 유다 왕국의 회복을 예언한 것이다.

** 여기서 '시온의 진주'는 마리암네를 가리킨다. '시온'이라 말은 '예루살렘'을 달리 이르는 말로, 상징적으로는 '전(全) 이스라엘'이라는 뜻으로도 쓰인다.

그를 자살하게 만들거나 그게 여의치 않으면,

조용한 밤에 교활하게 유디트의 고양이 같은 행동*을

그에게 되풀이해야만 했었죠. 그랬었더라면 어머니는

자부심에 차서 저를 당신의 자식이라고 불렀을 테지요!

알렉산드라 지금보다 더 큰 자부심에 차서 그랬었겠지. 난 부인하지 않

겠다.

마리암네   전 어머니가 맺어준 남자의 여자가 되는 것을

더 좋아했답니다. 또 그 때문에 제가

마카베오가(家) 여자임을 잊어버린 것을 더 좋아하게 되었지요.

그도 나 때문에 왕의 자리를 잊어버렸듯이 말이죠.

알렉산드라 넌 네가 여리고에서 한 번 더 마카베오 가문의 여자라는 걸

자각하는 듯 보였다. 널 시험해보기 위해

내가 직접 마카베오가 여자라는 것을 적극적으로 드러내지 않

았을 때 적어도 넌 처음으로 비탄에 잠긴 모습을 보였으니까.

그렇지 않았느냐?

마리암네   여리고에서 일어난 끔찍한 사건이

제 마음을 혼란에 빠뜨렸어요.

그 일은 너무 순식간에 일어났어요.

남동생이 식탁에서 온천장으로,

온천장에서 다시 무덤으로, 정말 전 아찔해졌어요!

하지만 제가 왕이자 남편인 그이에게

불신에 차서 은밀히 마음의 문을 걸어 잠그고 있었다면,

---

* 마리암네의 입을 빌려 여기서는 홀로페르네스에 대한 유디트의 살해 행위가—작가 자신의
첫 드라마 「유디트」에서와는 달리—'고양이 같은 행동'으로 과소평가되고 있다.

지금은 그걸 후회하고 있습니다. 전 또 그 일이 마치 열병의

격정에서 일어난 것 같아 그이를 용서할 수 있답니다.

알렉산드라 열병의 격정에서라고!

마리암네 (반은 혼잣말로) 그가 상복을 입고 오지 않았더라면

나도 용서를 하지 않았을 텐데!

붉은빛, 짙은 붉은빛의 용포(龍袍)를 입은 모습을 보았더라

면—

하지만—

알렉산드라 그래, 그는 재빨리 상복을 찾아 입었지!

그가 그 옷을 미리 주문했었거든.

마치 다른 살인자들이 살인을 저지르기 전에

가능하다면 물을 마시듯 말이다—

마리암네 어머니, 잊지 마세요!

알렉산드라 무얼 말이냐? 네가 살인자의 아내라는

것 말이냐? 넌 비로소 살인자의 아내가 되었다.

그리고 네가 원하는 동안 넌 내내 그런 아내이다.

그래, 넌 이제 더 이상 그런 아내가 아닌지도 모르지!

그러나 넌 항상 죽은 자의 누이였으며

또 늘 그러할 것이다. 네가 그의 무덤에다가 "네게는 마땅한

벌이었다!"라고 외친다 한들,

네게 그럴 의향이 있어 보인다만,

넌 여전히 그의 누이로 남아 있을 것이다.

마리암네 전 어머니에게 경외심을 갖고 있어요. 그리고 전 이 경외심을

훼손시키고 싶지 않아요. 그래서 그런 마음을 간직할 겁니다!

그렇지 않으면 제가—

알렉산드라   무엇을 할지도 모른단 말이냐?

마리암네   누가 과연
그 범행에 잘못이 있는지, 하지 않으면 안 되었기에
그런 일을 저질렀던 남자가 책임이 있는지,
아니면 그에게 그런 일을 하도록 몰아댔던 여자가
책임이 있는지 제 스스로에게 물어볼지도 몰라요.
죽은 자를 그냥 편히 쉬도록 해주세요!

알렉산드라   그를 낳지 않은 여자에게나 그렇게 말하거라!
난 그를 이 가슴속에 묻었다. 그리고 난 그를 위해 복수를 해
야 한다. 그가 스스로 복수할 수 있도록
내가 일으킬 수 없으니 말이다!

마리암네   그를 위해 복수를 하세요.
하지만 그를 위해 어머니 자신에게 복수를 하세요!
그가 자신의 뜻과 반대의 결과를 초래한
풋내기 아리스토볼루스가 아니었다는 걸,
그가 바로 백성들에게 에워싸인 채
환호를 받던 대제사장이었다는 걸
어머니는 잘 알고 계시잖아요.
그는 스스로 이미 제정신이 아니었죠.
이 젊은이를 자기 만족에서 벗어나도록
대체 누가 부추겼나요? 말해보세요.
멋진 아가씨들의 눈길을 사로잡기 위해 입을
멋진 제복들이 부족하지 않았던 그를 대체 누가 그랬죠?

196

그리고 그는 더 이상의 행복도 필요로 하지 않았어요.

불필요하게 어머니가 그의 어깨에 걸쳐준

아론*의 사제(司祭) 외투가 그에게는 무엇을 뜻한단 말인가요?

그에게는 그때 당연히 '내게 어울릴까?'라는 생각 외에

그 어떤 생각도 들지 않았겠지요.

하지만 다른 사람들은 그가 그것을 입은 순간부터

그를 이스라엘의 두번째 수장으로 여겼지요.

그리고 금세 어머니는 그를 현혹시켜서 그 스스로

유일한 첫번째 수장으로 생각하게끔 만들 수 있었지요!

알렉산드라 아들과 나를 비방하는군!

마리암네   비방하는 게 아니에요!

세상 사람들에게 가장 행복한 자의 모습을 보여주는 데

천부적인 소질이 있는 것처럼 보인 이 젊은 친구가,

이런 친구가 너무도 빨리 어두운 종말을 맞이했다면,

그리고 칼을 뽑기만 해도 다른 사내들을 모조리 나약한

여자처럼 만들어버리는 남편이, 그이가 정말 그랬다면—

전 그이가 정말 그런 짓을 했는지는 모르겠어요.

하지만 두려웠어요.

그이가 그랬다면 여기에는 지나친 명예욕과 지배욕,

게다가 죄까지 들어 있지요.

하지만 이것들은 죽은 남동생이 품은 명예욕도 아니요,

괴로워하는 왕의 지배욕도 아니지요!

---

* 모세의 형인 아론Aaron은 이스라엘 최초의 대제사장이었다.

전 어머니를 고발하고 싶지 않아요. 그건 제게

온당치 못한 일이니까요.

저는 우리 부부 침실에

유령을, 피투성이의 유령을 보낸 것에 대해

후회하는 어머니의 눈물을 보고 싶지는 않습니다.

비록 우리가 이제 더 이상 서로 한편이 될 수 없다 하더라도

또 제삼자인 그이가, 제가 말해야만 할 때 침묵하고

침묵해야 할 때 말할 정도로

제 정신을 혼란에 빠뜨릴지라도 말입니다.

전 결코 어머니의 복수욕을 자제시키고 싶지 않습니다.

어머니가 어떻게 복수할지에 관해서도 묻고 싶지 않아요.

어머니 자신의 계획이든, 어머니 아들의 복수이든 간에요.

하고 싶은 대로 하세요, 계속해보세요, 뜻한 바를 행하세요.

다만 어머니가 헤롯 왕에게 상처를 줄 수 있다면,

이 마리암네에게도 상처를 줄 수 있다는 것만 알아두세요.

이제 제가, 그가 떠나면서 요구했지만 거절했던 맹세를 하겠

어요. 그가 죽는다면 저도 따라 죽겠어요.

더 이상 행동하거나 말하지 마세요!

알렉산드라   그러면 죽거라! 그것도 즉시! 그 이유는—

마리암네   전 어머니를 이해

합니다. 그리고 그 때문에 제가

위로가 필요하다고 생각하셨나요?

오, 아닙니다! 잘못 생각하셨어요!

선택받은 자들을 하인이 견디어내는 것은

그들도 인간이며 결국 죽게 되어 있기 때문이지요.

하인이 왕을 벌써 말로 죽였다 한들 전 놀라지 않아요.

왕이 호화찬란한 모습을 드러내며 지나갈 때

노예가 "저자도 나와 같이 죽을 수밖에 없다! 내가 그걸 비노

라!"라고 스스로 말하는 것 말고 무얼 할 수 있을까요!

그리고 전, 왕이 옥좌를 지키기 위해

수천의 무덤을 만들어내며 전장(戰場)을 누빈다면,

이를 칭송할 겁니다. 그것은 그에게서 질투나 잠재우죠!

하지만 내 마음은 헤롯 왕이 살아 있으며 또 그럴 것이라는 것을

말하고 있답니다. 죽음은 그림자를 드리웁니다.

그리고 그 그림자는 여기 이곳으로 스며듭니다!

〈제4장〉

한 신하   부왕(副王) 납

시오!

알렉산드라   우리에게 올 때 늘 그러하듯

그는 틀림없이 무장을 했을 게다.

그가 감언이설로 우리의 정신을 혼란시키는 데 실패한 뒤부터

그래. 그걸 처음에는 꽤 시도해보는 것 같았는데.

넌 살로메가 그 당시에 질투심*에

---

* 『유대 고대사』(15권 3장 9절)에도 살로메의 질투가 언급되어 있다. 헤벨은 이 작품에서 그
  녀의 감정을 보다 세심하고 다채롭게 그려내고 있다.

눈이 멀었었다는 걸 아느냐?

마리암네   그 여자는 지금도 그러합니다!

그 여자가 옆에 있으면 전 그이에게 미소를 지으며 허물없이

항상 그녀에 대해 가장 나쁜 것들만 말하니까요.

또 그녀 자신이 지칠 줄 모르고 저를 감시하기에

저 또한 지칠 줄 모르고 그녀의 어리석음을

비난합니다!

(요셉이 등장한다.)

알렉산드라   (요셉의 무기를 가리키면서)

저게 보이느냐?

마리암네   저자는 저러고 다니는 걸 좋아합니

다! 그의 아내가 그리하도록 시켰어요.

자기가 전사를 남편으로 두고 있는 꿈을 꿀 수 있도록

하기 위해서죠.

알렉산드라   (요셉에게) 나도 여기 있소!

요셉   환영식치고는 기이하군요.

알렉산드라   내 아들도 여기 있소!

그는 이전처럼 관 속에 숨었구려.

그를 꺼내주시오. 난 당신이 이전에

지시 없이 독단적으로 저질렀던 일을 용서하고 싶소.

그러나 당신이 이번에는 그 관을

이집트로 가는 배에서가 아니라.

교회 묘지 안에서 찾아내야만 하오.

요셉   난 죽은 자를 깨울 수 있는 사람이 아닙니다!

알렉산드라 (조롱조로 마리암네를 향해)

정말인가 보군! 그렇지 않으면

너도 틀림없이 네 주인을 지켜주기 위해

함께 갔었을 텐데. 그가 무릎을 꿇고 애원을 해도

릭토르*의 도끼로부터 자신을 지키지 못할 테니까—

마리암네 그가 무릎을 꿇고 애원을 한다고?

요셉 (마리암네에게)   마마께 제가 어떻게 된 일인

지 말씀드릴 수 있습니다! 전하께서 "사람들은 내가

한 짓이라고 날 비난했지!"라고 말한 걸 전 인정합니다.

"하지만 그 일로 날 비난할 수 없다!"라는 말도 제가 지체 없

이 덧붙이고 싶습니다. 마마께서 모든 걸 제대로

알아야 하니까요! ——그분은 그렇게 행동할 것입니다.

알렉산드라 당신은 그자의 편이 되어 자랑을 늘어놓고 있소?

요셉   그분은 이미

그렇게 했습니다! 바리새인들이

안토니우스에게 그를 고발하려 했을 때

저도 그 자리에 있었지요.

그는 그들을 대신해 스스로를 고발한 다음

---

* 릭토르lictor: 고대 로마 행정관의 수행원. 이들은 공공장소에서 자신이 섬기는 공직자나 행정관의 시중을 들었으며 군중 사이를 뚫어 길을 터주었다. 이들은 행정관에게 죄를 지은 사람들을 소환 · 처벌하는 형사 집행관의 역할도 맡아 했다. 릭토르들은 특히 행정관의 위엄을 나타내는 파스케스fasces를 들고 다녔다. 파스케스란 붉은 띠로 묶은 느릅나무나 자작나무 막대기 다발에 도끼머리를 끼운 모양으로 로마에서 공권력을 표시하는 상징물이었다. 파스케스에서 도끼머리 하나를 들어 올리는 것은 관청의 형벌권의 표시였다. 베니토 무솔리니가 만든 이탈리아의 파시스트 당은 파스케스에서 이름을 따온 것인데, 1919년에는 이를 자신들의 상징으로 채택했다.

자기 야영지로 급히 갔답니다.

그리고 그 바리새인들이 오자

그는 반복적으로 보충하면서 조목조목 따지더니 이렇게 말했지요.

"내가 빠뜨린 것이 있는지 없는지 말해보거라!"

그 결과를 아시잖아요. 결국 물러나지 않고 버티던

고발자 중 상당수가 뻣뻣한 머리를 내놓아야만 했습니다.

그 일로 그는 그 로마인의 총애를 한몸에 얻게 되었지요.

알렉산드라   그때는 그들 둘 다 지금보다 더 젊었어.

한쪽의 교만함이 교만한 다른 쪽의 마음에 들었던 것이지.

그리고 더욱더 마음에 들었던 것은 그 교만함이 자기가 아니라,

타인의 희생으로 인해 작용했기 때문이지.

혀로 끊임없이 로마에 반대하는 소요를 설교한 바리새인이

과연 그 로마인에게 중요한 존재일 수 있겠소?

안토니우스는 "남의 수염을 쥐어뜯는 자는 결국 자기 명예를

단축시키지!"라고 말하고는 웃더군. 하지만 나는 그가

그런 생각을 과연 자기 자신에게도 적용시킬지 의문스럽소!

요셉   말씀하시는 걸 보면 마치—

알렉산드라   우리가 바라는 것들이 서로 일치하

든 안 하든 무얼 걱정하시오?

당신은 당신의 소망이나 꽉 붙잡고 있으시오!

당신에게는 그가 돌아오는 것이 중요할 테니까!

요셉   그렇게 생각합

니까? 내게 중요하다면 마마의 어머님께도 중요하지요!

알렉산드라	내가 그 이유를 모를 성싶소?
	옛날에 이미 알렉산드라*라는 한 여인이 있었소.
	그 여인은 이스라엘에서 왕관을 차지하고 있었지.
	왕위가 비어 있게 되었을 때도
	그녀는 그걸 꽉 움켜쥐고는 절대 도둑에게 물려주지 않았소.
	맹세코 두번째 알렉산드라가 나와야 하거든!
	(마리암네를 향해) 마카베오가 여자들이 정말로 존재한다면,
	유치한 맹세도 지켜야 하지!
요셉	(마치 비밀을 캐내듯) 그건 사실입니다!
	이전에 그런 알렉산드라가 있었습니다.
	하지만 그녀의 목적을 이루려고 하는 사람은
	그 선례를 충실히 따라야만 합니다. 반만 따르는 것이 아니라.
	그녀는 왕위에 올랐을 때 모든 적들과 화해했었지요.
	그래서 아무도 그녀에 대해 두려워할 필요가 없었어요.
	그녀에 대한 기대만 있었으니까요.
	그녀가 죽을 때까지 확고히 왕좌에 앉아 있었다는 것은 그리
	놀랄 일도 아니지요!
마리암네	난 그걸 그리 대단치 않다고 생각합니다.
	증오와 사랑의 욕구를 충족시키려는 것이 아니라면,
	대체 무엇 때문에 왕홀을 쥐고 있나요?
	파리들을 쫓아내는 일은 난쟁이 한 명으로도 충분하죠!
요셉	매우 지당하신 말씀입니다.

---

*『유대 고대사』(18권 16절 2절)에 따르면 이 알렉산드라는 남편이 죽은 후 9년(기원전 78~69) 동안 나라를 통치했다고 한다.

(알렉산드라에게) 어떻게 생각하십니까?

알렉산드라 　　　　　　　　　　　　　　아마 그녀는 꿈에서 자
기 가문의 조상인 위대한 유다를 결코 보지 못했을 것이오.
보았더라면 그녀는 어떠한 적도 두려워하지 않았을 것이오.
왜냐하면 유다는 무덤 속에서도 자신의 자손들을 지켜주고 있
거든.
그분은 누구의 마음속에서도 죽지 않고 있기 때문이지.
그가 어찌해야 했겠소! 자기 자신에게 "나무나, 광석 또는 돌
에게가 아니라,
바로 나의 신에게 무릎을 꿇을 수 있다는 것이
그분의 덕분입니다"라고 다짐할 필요가 없는 자는
기도할 수가 없거든.

요셉 　　　(혼잣말로)　　　왕의 말이 옳았어!
난 이제 행동을 해야겠어. 그것도 두 명을 상대로.
내가 이 일을 감수해야겠어.
사형집행인의 도끼로부터 내 머리를 보호하려면
내 머리에 왕관을 써야겠어.
여기에 끊이지 않는 증오가 내 쪽을 노려보고 있구나!
자. 그들은 스스로 판결을 내렸다.
나도 이제 마지막으로 그녀를 시험해보았다.
그리고 왕의 전령이 오기만 하면,
난 한 치의 흔들림도 없이 한순간에 행동에 옮길 테다!
만반의 준비가 되어 있다.

<제5장>

한 신하	티투스 대장이 알현을 청합니다!
요셉	즉시 가겠다! (가려고 한다.)
알렉산드라	왜 여기 있지 않고?
신하	그가 이미 와 있습니다!
티투스	(등장한다. 그러고는 요셉에게 은밀하게)

우려하던 일이 드디어 일어났습니다. 백성들이 분노에 들끓고
있습니다!

요셉   내가 명령한 것을 서둘러 시행하시오!
부대를 편성해서 출동시키시오!

티투스   이미 조처해놓았습니다. 지금 부왕 전하께서 포로를 원하는지
아니면 죽은 자를 원하는지 알기 위해 왔나이다.
내 독수리는 갈기갈기 찢어놓을 정도로 상대를 잘 움켜쥐죠.
그러니 과연 둘 중 어느 것이 부왕 전하께 더 득이 되는지 아
셔야만 합니다.

요셉   피를 흘려서는 안 되지!

티투스   알겠습니다! 그들이 돌
팔매를 시작하기 전에 그렇게 진압시키겠습니다.
그렇지 않으면 제가 나중에 돌로 쳐 죽일 테니까요!

요셉   그대는 사
메아스를 보았소?

티투스   그 바리새인 말인가요?

이전에 절 볼 적이년 항상 눈을 감기 때문에
이마를 내 방패에 부딪혀 다친 자 말이죠?
물론 보았지요!

요셉   어땠소? 어서 말해보시오!

티투스   시장에서 수천 명에 에워싸인 채 큰 소리로
공공연하게 헤롯 왕을 저주하고 있었습니다!

요셉   (알렉산드라에게)   그자가 이곳을 떠
난 지 아직 한 시간밖에 안 되었는데!

알렉산드라   그걸 보았소?

티투스   (요셉에게) 직접 가보시렵니까?

요셉   곧 가볼 것이오!
그동안에—

티투스   알겠습니다! 물러가겠습니다! (나가려고 한다.)

알렉산드라   (그를 부른다.)   티투스 대장, 한마디
만 더 하겠소! 어째서 당신은 우리에게서
보초병을 철수시켰소?

마리암네   보초병이 없어요?

알렉산드라   그래, 어젯밤부터 보이지가 않아!

요셉   내가 철수하라고 명령을 내
렸기 때문이오!

티투스   또 전하께서도 떠나면서 제게
"이 사람이 내 뜻을 알고 있는 남자다. 그가 명령하는 것은
곧 내 자신이 명령하는 것이다!"라고 말하셨기 때문입니다.
(퇴장)

알렉산드라 (요셉에게) 그러면 당신은?

요셉   난 유다 마카베오*가

마마와 마마의 어머님을 충분히 보호해주리라 생각했지요.

게다가 마마의 어머님께서는 저 밖이 어떻게 돌아가는지

듣고 계시잖아요.

난 병사들이 필요합니다!

(혼잣말로) 로마인들이 아주 가까이 있다면,

모든 것이 실패로 돌아갈 수 있을지 몰라!

오늘 내가 갈릴리인을 보내야겠다!

알렉산드라 (마리암네에게)   넌 아직도 내 악의가

아무런 근거가 없는 것처럼 생각되느냐?

마리암네   모르겠어요.

하지만 지금 저자가 절 감염시킨 것 같아요.

기이한 생각이 드네요! 비록—

만약 투창(投槍)이 벽 쪽에서 나온다면,

이보다 더 예기치 않은 일은 없을 테지요!

알렉산드라 양편에서 일격을 가해야 해. 그러면 왕위로 가는 길은 트이게

되지.

---

* 마카베오Maccabeus라는 이름은 기원전 168~164년 유대 독립전쟁의 영웅 마타시아스의
  아들 유다에게 주어진 영예의 호칭이다. 마타시아스가 죽자 셋째 아들 유다 마카베오가 로
  마 치하에서 저항운동의 지도자가 되었다. 또한 마카베오는 로마 치하에서 반란을 일으켜
  독립운동을 하였던 고대 이스라엘의 마지막 독립왕조를 통칭하는 말이기도 하다. 독립운동
  은 결국 실패로 돌아가고 이후 마카베오의 반란은 이스라엘의 독립에 있어 정신적 구심점
  역할을 하였다. 유대인들은 '통곡의 벽'에서 마카베오의 장렬한 죽음을 생각하면서 선조들
  의 고통을 되새긴다고 한다.

더 이상 마카베오 가문 사람이 존재하지 않으면

헤롯 일가가 득세할 차례가 오거든.

마리암네   살로메가 저자의 아내가 아니라면

전 어머니를 비웃었을 것입니다! 내 남동생 문제로 보면,

살로메의 머리는 제 손 안에 있습니다!

전 헤롯 왕에게 이렇게 말하겠어요.

"당신이 나를 위해 그녀에게 복수할 만큼 나를 사랑하는군요!

그녀가, 오직 그녀가 문제이니까요! 그녀의 남편은 결코 그렇

지 않은데!"

알렉산드라   넌 너무 일찍 승리를 자축하고 있구나!

우선 중요한 것은 우리가 행동으로 보여주는 거다.

그리고 우리가 이 반란을 이용해야 하거든!

마리암네   우리는 이 반란으로 어떤 일도 꾸며서는 안 됩니다.

왜냐하면 헤롯 왕이 다시 돌아온다면,

제가 두려워할 일이 아무것도 없기 때문이며,

혹 그가 돌아오지 못한다면, 제겐 어떠한 형태로든

죽음이 합당하기 때문이죠!

알렉산드라   난 가겠다! (퇴장하려고 한다.)

요셉   (그녀의 길을 막아서며) 어디를 가려 하십니까?

알렉산드라   우선 성의 첨탑

으로 올라갈 것이고 그다음에는 내가 원하는 곳

어디로든 갈 것이오!

요셉   첨탑으로 가실 수는 있습니다만!

하지만 성은 벌써 봉쇄되었습니다!

| 알렉산드라 | 그럼 우리가 포로라도 된단 |

말이오?

| 요셉 | 다시 평온해질 때까지는 그렇습니다. |

마마의 어머님께 이렇게 부탁드릴 수밖에 없습니다—

| 알렉산드라 | 무엇 때 |

문에 당신이 이리도 대담해졌소?

| 요셉 | 저들이 던져대는 돌이란 |

맹목적이죠. 로마의 투창도 마찬가지고.

이 두 가지가 종종 서로 만나고 있어요.

서로 만나서는 안 될 것들인데.

그래서 이것들을 서로 떼어놓아야 합니다!

| 알렉산드라 | (마리암네에게) |

난 첨탑으로 올라가겠다. 거기서 우리 상황이 어떤지

신호를 통해 알려줄 내 동지를 찾아보아야겠다.

| 마리암네 | 신호를 통해—어머니 동지를—어머니, 어머니! |

그렇다면 백성이 아니라 어머니가 이 일을 획책했단 말인가요?

어머니 스스로 무덤을 파지 않으면 좋겠는데!

(알렉산드라는 나가려고 한다.)

| 요셉 | 미안하지만 내 친위병이 마마의 어머님을 호위할 것입니다. |

필로!

| 알렉산드라 | 그러니까 공공연하게 싸워보자 이거군? |

(필로가 등장한다.)

| 요셉 | (필로와 처음에는 나지막하게, 이어 큰 소리로 이야기한다.) |

내 말 알아들었나?

필로	네!
요셉	최악의 경우에 말이야!
필로	전 그때만을 기다리고 있습니다. 그다음에—
요셉	그리고 자네 머리를 담보로 해라!

(혼잣말로) 내게 헤롯 왕의 정신이 감돌고 있는 것 같다!

알렉산드라 (혼잣말로) 하지만 난 가야겠어! 저 병사가 갈릴리인이라 해도 내 편으로 만들 수 있을지 몰라!

내가 시험해보아야겠다! (퇴장)

(필로가 그녀를 따라간다.)

요셉 (혼잣말로) 아무리 이것을 내 책임으로 돌린다 해도, 내겐 다른 방도가 없다.

내가 불가피하게 이런 조치를 취한 것은 반란 때문이다.

내가 행동을 직접 실행에 옮기려면,

저 여인에게서 눈을 떼지 말아야겠군.

언제든 왕의 전령이 올 수 있거든!

난 더 오랫동안 전령을 기다리지는 않겠다.

마리암네 언제 헤롯 왕이 죽었소?

요셉 언제 그가 돌아가셨냐고요?

마리암네 또 죽었다면 연유가 무엇이오? 당신이 감히 너무 많은 일을 벌이고 있다는 걸 알아야 합니다!

요셉 제가 감히 무엇을 했단 말입니까? 제게 수수께끼를 내는군요!

마리암네 내 목숨이 위태롭다는 것을 로마인들이 듣는다 해도

내가 아무런 보호도 받지 못할 거라고 당신이 생각한다면,

그야 대수롭지 않은 일이지요.

하지만 당신이 이 문제를 잘못 판단한다면,

그건 아주 중대한 일을 초래할 것이오.

요셉 그리고 누가 마마의 목숨을 위협하고 있습니까?

마리암네   계속 묻기만

할 거요? 당신 말이오!

요셉   저요?

마리암네   당신은 내게 정반대의 것을 맹세할

수 있어요? 당신 자식의 목숨을 걸고 내게 맹세할 수 있어요?

──답변을 안 하는군요!

요셉   마마는 제게 어떠한 맹세도 요구해서

는 안 됩니다.

마리암네   이렇게 고발된 사람은 저절로 맹세를 하는 법이

지요.

하지만 헤롯 왕이 돌아온다면 당신은 괴로울 것이오!

그에게 처음 입을 맞추기 전에 먼저 두 가지를 말하겠어요.

당신이 날 죽이려고 생각했다는 걸 말하겠어요.

그리고 내가 무엇을 맹세하였는지도 그에게 말하겠어요. 그가

온다면, 어떤 운명이 당신을 기다리고 있는지

이제 스스로 잘 생각해보시오!

요셉 그런데 마마가 무엇을, 대체 무엇을 맹세했단 말인가요?

제가 놀랄 맹세라면, 전 그걸 알아야 합니다.

마리암네   당신에게 퍼붓는

저주를 들으시오! 만약 그가 돌아오지 않는다면,

내 스스로 내 목숨을 끊으려 한다는 것을.

아, 내가 그걸 눈치챘었더라면! 안 그렇소?

그랬더라면 난 차디찬 인사에도 전혀 아랑곳하지 않았을 텐데.

내가 시작한 대로 계속했을 텐데.

그러면 모든 것이 잘되었을 텐데!

처음에 당신은 아주 다른 남자이었으니까요!

요셉   전 두려울 것이 아무것도 없습니다!

마리암네   당신은 그가 돌아온다는 것이

불가능하다고 생각하니까요! 누가 알겠소! 그리고 만약

그가 돌아오지 않는다면, 난 내가 한 맹세를 지키겠어요.

하지만 내가 당신에게 복수하기 전에는,

그가 내 복수를 해주려는 것처럼 그렇게, 덜덜 떨어보시오.

내가 당신에게 복수하기 전에는

그 맹세를 지키지 않을 것이오!

이제 당장 당신의 칼을 뽑으시오!

그럴 용기가 없소? 정말 그런가 보군!

그리고 당신이 아무리 날 보호해준다 할지라도,

난 티투스 대장에게 가서 길을 꼭 찾아볼 것이오!

당신은 내기에서 내게 졌어요. 내가 그것을 훤히 꿰뚫어본 다
음부터 말이오.

요셉   (혼잣말로)

맞아! 맞아! (마리암네에게) 전 마마께

맹세의 이행을 요구하는 바입니다! 전하께서 마마의 복수를

하려는 것처럼 그렇게, 정말 그렇게 마마가 복수하신다니!
마마께선 제게 굳게 맹세했소이다! 그걸 잊지 말아주셨으면
합니다!

마리암네 터무니없기 짝이 없는 행동에서 그런 말이 나오는 법이지!
헤롯 왕이 내가 내 자신을 사랑할 수 있는 것보다 더 날 사랑
한다는 것은 아무도 의심하지 않을 것이오.
심지어 당신의 사악한 아내 살로메조차도
그걸 의심하진 않으니까.
바로 그 때문에 그녀가 날 두 배로 증오한다 하더라도,
바로 그 때문에 그녀가 복수심에 차서 당신에게
살인에 대한 생각을 불어넣어주었다 할지라도 말이오!
그런 생각이 그녀로부터 나왔다는 걸 알고 있어요.
그래서 난 그녀에게 그녀가 느낄 수 있도록 상처를 주려고 해요.
그녀가 느낄 당신에 대한 고통이 이 땅에서
나의 마지막 즐거움이길 바랍니다!

요셉 잘못 생각하고 있어요! 하지만 어쨌든 간에!
전 마마에게 맹세의 이행을 요구합니다!

마리암네 당신은 그 말만 되풀이하고 있소?
사특한 자 같으니!
내 가슴에 음울한 생각과 불신이 생기도록 조장하다니!
당신은 마치 헤롯 왕 자신이 날 희생양으로,
또 당신을 희생양을 바치는 사제로 선택한 것처럼 말하는군요.
그런가요? 그는 나와 헤어질 때,
이를 생각하니 경악스럽구나,

미심쩍은 말을 하지 않았어요. 대답해보시오!

요셉   꼭 해야 할 경우

가 되면 대답을 할 것입니다. 제가 알게 되면,

그러니까 전하께서—

마리암네   당신이 오직 자기 자신만 내 앞에서

결백해지려고 그에게 비겁하고 사악하게

가장 끔찍한 것, 가장 무도하고 터무니없는 것을 고발했을 때

그가 더 이상 당신의 거짓말을 책망할 수 없음을

알게 되자마자 말입니까?

당신에게 말하겠소. 당신이 아직 끝을 내기 전에,

그가 먼저 문을 열고 들어와 당신을 베어 쓰러뜨릴 수 있을 그

때만 당신 말을 내가 들어주겠소!

영원히 입을 다물든지, 아니면 당장 말해보시오!

요셉   그런데 만약 그것이 그렇다면? 정말 그렇다는 걸 말하는 것이

아닙니다. 하지만 만약 그것이 그렇다면?

마마께서 느끼고 있는 것이 사실이라는 확증 이외에,

전하께서 지금까지 어느 남편도 아내를 그리하지 못한 것처럼

끔찍이 마마를 사랑하고 있다는 증거 이외에

무슨 다른 것이 있겠습니까?*

마리암네   그 증거란 무엇이오?

이미 전에 그것에 대해 들었던 것 같은데!

---

* 요세푸스의 『유대 전쟁사』(1권 22장 4절)에는 요셉이 왕비에게 왕의 명령을 털어놓은 것이
왕비의 유도에 넘어갔거나 또는 두려워서 그런 것이 아니라, 오직 왕의 사랑을 밝히기 위
해서였다고 기록되어 있다.

요셉	만약 마마의 죽음보다도 마마를 이 세상에 남겨놓을 생각이 전하의 마음을 훨씬 더 쓰라리게 만든다면, 전 그것이 그저 마마의 기분을 좋게 할 거라고 생각했습니다.
마리암네	그 내기로 무엇을 걸었든, 내 스스로 이제 당신을 위해 그걸 끝내버리겠소! 안토니우스 같은 자가 살아 있는 세상에 날 남겨놓을 생각보다 차라리 죽음이라!
요셉	글쎄요! 전하께서 그렇게 말했다는 것이 아닌데—
마리암네	그이가 그렇게 말했군! 그이가— 그이가 무얼 말하지 않았단 말이오! 오, 그가 결국 돌아오기를!
요셉	마마!

(혼잣말로)

내 어찌 휩쓸리게 되었을까? 내가 부득이 해야만 했던 것 외에는 아무것도 하지 않았는데!

그런데도 아리스토볼루스가— 그가 지금 눈에 선하다.

아, 전율이 날 사로잡는구나. 저지르기도 전에

벌써 그림자를 드리우는 빌어먹을 행동이여!

마리암네	그것은

때때로 치솟다가 터지고 마는

뇌수의 지독한 거품보다도 더한 것이었구나.

그랬군. 지금부터 비로소 내 자신의 삶이 시작될 것이다.

오늘까지 난 꿈을 꾼 것이었어!

〈제6장〉

(신하 한 명이 등장한다. 뒤에 살로메가 온다.)

살로메　　(신하에게)　　　　　　　　자네는 보고를 하지 않은 자는
여기 들여보내지 말라는 명을 받았는가?
내가 책임지겠다!

요셉　　　　　　　　　　살로메, 당신이?

살로메　　　　　　　　　　　　　그럼 누구인 줄 알았나요?
악마가 아니잖아요! 당신 아내잖아요! 야곱이 라헬*에게 구혼
한 것처럼, 당신이 구혼했던 당신의 가련한 아내요.
그리고 당신은 그런 아내를 지금—
(마리암네를 향해) 원망을 받을 것이오!
마마는 오라버니의 마음을 제게서 돌리게 한 것만으로도
아직 충분하지 않은가요?
이제 내 남편도 빼앗아가야만 하나요?
이이는 마마가 벌써 혼자가 된 것처럼
밤낮으로 마마 생각만 하고 있더군요.
그리고 남편에게 전 이보다 훨씬 못하지요.
낮에는 그가 마마가 가는 곳마다 쫓아다니거든요!

---

* 라헬Rachel: 구약성서에 나오는 야곱의 두번째 아내. 야곱은 외삼촌인 라반의 둘째 딸 라
헬에게 마음이 끌려 그녀와 혼인하기를 원하여 7년 동안 일을 하였으나 라반의 속임수로 라
헬의 언니인 레아와 결혼한 다음에 다시 7년 동안 일을 하면서 구애하여 라헬을 아내로 맞
았다(「창세기」 29장 1~20절).

또 밤에는 마마에 대한 꿈을 꾸고, 불안하게 마마의 이름을 부

르다가 선잠에서 화들짝 깨어나고―

(요셉에게) 오늘 아침도 내가 이 때문에

당신에게 따지지 않았나요?

그리고 심지어 예루살렘 전체에서 소요가 일어난 오늘도,

오늘도 그는 내 곁에 있지 않았어요.

광장에도 없었어요. 그가 오지 않았기에 그를 찾게 했건만.

결국 마마의 곁에 있었군. 그리고 마마와 당신은― 둘만 있었

겠군요!

마리암네   그녀가 그런 짓을 꾸민 게 확실히 아니군!

바로 그이가 직접 꾸몄어!

그에게 의심이 좀 남아 있었다면,

이제 그이의 어리석은 질투심이 그 의심을 완전히 불식시켰군!

그이에게 난 하나의 사물에 불과할 뿐 그 이상은 아니었구나!

요셉   (살로메에게) 당신에게 맹세컨대―

살로메   내가 눈이 멀었다고 말하는

건가요? 아니요! 난 알고 있어요!

마리암네   죽어가는 사람이 죽은 뒤 자신의 열매를

다른 사람에게 절대 주고 싶지 않기에

자신의 무화과나무를 베게 한다면,

그런 자는 극악무도한 자일 것이오. 죽어가는 그자가

직접 그 나무를 심었더라면 좋았을 텐데.

또 그자 자신이 도둑에게,

그자가 심지어 그 나무를 흔들어대는 살인자에게조차

힘을 북돋아주고 있음을 스스로 알았더라면 좋았을 텐데.
내겐 이 두 가지 모두가 사라졌구나! 그래! 그래!
이것은 있을 수 없는 악행이야.

살로메   (요셉을 향해)

당신이 말해봐야 소용없어요. 명령이라니! 대체 어떤 명령을?

마리암네   하나의 명령! 이것이 인장이오! 만약 이것이 있을 수 있는 일

이라면, 지금 가장 먼저 일어나야만 했었겠지.

하지만 그건 절대 있을 수 없는 일이야! 비천한 종류의 어떠

한 충동이 내 가슴 안에서 소용돌이친다 해도

내 깊은 마음속을 더럽힐 수는 없어!

우리가 결혼한 날에 그이에게 해주고 싶었던 대답을

난 이 순간에 안토니우스에게도

똑같이 해주고 싶다는 생각이 들어.

그 때문에 난 상처를 입었지. 날 겨냥한 것이니까.

그렇지 않았다면 내가 이를 참아내야 하고

용서하는 수밖에 없었는데!

살로메   (마리암네에게) 마마 때문에 제가 여기 와 있는 것 같습니다만?

마리암네   그렇소! 그렇소!

심지어 당신은 나에게도 가장 위대한 선행을 보여주었어요.

눈이 멀었던 나란 여자는 이제 보게 되었어요.

분명하게 보게 되었어요. 그것도 오직 당신을 통해서죠!

살로메   절 조롱하고 있나요? 제 오라버니가 돌아오기만 한다면,

마마께서는 제게 잘못을 빌어야 할 것입니다!

전 그에게 모든 걸 말할 테니―

마리암네	뭐라고요? 그렇게 하시오!

그렇게 하라고! 그리고 그가 당신 말에 귀를 기울이면—

그가 왜 안 그러겠소? 무엇 때문에 내가 웃지?

당신 말에 귀를 기울인다는 게 아직은 불가능한가?—

만약 그가 당신 말에 귀를 기울인다면,

내가 당신에게 반박하지 않겠다고 그에게 전하시오!

게다가 이제 난 나 자신을 더 이상 사랑하지 않소!

〈제7장〉

알렉산드라	(황급히 들이닥친다.)
	왕이 왔소!
요셉	도성에요?
알렉산드라	이미 성에 당도했소!

제3막

시온 성. 알렉산드라의 거실.

〈제1장〉

(알렉산드라, 요셉, 살로메. 헤롯이 들어온다. 헤롯의 수행원과 소에무스
도 들어온다.)

헤롯　　　내가 돌아왔소!

　　　　　　(소에무스에게) 아직도 피가 나는가?

　　　　　　내 쪽으로 돌이 날아들었는데

　　　　　　바로 그때 무슨 말을 하러 온 그대가 맞았군.

　　　　　　그대의 머리는 이번에 그대의 왕의 방패가 되었구려!

　　　　　　그대가 있던 곳에 차라리 그냥 있었더라면—

소에무스[*]　　　　　　　　　　　　　　　　　그랬다면 제가 상

처는 입지 않았겠지만 공을 세우지는 못했을 겁니다.

그것도 공이라면 말입니다.

갈릴리에서는 고작해야, 전하께

그리고 전하의 그림자요 대변자인 제게,

전하께서 늘 원하는 것을 알고 있는 제게

감히 대항하려는 자만이 돌에 맞아 죽죠.

헤롯   그래. 갈릴리 사람들

이 원래 충실한 자들이지! 말하자면 자신의 이득에 말이야.

그리고 자신들의 이득이 내 것과도 맞아떨어지기 때문에

내 이득에도 충실한 것일 테고.

소에무스   아무렴요. 제가 충실한 신하라는

사실은 전하의 도성에 제가 있다는 것만 봐도 아실 겁니다.

헤롯   여기서 정말

자네를 만나리라고는 전혀 기대하지 않았네.

왜냐하면 왕이 멀리 나가 있을 때,

반란을 일으킨 지역에는 경비병들이 두 배로 필요하거든!

어째서 자네는 근무지를 떠나 이리 오게 되었는고?

하지만, 별 탈이 없이 근무지를 안전하게 비울 수 있다는 걸

내게 증명해 보이고 싶은 생각 이외에도,

또 여기서도 돌팔매질을 막아낼 수 있으리라는 생각 이외에도

틀림없이 뭔가 다른 일이 있겠군!

소에무스   제가 이리 온 이유는

_____

* 이 작품에서 소에무스는 갈릴리인으로 묘사되어 있는 반면, 역사가 요세푸스의 기록에는
  그가 팔레스타인 북동쪽 지역 출신으로 소개되어 있다.

제가 알아낸 놀라운 일들을 부왕 전하께

구두로 신속하게 전하기 위해서였습니다.

아무리 소용없는 짓이라 하더라도

바리새인들이 갈릴리의 굳건한 땅까지도

파괴하려고 한다는 걸 알리려고 했습니다.

하지만 제 충고는 너무 늦었나이다.

전 예루살렘이 온통 화염에 휩싸이고 있는 것을 발견하고

겨우 불을 끄는 데만 손을 쓸 수 있었습니다!

헤롯   (그에게 손을 내민다.) 그리고 자네는 자네의 피로 그 일을 해

냈군! 이보게, 요셉, 잘 지냈는가!

난 자네를 다른 곳에서 찾을 뻔했네! 이젠 됐어!

지금 가서 사메아스를, 그러니까

로마의 수하대장 티투스가 스키타이* 식으로 사로잡은

그 바리새인 놈을 이리 대령하게.

저 고집불통의 로마인이 자기가 타고 다니는 말 꼬리에

그놈을 매단 채 이리저리 끌고 돌아다니고 있더군.

성스러운 열정에 휩싸인 그놈이

백주 광장에서 그에게 침을 뱉었기 때문이지.

그가 쓰러져서 질질 끌려 다니지 않으려면,

그는 달려야만 할 거야. 아직 한 번도

그렇게 내달려보지 못했을 텐데.

내가 지나가면서 그놈을 즉시 구해주었어야 했는데!

---

* 기원전 8~7세기 중앙아시아에서 남부 러시아로 이주했던 용맹하고 무자비한 기마민족으로 알려져 있다.

지금까지 내 앞에 슬며시 기어든

뱀 같은 자들을 내가 죄다 알게 된 것도

틀림없이 그놈 덕분이지!

이제 난 언제든 원하기만 하면 그들을 제압할 수 있도다!

요셉   (퇴장한다.)

헤롯   (알렉산드라에게 향한다.) 평안하셨습니까? 안토니우스가

말한 것을 장모님께 전해드리리다.

강물은 법정에 세울 수 없다고 했으며,

또 강물이 흐르는 나라의 왕은

더더욱 법정에 세울 수 없다고 하더이다.

그 왕이 강물을 잘못 쏟아붓게 하지 않았기 때문이지요!

(소에무스에게) 내가 좀더 일찍 이리로 왔어야 했건만.

하지만 서로 자주 보지 못하는 친구들이 모이게 되면,

서로 잘 놓아주지 않잖아! 이것은 또 자네에게도,

내 미리 말하자면, 내 집안에서도 일어날 것이야.

내가 자넬 드디어 다시 보게 되는군.

자네는 나와 함께 비겁한 자들을 쓸어내야만 할 것이네.

내가 안토니우스가 팔레르너산(産) 포도주*를 콸콸 부어

알락곰치**들의 숨통을 —퉤, 식도락가다운 짓이지!—

틀어막는 걸 도와주고

지난 시절 우리의 재미있는 많은 사건들에 대해

---

  * 팔레르너산(産) 포도주: 고대의 유명한 이탈리아 와인이며 '카이사르 와인'으로도 불린다.
 ** 알락곰치: 곰칫과의 바닷물고기로 원통형으로 가늘고 길이가 80센티미터가량이다. 몸에
    알락알락한 무늬가 뚜렷하고 입이 크며 주둥이에 두 쌍의 더듬이가 있는 열대성 어종이다.

그의 기억을 새롭게 해야만 했던 것처럼 말이지!

이와 똑같이 날 위해 애써주게.

그가 황당무계한 고발을 겉으로 들으면서

카이사르처럼 이마에 주름살을 짓고는

그리고 또 번갯불과 뇌신(雷神)의 화살로 무장을 한 채

날 부르러 사람을 보냈던 것처럼,

— 그가 그렇게 한 이유는 오로지

내가 정말 올 것이라 확신하고 있어서였지—

그렇게 내가 자넬 부르러 보낼 만큼이나

저 개선장군에게 넌더리가 나지 않았다 해도

난, 자넬 오늘 내 손에 넘겨주었던 우연을

이롭게 이용할 것이네.

그리고 자네가 자네의 직무에 대해 말하기 시작할 때는

안토니우스처럼 말하게.

"네 직무를 네가 마땅히 그것을 맡아야 하는 것처럼 맡는다면,

넌 그 직무로 매 순간 소모되지 않으리라!"라고 말이다.

자네는 이곳에 있는 것이 달가워하지 않는 것처럼 보일 정도로

꽤 오랜만이군!

소에무스   주인님, 저에 대해 잘못 생각하고 계십니다.

하지만 제가 여기 자주 오지 못할 이유가 있었습니다!

헤롯   (살로메를 향해)

너도 여기 있었느냐?

마리암네를 만날 때마다 스스로 거울을 들여다보고 있다고,

또 거기에 비친 자신의 모습을 쳐다보고 있다고

착각하는 데 결국 익숙해졌나?

네가 왕비를 원망할 때마다 내가 자주 그렇게 충고했었지.

이 충고가 네 마음에 들지 않았나 보군!

농담을 그리 나쁘게 받아들이지 마라!

사람은 자기 자신을 보는 시간에는

결코 나쁜 짓을 할 수 없거든! 그런데, 왕비는 어디 있지?

사람들이 그녀가 장모님과 함께 있다고 말해주던데.

그 때문에 내가 이리로 왔지!

살로메   왕비는 전하께서 가까이 오고 있

다는 소리를 듣고는 갔어요.

헤롯   갔다고? 그럴 리가 없어!

하지만 그럴 수도 있겠군!

재회에는 고독이 어울리기에 그리했을 것이야!

(혼잣말로) 마음이여, 그녀에게 용서를 비는 대신

화를 내려고 하는가? 그녀를 뒤따라가야겠어.

그녀의 감정이 옳으니까!

살로메   제발 모른 척 속아주세요.

그러고는 왕비에게 전하께서 부활한 것을 보아야 하는

공포를 심어주세요.

전하의 죽음을 믿은 것에 대한 부끄러움을, 더 이상 혼자가

아닌 것에 대한 보다 큰 수치심을 심어주세요.

그리고 그녀에게, 이 모든 것이

죄를 진 여인의 혼란스러움에서 생긴 것이 아니라

마치 아직 남자를 모르는 아가씨의 수줍음에서 나온 것처럼

설명해주세요!

왕비는 두려워서 갔답니다!

헤롯   두려워서 갔다고? 네 주위를 둘러
봐라. 우리만 여기에 있는 것이 아니다!

살로메   아무래도 좋습니다.
제가 증인들 앞에서 왕비를 고발하면
제 말을 더욱더 믿어줄 것이고
왕비를 더욱더 무겁게 억누르게 되니까요!

헤롯   어째서 나와 그녀 사
이에 끼어드느냐? 조심해라,
네가 다치게 될지 모른다!

살로메   이번엔 그렇게 되지 않을 겁니다.
저 마카베오가의 여인의 문제에 대해서는
전하에게 이 누이가 아무런 영향력도 없다는 것을 안다 하더
라도 이번만은 절대로—

헤롯   네게 한 가지만 말하겠다!
만약 내가 왕비를 처음 본 날
어떤 자가 그녀에게 반기를 들고 그녀를 고발했다 하더라도
난 그자의 말에 쉽게 귀 기울이지 않았을 테지만,
그래도 오늘보다는 더 나았을 것이다! 이 점을 명심해라!
그녀가 내게 빚진 것은 아무것도 없을 정도로
난 그녀에게 많은 잘못을 했지. 그리고 난 내 마음속 깊이
그걸 느끼고 있다!

살로메   왕비에게 그리도 특권이 있나요?

헤롯	그녀가 그저

헤롯
그녀가 그저
너와 심심풀이로 장난을 한다고 해도,
널 속이기 위해 그녀 자신에게 잘 어울리는 가면들을
모두 써볼 수 있는 특권이 있지!

살로메
　　　　　　　　　　　그렇다면— 그래요, 그렇다면
제가 침묵할 수밖에 없군요!
제가 전하께 무슨 말을 하고 싶다 하더라도,
전하께서 언제나 "가장무도회!"라고 대답할 의향이시라면,
제가 무얼 말하겠어요! 이제 그 가장무도회는 성공했어요.
그것은 저뿐 아니라 세상 사람들도 속였으니까요.
그래서 그것은 제 마음의 평화뿐 아니라
전하의 명예와도 관련된 문제랍니다.
비록 전하가 요셉이 당연히 했어야 하는 일을
했었을 뿐이라고 확신할지언정 말입니다. 만약 그가—
누가 과연 전하의 말씀을 믿을지 두고 보면 알게 되겠지요!

헤롯
만약 그라고? 왜 말을 끝까지 하지 않고 참지?
다 얘기해봐! 아니야. —아직 하지 마라!
(한 신하를 향해)
　　　　　　　　　　　　　왕비에게 가서
내 앞에 나타나주기를 바란다고 전하거라!
마치 온 세상에 거미같이 사특한 자들만 있는 것 같지 않은가?
그리고 어쩌다 내게 푸른 하늘이 보일라치면
모두들 그걸 당장 감추고 구름이 보이도록 하려고
내 집에 둥지를 틀고 있는 것 같지 않은가? 하기는—

왕비가 나타나지 않은 게 이상하다!

그녀는 순간의 전능(全能)을 이기지 못해 내게

입맞춤을 했어야 했다.

그다음에, 유령*이 아직도 그녀 앞에서 물러나지 않았다면,

그녀는 자기 입술을 물어뜯고 싶었겠지!

(살로메에게)

네가 무슨 짓을 했는지 아느냐? 살로메, 그걸 아느냐?

난 기뻤도다! 내 말을 알아듣겠는가? 그런데 지금—

언제가 내가 목이 말랐을 때

대지가 내 잔에 포도주를 부어준 적이 있었지.

내가 그 잔을 아직 비우기 전에

대지가 갑자기 파르르 경련을 일으키기 시작했기 때문에

난 얼굴을 찡그렸다. 내가 그래야만 했거든.

난 네게 복수할지도 모른다!

〈제2장〉

(마리암네가 등장한다.)

헤롯   네가 많은 증인들 앞에서

모욕을 주었던 왕비 앞에 무릎을 꿇어라!

———————————

* 마리암네의 죽은 남동생을 가리킨다.

그러면 내가 한번 봐주지!

살로메   하!

알렉산드라   이것이 무엇을 뜻하는가?

헤롯   자, 마리암네?

마리암네   전하의 명이 무엇이옵니까?

부르셔서 이렇게 대령했나이다!

알렉산드라   이 여인이 왕이 돌아오지 않으면 스스로 목숨을 끊겠다고

맹세하던 바로 그 사람이란 말인가?

헤롯   그대의 인사가 바로 이거요?

마리암네   전하께 인사드리라고 부르셨나요?

전하께 문안 여쭈옵니다! 이것으로 제가 할 일은 끝났군요!

알렉산드라   넌 아주 잘못 생각하고 있어! 넌 여기 법정에 서 있는 거다!

헤롯   사람들이 당신을 고발하고자 했소!

내가 아직 그 말에 귀를 기울이기 전에

당신에게 이리 오도록 청했소.

하지만 이 자리는 사실 당신이 자신을 변호하기 위한 자리가

아니오. 난 당신이 있는 자리에서는

고발이 저절로 취하될 거라고 생각했으니까!

마리암네   그렇다면 전 그걸 막기 위해 다시 가야겠군요!

헤롯   마리암네, 뭐요? 당신은 정녕

저 불쌍한 영혼들의 부류가 아니잖소.

저들은 적의 얼굴 앞에서는 용서하다가

등을 보게 되면 다시 분노하거든.

정말로 증오하기에는 너무 나약하고

관대함을 보여주기에는 너무 보잘것없는 자들이 그들이니까.

당신이 지금 그들과 어울릴 정도로

당신 마음을 변하게 만든 게 대체 무엇이오?

당신은 나와 헤어질 때 작별 인사를 해주었소.

이것으로 난 당신에게 환영 인사를 요구할 권리도

얻었다고 생각하오. 그런데 당신은 이를 거절하는 거요?

당신은 마치 우릴 아주 오랫동안 갈라놓은 산과 골짜기가

우리 사이에 아직 가로놓여 있기라도 하듯 그렇게 있잖소!

내가 다가가려고 하면 당신은 오히려

뒤로 물러서고 있지 않소?

내가 돌아온 게 당신에게 그리도 증오스럽단 말이오?

마리암네   전하의 귀환이 어떠해야 하나요?

그것은 제게 다시 제 생명을 돌려주었답니다!

헤롯   생명을? 이게 대체 무슨 말인가!

마리암네   제 말을 이해하고 있다는 것을 부인하지 않으시겠지요!

헤롯   (혼잣말로)

그녀가 정말 그걸 알았단 말인가?

(마리암네를 향해) 이리 와요!

(마리암네가 따르지 않는다.) 우리만 있도록 합시다!

(알렉산드라에게) 양해해주시겠지요!

알렉산드라   그러지요!

(퇴장. 다른 모든 사람들도 그녀를 뒤따른다.)

마리암네   아주 비겁하군요!

헤롯   아주 비겁하다고?

230

마리암네	그리고 또—

이걸 제가 어떻게 불러야 하는지?

헤롯	그리고 또? (혼잣말로) 끔찍

하군! 그걸 난 생각에서 지워버릴 수가 없었는데!

마리암네	아내가 자발적으로 자신의 무덤에 동행하는지, 아니면 강제로

사형집행인의 손 아래로 떠밀리게 되는지에 대해선,

그녀가 정말 죽기만 한다면, 남편에겐 아무래도

상관이 없겠지요! 아내가 희생적으로

죽음을 택할 수 있는 시간을 전혀 내주지 않는군요!

헤롯	당신은 알고 있었군!

마리암네	안토니우스가 정말, 제가 지금까지 생각한

것과 같은 인간이라면, 당신 같은 인간이라면,

아니면 당신이 굳게 믿고 있듯 그가 악마라면,

또 그가 이집트 여인*이 자신에게

여분으로 준 시간을 줄여보기 위해

당신이 흘린 피에 흠뻑 젖은 채

제 앞에 구혼자로 나타나 절 괴롭힌다면,

제 가슴속에서 아직 의무감이, 남은 자존심이

과연 그자에게 저항할 수 있는지

당신은 의심하고 있나요?

헤롯	뭐라고 하는 게요? 뭐라고 하는 게요?

마리암네	구혼하기 전에 그는 틀

---

* 안토니우스와 결혼한 클레오파트라를 지칭함.

림없이 당신을 먼저 죽였을 겁니다.

또 아내가 남자의 가치를 놓고

마음속으로 당신과 그를 저울질하는 것에 스스로 기가 꺾일

만큼 당신이 자신을 하찮은 존재로 여기고 있다면,

—저는 결코 그렇게 생각한 적 없건만 이제 그걸

알게 되었어요!—

무슨 권리로 당신은 절 경멸하나요?

제 자신이 살인자를 거부하지 않은 걸 당신이 두려워할 정도로

말이죠. 오, 치욕 중의 치욕이여!

헤롯   (감정을 터뜨리며)   당신은 무엇을 대가로 그 비

밀을 알게 되었소? 분명히 염가는 아니었겠어!

내 머리를 담보로 잡았군!

마리암네   오, 살로메, 당신은

당신 오라버니를 잘 알고 있었어!—

자기가 받은 명령을 제게 털어놓은 그자에게 물어보세요!

더 이상 어떠한 대답도 제게 기대하지 마세요!

(몸을 돌린다.)

헤롯   내가 얼마나 그자에게 물어보고 싶어 하는지를

당신에게 당장 보여주겠소! 소에무스!

〈제3장〉

(소에무스가 등장한다.)

헤롯	내 매제(妹弟) 요셉이 밖에 있는가?
소에무스	사메아스와 함께 대기하고 있습니다.
헤롯	그를 끌어내게!*

난 그에게 서신을 주었다!

그는 즉시 서신에 씌어 있는 대로 해야 하느니라.

자네는 그를 따라가 그가 이 서신의 명령을 모두

충실하게 이행하는지 살펴보게!

소에무스	분부대로 하겠습니다! (퇴장)
헤롯	당신이 무엇을 추측하고 생각하고 또 알고 있든 간에

나를 잘못 알고 있었소!

마리암네	남동생을 죽인 일에 대해선 당신이,

몸서리쳐지는 일이긴 하지만, 그래도 사람들이 수긍할 수밖에

없는 필연성이라는 인장을 찍긴 했습니다.

하지만 당신이 나에 대한 살인까지 이와 똑같은 인장을 찍는

다면 그건 절대 성공하지 못할 겁니다.

그런 일은 어떤 것이든 지속되겠죠.

이는 고작해야 되풀이할 수 있는, 하지만 그 무엇으로도 능가

할 수 없는 아주 파렴치한 행위입니다!

헤롯	내가 과감히 무엇을 하든 결과에 대한 확신이 없었다면

난 대답할 용기가 나지 않았을 것이오.

하지만 난 결과를 확신했소. 그리고 내가 그리했던 것은 오직

---

*『유대 고대사』(15권 3장 9절)에도 요셉은 신문(訊問) 없이 처형되었다고 기록되어 있다.

내가 내 모든 걸 걸어야 했기 때문이었소!
내가 한 행동은 전장에서 병사가
최후의 조치를 필요로 할 때 취했을 법한 행동이었지.
병사는 스스로 자신을 이끌어준 부대 깃발을,
자신의 행운과 명예가 달려 있는 그 깃발을
소란스러운 적들 속에 던져버리지.
하지만 그 깃발을 반납할 생각에서 그런 것이 아니오.
그다음에 그는 돌진해서 기어코 그걸 찾아오거든.
그렇게, 더 이상 용기가 아니라 절망을 통해서만
얻을 수 있었던 월계관을, 비록 너덜너덜해졌을지라도
이 승리의 월계관을 쟁취하게 되는 법이오.
당신은 나보고 비겁하다고 했소.
만약 자신 안에 있는 악마를 두려워하는 자가 비겁하다면,
내가 때로는 그런 사람이오.
그러나 이는 내가 올바르지 않은 방식으로
내 목표에 도달해야 할 때만,
몸을 낮추고 본래의 내가 아닌 척해야 할 때만 그렇지.
그다음엔 내가 너무 빨리 일어나고 싶은 것이 염려가 되지.
그러고는 걸핏하면 꿈틀거리면서 날 일으켜 세울 수 있는
자존심을 억제하기 위해 난 내게 내 자신 이상의 것을,
또 나와 운명을 같이해야만 하는 것을 걸게 되지.
내가 안토니우스에게 갔을 때
무엇이 날 기다리고 있었는지 아시오?
양자 결투도 아니었고, 재판은 더더욱 아니었소.

변덕스러운 독재자가 기다리고 있더군.

만약 그가— 난 당신이 생각났어.

그래도 난 이를 갈지 않았지.

만약 그가—, 만약 그랬다면, 난 그자 앞에서 마땅히 자제해

야 했겠지만, 결단코 그렇게 하지 못했을 것이오.

그리고 그가 남자이자 왕인 내게 무엇을 보여주든 간에,

연회마다 질질 끌고 다니면서

끔찍하리만큼 침묵하며 나에 대한 무죄판결을 유보하고 있을

때도 난 인내심을 갖고 노예처럼 참아냈단 말이오!

마리암네   소용없는 말을 하고 있군요!

당신은 제 안에 있는 인간성을 마구 짓밟았어요.

저와 같은 인간은 누구나 제 고통에 틀림없이 공감할 것입니다.

인간이 꼭 저와 비슷할 필요는 없어요. 인간이 저처럼

여자일 필요도 없지요.

당신이 은밀히 살인을 저지름으로써 제게서

남동생을 빼앗아갔을 때도, 남동생이 있는 이들은 저와 함께

그저 울 수밖에 없었어요. 그러나 그 밖의 다른 사람들은

울기는커녕 오히려 고개를 돌리고는

제게 연민의 감정을 모두 거두어버렸지요.

하지만 사람은 누구나 생명을 가지고 있습니다.

그리고 생명을 준 신을 통하는 경우만 제외하고는 아무도

스스로 생명을 끊고 싶어 하지 않습니다!

전 인류가 그러한 파렴치한 행위를 저주하고 있어요.

또 그런 행위는 시작하게는 하나 결국 성공은 못하게 만드는

운명에 의해서도 지주받고 있어요.

당신 스스로 자신에게 유죄판결을 내리세요!

그리고 내 안의 인간이 당신으로 인해 비참하게 모욕감을 맛보
았다면,

여자로서 난 또 무얼 느껴야만 하는지 말해보세요.

어떻게 제가 이제 당신 편이 될 수 있으며

또 어찌 당신이 제 편이 될 수 있겠어요?

〈제4장〉

살로메   (황급히 들어온다.)

정말 끔찍한 일이에요. 전하는 무슨 생각을 하고 계시죠?

제 남편을 여기에서 데리고 나가는 걸 보았어요.

그는 당신께 자비를 빌어달라고 제게 간청하고 있어요.

전 그를 원망하고 있고 이해하지 못하기 때문에 주저하고 있어
요. 그리고 지금 사람들이 이야기를 하고 있어요.

지금 전 끔찍한 일에 대해 소곤거리는 소리를 들었어요.

그들이 거짓말을 하고 있는 거겠죠. 그렇지 않은가요?

헤롯   네 남편은 죽게 될 것이다!

살로메   재판을 받기 전에요? 그런 일이 있어서는 절대 안 됩니다!

헤롯   그는 스스로 심판을 받았지!

이미 그는 내 명령을 위반하기 전에

자신에게 사형선고를 내린 서신을 갖고 있었다.

그는 자신이 그런 짓을 하게 되면

어떤 벌이 기다리고 있는지를 알았다.

왕비에게 굴복해서 그는 결국 내 명을 어겼다!

살로메   전하, 제 말을

들어보세요! 그것에 대해 정말 확실히 아시나요?

전 그를 고발했어요. 그것이 정당하다고 생각했습니다.

그럴 만한 이유를 가지고 있었죠.

그가 왕비마마에게 연정을 품은 것이 분명해 보였으니까요.

제게는 눈길 한 번 주지 않았으며

손 한 번 잡아주지도 않았어요.

그이는 낮에 언제고 틈만 나면 마마 주변에 맴돌았어요.

또 밤마다 꾸는 그의 꿈은 제게

얼마나 그가 마마에게 관심을 두고 있었는지를 알게 해주었죠.

이것은 모두 사실입니다. 그 밖에—

하지만 이것만 갖고 아직은

마마가 그이를 다시 사랑하고 있음에

틀림없다는 결론을 낼 수가 없습니다.

더더욱 마마가— 오, 아니에요! 오, 아니에요!

난 질투에 사로잡혔어요. 용서해주세요!

(마리암네를 향해) 마마도 용서해주세요. 마마를 증오했어요!

오, 하느님, 시간이 가고 있어요! 사람들이 말하더군요—

내가 이제 마마를 증오했던 것처럼 다시 마마를

사랑하길 바라시나요?

더 이상 침묵하지 말고 그이가 죄가 없다는 것을 말해주세요!

그리고 제발 저처럼 그에게 은총을 빌어주세요!

마리암네　그는 죄가 없어요!

헤롯　　　　　　　왕비의 생각엔 그럴 수 있지만, 내 생각엔
그렇지 않아!

마리암네　　　　당신 생각도 마찬가지예요!

헤롯　　　　　　　　　　그렇다면 당신은 틀림
없이 아무것도 모르고 있소! 이제 그를 결코 용서할 수 없어!
그리고 만약 내가 그의 말을 다 들어보기도 전에
그를 사형에 처하게 한다면,
이는 내가 당신을 천하게 생각지 않는다는 것을,
그리고 내가 처음 분노했을 때 뱉어낸 성급한 말들을
지금은 후회하고 있다는 것을
당신에게 보여주고 싶기 때문이기도 하지.
하지만 그 무엇보다도, 그가 내게 아무 말도 할 수 없다는 걸
내가 알기 때문에 그렇게 해야만 하지!

〈제5장〉

소에무스　　　　　　　　　유혈 진압으로
마무리되었습니다! 하지만 이스라엘의 백성들은
모두 완강한 자세를 굽히지 않고 있으며,
전하께서 떠날 때 전하의 모든 권한을 맡게 된 남자가
전하가 돌아왔을 때는 머리를 잘리게 되어야만 했던 이유를

알고 싶어 합니다!

살로메 (몸을 가누지 못한다.) 슬프도다!

(마리암네는 그녀를 붙잡으려고 한다.)

비키시오! 비키시오! (헤롯에게) 그러면 마마는요?

헤롯 누이여, 스
스로 만족해라! 네 남편은 날 철저히 배반하였다.

살로메 그러면 마마는요?

헤롯 네가 생각하듯 그렇지는 않지―

살로메 그렇지 않다고요? 대체 어째서 그렇죠?

마마를 구해주려고 하시나요?

만약 제 남편이 전하를 철저히 배신하였다면

왕비도 마찬가지입니다.

제가 말했던 게 사실이니까요.

그리고 누구든 아직 이를 모르는 자는 알아야 합니다!

전하는 스스로를 그이의 피로 씻어야 하듯,

마마의 피로도 씻어야 합니다.

그렇지 않으면 전하는 결코 깨끗해지지 않을 것입니다! 그런
식으로는 안 됩니다!

헤롯 내게 성스러운 모든 것에도 불구하고―

살로메 그것 때문에 그가 죄를
졌다면, 그이의 죄를 그렇게 부르세요!

헤롯 내가 그렇게 부르고 싶다면, 난 그의 죄를 더 부풀리겠지!
난 나의 모든 것이 달려 있는 비밀을 그에게 털어놓았다.
그런데 그는 이 비밀을 발설했지.

나도 똑같이 그래야만 하는가?

살로메 절 겁주려는 궁색한 핑계입니다!

절 속일 수 있다고 생각하시나요?

전하는 제가 말한 모든 것을 믿고 있습니다.

하지만 전하의 사랑을 잠재우기에는 전하는 너무 나약합니다.

그리고 스스로 결코 지워버릴 수 없는 치욕을

차라리 덮어버리는 걸 전하는 더 좋아하시는군요.

하지만 저를, 이 누이를 제 남편처럼 죽이지 않는다면,

전하는 결코 그걸 덮어버리지 못할 것입니다! (마리암네에게)

그이는 죽었어요. 이제 마마는

자신이 원하는 것만 맹세할 수 있겠군요.

그이가 이의를 제기하지 못할 테니까요! (퇴장)

헤롯   소에무스, 내 누이를

따라가 위로해주게나! 그녀를 잘 알고 있잖아.

전에도 그녀는 자네 말을 잘 듣지 않았나!

소에무스 이미 늦었습니다! 하지만 가보겠습니다! (퇴장)

마리암네 (혼잣말로) 아마 나 같으면 날 죽이려고 했던 자를 위해 기도하지 않았을 텐데.

그럼에도 불구하고 내게 기도할 시간조차 남아 있지 않았다는 게 소름이 끼치는군!

헤롯 (혼잣말로) 어차피 다음 차례는 틀림없이 그였다!

다음 전쟁에서 그는 우리아*의 자리를 배치 받았을 테니!

---

* 우리아Urias: 구약성서의 「사무엘 하」(11장 15절)에 나오는 인물로 이스라엘의 다윗 왕

그런데도 나는 지금 이런 성급함을 후회하고 있다!

〈제6장〉

전령   (등장한다.) 안토니우스 장군의 명을 받고 왔습니다!

헤롯   그렇다면

자네가 무엇을 내게 전할지 알겠다. 출정할 준비를

해야겠어. 그가 말한 위대한 전쟁이 시작되는군!

전령   옥타비아누스는 아프리카로 향하는 배에 승선했습니다.

안토니우스 장군이 그쪽으로 서둘러 가신답니다.

클레오파트라 왕비와 연합하여

악티움*에서 즉시 그를 맞이하기 위해서입니다—

헤롯   그렇다면 난, 이 헤롯은 제삼자가 되어야겠군!

이젠 됐어! 오늘 출전하마! 비록 여기 사정이 좋지 않다 하더

라도, 소에무스가 나를 대신해 이곳을 지켜줄 수 있다.

그가 와서 잘됐어!

마리암네   또다시 출전하는군요!

고마운 일이군요, 아주 고마운 일이에요!

시절 충성스러운 장군이었으나 결국 다윗 왕의 술수에 희생된다. 우리아는 다윗 왕에 의해
죽을 수밖에 없던 명령을 하달 받게 된다. 전쟁에 나가지 않고 궁궐에 머물다 우리아의 아
내를 범한 다윗 왕은, 우리아의 손에 편지를 들려서 이스라엘 총 지휘관이었던 요압 장군
에게 보내고 전쟁의 최전방에 배치해 적군의 손에 맞아 죽게 만든다.

* 악티움Actium: 그리스 북서부에 있는 고대도시 유적지. 기원전 31년 악티움 곶 앞바다에서
옥타비아누스가 안토니우스와 클레오파트라의 연합군을 격파한 해전으로 유명한 곳이다.

헤롯	(그녀를 관찰하면서) 하!
전령	전하, 아니옵니다!

장군께서는 악티움에서 전하와 만나기를 원하지 않습니다.

그분은 반란을 일으킨 아랍인들이 적에게

가세하는 걸 전하가 막아주길 바라고 계십니다!

그분이 요청하는 전하의 임무가 바로 그것이옵니다.

헤롯	그는 내게 도움이 될 수 있는 자리를

지시하는군!

마리암네	또다시 출전하는 군요!

이것으로 정말 모든 것이 다시 해결될 수 있겠어요!

헤롯	(그녀를 계속 관찰하며) 아내가 무척 기뻐하는군!

(전령에게)

가서 그에게 전해라— 자네는 이미 알고 있을 것이다!

(혼잣말로) 이마의 주름이 펴지며

손은 마치 감사의 기도를 드리는 양 합장하고—

저게 그녀의 마음이야!

전령	그 외에 또 전하실 말씀은 없는지요?
마리암네	내게 한 행동이 단순히 열병 때문이었는지, 그러니까

그를 혼란에 빠뜨렸던 흥분된 정열의 열병 때문이었는지,

아니면 그의 깊은 속마음이 명백한 범행으로 내게 드러났는지

이제 알게 되겠지!

난 이제 알게 될 것이다!

헤롯	(전령에게) 더 이상 아무것도 없다! 아무것도!

(전령 퇴장. 헤롯이 마리암네에게) 당신 얼굴이 무척 밝아졌어!

그러나 너무 많은 걸 바라지 마시오!

사람들이 전쟁에서 항상 죽는 것은 아니오.

수많은 전쟁을 치르고도 난 돌아왔잖소!

마리암네 (말을 하려고 하다가 갑자기 중지한다.) 아닙니다! 아니에요!

헤롯 이번이 그 어느 때보다 더 치열한 전쟁이 될 것 같군.

다른 전쟁들은 모두 이 세계에 있는 어떤 걸 얻기 위해 싸웠지.

하지만 이번 전쟁은

세계 자체를 쟁취하기 위한 싸움이지.

이 전쟁은 과연 누가 이 세계의 주인이 될지 결정해줄 것이오.

난폭한 호색한 안토니우스든, 아니면

자신이 아직 취하지 않았다고 확신하자마자

자기 업적의 빛을 잃게 만든 옥타비아누스든 간에 말이오.

이번 전쟁은 치명적인 타격을 줄 거야.

그럼에도 불구하고 당신의 소원이 이루어지지 않아서

죽음이 날 피해 가는 일이 일어날 수도 있소!

마리암네 제 소원이라고요! 네, 네! 제 소원이라! 좋아요!

마음아, 네 스스로 동요하지 마라! 널 드러내지 마라!

널 움직이는 것이 무엇인지 그가 알아챘다면,

이렇게 시험해보는 것이 결코 시험이 될 수 없다!

그가 시험을 통과한다면,

얼마나 네 자신이 인정을 받겠는가!

넌 그에게 어찌 보상할 수 있을까!

그가 널 알아차리지 못하게 해다오! 그를 시험해보라!

그가 마성(魔性)을 극복했을 때, 끝을 생각해보라고!

그리고 그때 네가 그에게 전해줄 월계관을 생각해보라고!

헤롯 고맙소! 당신이 지금 내 마음을 가볍게 해주는구려!

내 비록 당신의 인간성을 모독했을지언정,

내가 분명히 인식하고 있소만,

당신의 사랑을 모독하진 않았소!

그 때문에 나 역시 당신의 사랑을 걸고

더 이상 마지막 희생을 애걸하지 않겠소.

다만 날 위해 당신이 마지막 의무를 다해주길 바랄 뿐이지.

단지 나 때문에 내가 이것을 바라는 것이 아니오.

사실 당신 때문에 그것을 바라고 있지.

당신은 내가 의혹의 눈길로만 당신을 바라보는 것을

원하지 않을 것이오. 당신은 내가 저 죽은 요셉의 입을

막아버린 일에 대해 입을 열겠지.

그리고 나에게 어찌해서 그자가 당신에게

목숨을 바치게 되었는지 설명해주겠지.

당신은 당신의 인간성을 위해 그렇게 할 것이오.

당신 자신을 존중하기에 그렇게 할 것이오!

마리암네 전 자신을 존중하기 때문에 말하지 않겠어요!

헤롯 당신은 당연한 것을 그리 거절하는 게요?

마리암네 당연한 것이라니! 그러니까 제가 당신에게 무릎을 꿇고 엎드려
"주인님! 당신의 종이 저와 가까이 지내지 않았어요!"라고 맹
세해야 하는 것이 당연하다 이거군요.

당신이 그렇게 생각할 수 있다는 것은—

제가 당신 아내라 하더라도,

제겐 신뢰에 대한 권리가 전혀 없기 때문이죠.

그렇게 들리는군요. 아! 아니에요!

전하, 그건 아닙니다! 언젠가 당신이 호기심에서 묻는다면,

아마도 제가 대답하겠지요! 하지만 지금 난 아무 말 하지 않

겠어요!

헤롯   당신의 사랑이 내가 사랑 때문에 행한 모든 걸

용서하리만큼 충분히 위대했었더라면,

난 당신에게 그렇게 물어보지 않았을 것이오!

지금 난 그 사랑이 얼마나 보잘것없는지 알고 있소.

지금 난 질문을 되풀이해야만 하오.

왜냐하면 당신의 사랑이 내게 해준 보증이라는 것이

당신의 사랑 자체보다 더 클 수가 없으니까.

그리고 자신이 사랑하는 사람보다 자기 목숨을 더 귀하게 여기

는 사랑이란 내게 아무 쓸모가 없소!

마리암네 아무리 그래도 저는 침묵하겠어요!

헤롯   그렇다면 난,

다른 누구도 맞추어보지 못했다고 맹세하길 꺼리는

그 도도한 입술에,

그 입술이 고분고분 그 맹세를 할 때까지,

더 이상 입을 맞추지 않은 나 자신을 저주하겠소.

정말이지, 당신에 대한 기억을

내 마음속에서 지워버릴 방법이 있다면,

내가 내 두 눈을 찔러

귀감이 되는 당신의 아름다움을 제거하면서

당신의 상(像)도 제거할 수 있다면,

이 순간에도 난 내 눈을 찌를 텐데.

마리암네　　진정하세요! 어쩌면 당신은

바로 지금 당신의 운명을 손아귀에 쥐고 있을 것이며

당신 마음대로 그 운명을 바꿀 수 있을 것입니다!

사람에겐 누구나 운명을 조정하는 이로부터

운명의 주도권을 넘겨받는 순간이 오지요.

단지 그 순간을 알지 못한다는 것이,

또 그런 순간이 매번 스쳐 지나갈 수 있다는 것이

안타까운 일이지요!

제 짐작으로는 당신에게 지금이 바로 그런 순간입니다!

그러니 따르세요!

당신이 지금 당신의 인생의 궤도를 설계한다면,

당신은 아마도 그 길을 끝까지 가야만 할 것입니다.

그런데 당신은 그 길을 사나운 분노에 취해 가려고 하나요?

헤롯　　　매우 두렵구려. 당신은 모든 것을 제대로 알고 있지 못하고

있어. 지금이 당신에겐 전환점이 될 것이오!

왜냐하면 내가— 대체 내가 무얼 말하고자 하나?

하지만 내가 사악한 꿈들을 쫓아버릴 수 있는 방법이 하나 있

소!

마리암네　　　당신이 말하는 걸 듣고 싶지 않아요! 전 당신을 위해

자식들을 생산했습니다.* 아이들을 생각해봐요!

---

* 요세푸스에 의하면 마리암네는 두 명의 자식을 두었다고 한다(『유대 고대사』 16권 4장).

246

헤롯	당신처럼 침묵

으로 일관하는 자에게선 진실을 말할 용기가 없다는 의심이,
또 그렇다고 거짓말하려고도 하지 않는다는 의심이
들게 마련이지.

마리암네	더 이상 말하지 마세요!
헤롯	알았소, 그만하리다!

잘 있어요! 그리고 만약 내가 다시 돌아오게 된다면,
저 하늘이 너무 노한 것은 아니겠지!

마리암네	전하!
헤롯	분명코 난

다시는 오늘처럼 당신에게
작별인사를 강요하지 않을 것이오!

마리암네	그래요. 그런 일이 다시는

절대로 필요하지 않을 것입니다! (하늘을 향해)
영원하신 주님, 그의 마음을 이끌어주소서!
정말 전 그이가 내 형제를 죽인 것을 용서하였나이다.
그이를 따라 함께 죽을 준비가 되어 있었습니다.
아직도 그래요. 인간이 대체 무엇을 더 할 수 있겠습니까?
당신께서는 지금까지 한 번도 해보지 않은 것을 하셨습니다.
당신은 시간의 수레바퀴를 되돌려놓았습니다.
한 번 더 이전에 있던 대로 말입니다. 그이가 지금과는 다르게
행동하게 만들어주신다면, 이미 일어난 일들은
제가 잊어버리겠나이다.
마치 그가 사랑의 열병 때문에 칼로 제게 치명타를 가한 후

그 병이 회복되면서 제게 붕대를 감아준 것처럼 생각하고는
전 그 일들을 잊어버리겠나이다.

(헤롯에게)

또 보게 되겠지요?

헤롯   만약 내가 돌아오는 걸 당신이 보게 된다면
날 묶을 쇠사슬을 가져오라 하시오! 그것은 당신에게
내가 미쳐버렸다는 증거가 될 테니!

마리암네   그 말을 후회하게 될 겁니
다! 마음을 다잡으세요, 마음을!
안 그러면 후회하게 될 것입니다!

(퇴장)

헤롯   그래 맞아. 내가 너무 지나쳤어.
이리로 오는 길에 이미 난 그렇게 생각했었지.
하지만 그녀가 정말 날 사랑했다면,
용서해주었을 거라는 것도 맞는 말이다!
정말 그녀가 날 사랑했다면! 그녀가 과연 날 사랑했는가?
그렇다고 믿었지. 그런데 지금은—
죽은 자가 무덤에서 어떻게 복수를 할 수 있겠는가!
난 내 왕관을 지켜내기 위해 그를 제거했다.
그자는 더 중요한 그녀의 마음까지 함께 가지고 갔구나!
자기 남동생이 죽은 다음부터 나를 대하는 그녀의 태도가
달라진 게 이상하니까 말이야.
난 그녀와 그녀 어머니 사이에 닮은 점이라고는
어떠한 조그마한 흔적도 찾아내지 못했는데.

그런데 오늘 보니 그녀는 여러 점에서 어머니와 닮았군.

그 때문에 난 그녀를 더 이상 예전처럼

신뢰할 수가 없게 되었어! 틀림없어!

하지만 그렇다고 해서 그녀도 날 속였다고

바로 확신해야 하는가?

그녀의 사랑 안에 자리 잡고 있던 보증은 이제 사라졌다.

그러나 그녀의 자존심 속에는

두번째의 보증이 아직 자리하고 있지.

그리고 자존심이 자신을 지켜내는 걸 거부한다면

자신을 더럽히는 것도 더 이상 거부하지 않겠지?

하기야 그녀만이 알겠지! 요셉! 어째서 이 인간은

죽이기만 할 수 있고 죽은 자들을 다시 살려낼 수 없는가!

그는 이 두 가지를 할 수 있어야 했다. 아니면

그 어떤 것도 하지 말아야 했지!

그는 보복을 당한 거야! 그는 오지 않아! 그런데도 내 앞에서

그의 모습이 보이는구나!

"당신이 명령하지 않았습니까?"라고 말하는군—

아냐, 이것은 절대 있을 수 없는 일이지!

더 이상 생각하고 싶지 않아!

살로메, 내게 입을 열지 마라! 어떤 일이든 일어나지 않았다!

아마 그에게서 비밀이 저절로 퍼져 나갔겠지.

억눌린 불길처럼 말이야.

아마 그는 내가 전쟁에 패한 것으로 생각하고 이제

그 기별을 받기 전에 알렉산드라와 화해하길 원했기 때문에

그 비밀을 털어놓았을 게야. 우리는 알게 되겠지!
왜냐하면 내가 그녀를 시험해보아야 하거든!
그녀가 그 일을 알게 될 수도
있다는 걸 미리 알아차렸었더라면,
결코 그렇게 지나치게 굴지는 않았을 텐데.
그녀가 그걸 알고 있는 지금은,
지금은 내가 계속 강행해야 해! 왜냐하면 내가—
그녀는 이제 알고 있어—
이제 그녀의 복수를 두려워할 수밖에 없으니까.
그녀의 변덕 때문에 내가 두려워했던 것이
어쩌면 부당한 일일 수도 있겠지만
그것을 난 지금 걱정할 수밖에 없어.
난 그녀가 내 무덤 위에서 결혼식을 올리는 것을
두려워하고 있음에 틀림없어!
소에무스가 제때 왔어. 그는 내가 이 세상에 없게 될 때
나를 대신할 그런 남자다. 그가 도착한 걸 보면 그의 생각이
얼마나 충성스러운지, 또 그가 얼마나 열심히 날 섬기는지 알
수 있어. 난 이제 그에게 맡겨야겠다!
난 그녀가 그의 인성을 시험해보더라도
그에게서 아무것도 알아낼 수 없다는 걸 알아!
만약 그가 날 배신한다면 그녀는 대가를 지불할 테지.
그 대가는— 살로메, 네 말이 옳았구나!
시험해볼 필요가 있어! (퇴장)

제4막

시온 성. 마리암네의 방.

〈제1장〉

마리암네. 알렉산드라.

알렉산드라　내게 수수께끼를 내는군. 처음에 넌
　　　　　그가 돌아오지 않으면 자살하겠다고 맹세했었지.
　　　　　그다음에 왕이 돌아왔을 때는 차디찬 냉혹함을,
　　　　　그를 격분하게 만든 반항을 드러내 나를 기쁘게 해주었다!
　　　　　그런데 이제는 다시 또 깊은 슬픔에 젖다니!
　　　　　과연 누가 널 이해할 수 있을지 모르겠다.

마리암네　　그것이 그렇게 이해하기 어렵다 한들, 괴로워하시는 이유가 뭐죠?

알렉산드라   그리고 이제 넌 불쾌하고 모진 태도로
소에무스를 멀리하고 있지 않은가!
그를 보면 그걸 알 수 있다. 그도 말하고 싶은 것이 있지―

마리암네   그렇게 생각하시나요?

알렉산드라   틀림없어! 소에무스도 우리에게 무엇을
털어놓고 싶어 하지만, 감히 그러지 못하고 있지.
어쩌면 그는 네가 요단강으로 내달리는 걸 보게 된다 해도,
널 죽음에서 구해줄지 망설일 것이다.
그가 그러는 것이 당연하겠지.
넌 그를 너무 업신여기고 있으니까!

마리암네   그렇지 않아요. 헤롯 왕은 아무 말도 하지 않을 것입니다.
제가 그이의 친구를 시험해봤어야 했었어요.
제가 그를 감언이설로 꾀어내 비밀을, 그런 것이 있다면,
알아냈어야 했었어요. 아, 아닙니다.
제가 그걸 알게 될 수 있을지 하늘에 맡기겠습니다!
제 마음이 내게 그리 말하고 있습니다. 전 아무것도 해보지 않
겠어요!

⟨제2장⟩

사메아스   (등장한다. 그는 쇠사슬을 손에 차고 있다.)
주님은 존귀하십니다!

마리암네	바로 그자군!
알렉산드라	자넨 풀려난 것인가? 그런

데도 쇠사슬을? 수수께끼가 하나 더 늘었군!

사메아스	전 이 사슬을

다시 풀지 않을 것입니다! 예루살렘은
요나의 손자가 감옥에 있었다는 것을
날마다 기억해야 합니다!

알렉산드라	자넨 대체 어떻게 빠져나왔는가? 감시자들을

매수했는가?

사메아스	제가요? 감시자들을요?
알렉산드라	무엇으로 매수했겠어!

털로 짠 자네 의복은 그대로 입고 있군.
그리고 난, 자네가 속 빈 나무들을 잘 알아서는
거기에 있는 야생 벌집을 그들에게 팔아넘길 수 있었듯이,
그들도 그 벌집을 얻기 위해 자넬 풀어주었다고는 믿지 않네.
꿀은 충분히 있으니까!

사메아스	어찌 묻기만 하십니까?

소에무스가 직접 감옥 문을 열어주었어요!

마리암네	그가 감히 그렇게 했

을 리가?

사메아스	무슨 말씀이신지? 마마께서는 그를 적대시하지 않았습니까?
마리암네	내가?
사메아스	아닌가요? 하지만 전 그가 그리 말했다고 생각합니다!

제 생각이 틀릴 수도 있습니다. 그가 들어왔을 때

저는 막 『시편』 마지막 장을 거꾸로 암송하고 있어서

그의 말을 건성으로 들었으니까요!

좋습니다! 주님이 그렇게 예비하셨습니다.

그리고 이제 전 감사의 기도를 올리기 위해 성전에 가야 합니다.

전 다윗의 성에서 아무것도 할 일이 없습니다!

마리암네	주님이!
사메아스	주님이! 제가 감옥에 있던 것이 과연 정당했나요?
마리암네	주께서 직접 자기 백성에게

말하던 시대는 지나갔소.

우리에게는 율법이 있어요.

이것이 주의 말씀을 대변하고 있지요!

주께서 광야에서 우리 조상들을

인도했던 구름 기둥과 불 기둥*은 이제 사라졌소.

그리고 선지자들도 주님처럼 침묵하고 있소!

알렉산드라   그들 모두가 그렇

지는 않지! 최근 한 선지자가 불을 예언했었거든.

그런데 정말 불이 났어!

마리암네   그렇습니다. 하지만 그자가 직접

한밤중에 불을 놓았지요.

사메아스   마마! 모독하지 말아주십시오!

마리암네   난 모독하는 것이 아니라, 일어난 일을 말하고 있을 뿐이오!

그자는 당신처럼 바리새인이오.

---

* 구약의 「출애굽기」 13장 21절을 참조할 것.

그도 당신과 똑같이 말하지. 그도 당신처럼 미친 듯이 날뛰지.
그 불로 그는 자기가 정말 선지자이며 앞으로의 일을 꿰뚫고
있다는 걸 우리에게 증명해 보여야만 했거든.

하지만 병사 하나가 현장에서 그를 붙잡았지.

사메아스 로마 병사가 말입니까?

마리암네 　　　　　　　　그렇소!

사메아스 　　　　　　　　　　　그 병사가 거짓말을 했습니다!

그는 아마 매수되었을 거요! 헤롯 왕에게든, 직접 마마께든
매수되었을 겁니다!

마리암네 　　　　　잊지 마시오!

사메아스 마마는 그의 아내입니다. 마마는
자신을 메시아로 여기고 있는 불경스러운 자의 아내입니다.
마마는 팔로 그를 감싸고 그에게 입을 맞출 수 있습니다.
그 때문에 마마는 그에 대해 뭔가 다른 일도 할 수가 있습니다!

알렉산드라 지금 그가 자기 자신을 메시아로 생각한다고 했는가?

사메아스 그가 그리 말했어요. 그가 날 감옥으로
끌고 가게 했을 때 제 앞에서 그랬지요.
전 주님께 부르짖었습니다. 당신의 백성을 굽어살펴보시고
가장 힘들 때에 우리에게 약속하신
메시아를 보내달라고 외쳤습니다.
가장 힘든 때가 닥쳐왔으니까요!
이에 대해 그는 오만하기 그지없는 조롱과 함께
"메시아는 이미 오래전에 여기 있도다. 그러나 너희들은 그걸
모르는군! 그가 바로 나 자신이다!"라고 대답하더이다.

알렉산드라	마리암네, 이런데도?
사메아스	이어 그는 사악한 기지로,

우리는 과오를 저지른 정신 나간 백성들이며
자신만이 사려가 깊은 유일자라는 걸 보여주었습니다.
밀물과 썰물의 움직임이 없으며 바로 이 때문에
온 세상을 오염시킨다는 사해(死海)에
우리가 살았던 데는 이유가 없지 않다는 것입니다.
그 사해가 바로 우리 자신에 대한 정확한 거울이라는 거죠!
하지만 그는 우리를 다시 소생시키기를 원한다는 겁니다.
그러고는 극악무도하게도 우리에게서 모세의
어리석은 율법서도 억지로 빼앗아야만 한다고 말하더군요.
왜냐하면 우리 모습이 온 땅을 활기차게 적셔주는
우리의 깨끗한 요단강이 아니라 늪과 닮았다면,
여기에는 오직 그 책이 잘못되어 있기 때문이라는 거죠!

알렉산드라	그가 그렇게 완전히 가면을 벗어던져버렸단 말이지?
사메아스	그렇습니

다! 하지만 그가 그렇게 했을 때
전 그에게 이미 죽은 자로 여겨졌을 겁니다.
곧이어 그는 내게 사형 선고를 내렸으니까요.

마리암네	그이가 화가 나

있었군! 반란을 알게 되었으니!

사메아스	이제 전 마마께 마마의 의무를

상기시켜드리겠나이다! 그가 신과의 관계를 끊겠다고
선언했듯 마마도 그와의 관계를 끊겠다고 선언해주십시오!

이를 통해 마마는 그를 벌할 수 있습니다.

왜냐하면 그는 마마를 무척 사랑하니까요!

소에무스가 날 석방시켜주었을 때, 전 틀림없이 마마가 저를

벌했다고 생각했지요. 마마가 그리하지 않는다면,

차라리 구름에서 나오는 벼락을 꾸짖는 것이 온당할 것입니다!

마마도 왕처럼 그걸 맞게 된다면 말입니다.

이제 전 희생의 제물이 되기 위해 가겠습니다!

| 알렉산드라 | 내 집안을 위해 |

희생의 제물이 되어주게!

| 사메아스 | 전 갈구하는 사람들을 위해 희생의 제 |

물이 되겠습니다! 과부의 어린 양과

가난한 자들의 어미 양을 위해!

당신의 소처럼 충실한 제가 주님께 어찌해야 할지! (퇴장)

〈제3장〉

| 소에무스 | (들어온다.) 왕비마마! |
| 마리암네 | 그러잖아도 내가 방금 당신을 부르려고 |

했었소. 들어오시오!

소에무스	처음 있는 일인 듯합니다!
마리암네	그렇소!
소에무스	마마께서는 지금까지 줄곧 절 피하셨지요!
마리암네	날 정말 찾았소?

아니면 날 찾을 일이 있었소?

난 그리 생각지 않소만!

소에무스   절 마마의 가장 충실한 신하로 여겨주
십시오! 적어도 이것 하나만은 분명합니다.

마리암네   그리 생각했건만, 지금은 더 이상 그렇지 않소!

소에무스   더 이상 그리
생각지 않으신다고요?

마리암네   어찌 당신은 헤롯 왕이 감금시킨 반란자를
감옥에서 풀어줄 수 있지요?

그가 여전히 왕이오? 아니면 왕이 아니오?

소에무스   저는, 마마께서 생각하시듯 그리 쉽게 답을 할 수 없습니다!

마리암네   답이 어렵다면, 당신은 죄의 대가를 치러야만 할 것이오!

소에무스   마마께서는 전쟁에서 패한 것을 전혀 모르시는군요!

마리암네   악티움 전쟁에서 패했소?

소에무스   안토니우스가 진 건 그 자신의 책임이
었습니다! 클레오파트라도 마찬가지입니다!

알렉산드라   그녀가 용기를 가
졌었더라면? 그녀는 평상시에 칼을 쳐다보는 것조차 꺼렸으며
이를 그가 그녀의 잘못으로 지적했기 때문에
항상 그의 칼에 무르춤했지.

소에무스   그런 상황은 티투스 대장에게 그대
로 보고되었습니다! 옥타비아누스는 그것을 막아내지 못한 것을
조롱해대고 있습니다! 제가 직접 그 서한을 읽었습니다!

마리암네   죽음은 갑작스럽게 찾아오지 않는 법이오.

그리고 모든 지도자들은 어떤 일이 벌어지고 나면
이전보다 더 끄떡도 하지 않지!

소에무스	그렇게 생각하시는지요?
마리암네	묘한 웃

음을 짓는군!

소에무스	마마는 옥타비아누스를 잘 모르시는 것 같습니다!

그는 죽음에 구역질이 나지 않을 자입니다.

그는 안토니우스의 친구들에게

죽음의 식사도 준비할 것이고,

그 식사도 맛있는 음식으로 차고 넘칠 것입니다!

마리암네	그 말이 헤롯 왕에게도 해당되오?
소에무스	이제, 옥타비아누스가 마음

먹은 것을 바꾸지 않는다면—

마리암네	그것이 무엇이었소?
소에무스	그는 이렇게

말했습니다. "난 더 이상 그런 안토니우스를 좋아하지 않아.

오히려 증오하지. 하지만 난

마지막 최후의 순간까지 그의 편이 될 것이다.

비록 그가 파멸될 수밖에 없지 않을까 걱정스럽다 할지라도 말

이야.

그가 그렇게 된 데는 책임이 그에게 있지 않다면,

내 자신에게 있으니까!"

마리암네	정말 배포가 크군!
소에무스	그렇습니다! 정말 배

포가 큽니다! 하지만 옥타브*는 이 말에
스스로 감탄할 그런 남자가 아니지요.
그리고 헤롯 왕이 그런 말에 감탄한다면—

마리암네   누가 감히 그걸 의
심하겠소?

소에무스   헤롯 왕도 그렇게 패했습니다. 사람들은 카이사르가
죽자 대학살을 옥타비안**의 책임으로 돌리면서
이자의 기분을 몹시 상하게 했었지요!

마리암네   당신은 결과를 그렇게 굳
게 믿고 있군. 당신은 헤롯 왕을 이미 죽은 자로
여기고 있는 것이 분명해. 그렇지 않았더라면
당신은 이리도 대담하지 못했을 게요.
솔직히 말해 나 또한 당신의 그런 확신에 대해 몸서리치고 있소.
하지만 당신은 결코 바보가 아니니
분명코 아무런 이유 없이 감히 그렇게 말하지는 않겠지.
하지만 난 어떠한 상황이 오든 언제나 이 자리에 있을 것이오.
또 난— 난 당신에게, 죽어서도 내가
그이에게 순종할 수 있다는 걸 보여주고 싶소.
그러나 그것은 그가 내린 명령, 아직 수행되지 못한 명령을
통해 일어나서는 안 되지. 그것은 그의 영전에 바치는
자발적 희생물이어야 하오!

---

* 옥타비아누스를 지칭함. 141쪽 주 참조.
** 옥타비아누스를 지칭함.

소에무스	명령으로 안 된다면?
	마마, 제가 의심하고 있나이다! (혼잣말로) 이제 죽어주시오,
	쳐야겠어!
마리암네	내가 마카베오가 여자가 맞다 할지라도
	당신은 사메아스를 다시 감옥으로 보내시오!
소에무스	마마가 원하시는 대로 될 것입니다.
	또 마마가 더 많은 것을 원하신다면,
	전하께서 그자를 위협했던 것처럼 그가 죽어야 한다면
	그리 말씀해주십시오! 그러면 그는 죽을 것입니다!
	하지만 지금 한 가지만 여쭤보아도 된다면,
	제가 마마까지도, 마마가 바친다고
	생각하는 희생물이 완전하도록
	마마까지도 제 칼로 베어야만 합니까?
	저는 그에게서 이에 대한 명을 받았습니다!
마리암네	정말 비통하기 그지없구나!
알렉산드라	결코 그렇지 않다!
마리암네	끝이 이런 식이라
	니! 마지막이 이렇단 말인가! 한 가지 일이 시작도 그렇게
	만들더니 결국 전체를 얽히게 하는군!
	내게 과거는 미래와 마찬가지로 아무것도 아닌 것으로
	흩어지는군! 난 아무것도 가진 것이 없었고
	현재도 그러하며 앞으로도 그럴 것이오!
	지금까지 인간이 이처럼 비참한 적이 있었는가!
알렉산드라	난 네가 헤롯에 관해 어떤 범행을

보고했든 간에 모두 믿었었다.

하지만 이번만은―

마리암네	의심하지 마세요! 틀림없습니다!
알렉산드라	네 자신이 그리 말하느냐?
마리암네	아아, 전 그 이유를 알고 있습니다!
알렉산드라	그렇다면 넌 이제 무엇을 해야만 하는지도 알 것이다!
마리암네	그렇습니다!

(그녀는 단검을 뽑아들어 자신을 겨눈다.)

알렉산드라   (그녀를 제지하며)

실성했구나. 네가 이럴 만한 가치가 과연 그에게 있다고 보느
냐?

네 스스로 목숨을 끊을 만큼 과연 그가 가치가 있느냐?

마리암네   마음이 변했어요! 어머니께 감사해요! 그이는 자기 자신을 위
해 절 왕비의 자리에 앉혔어요!

(그녀는 단검을 내동댕이친다.)

유혹해대는 요물아, 꺼져라!

알렉산드라   넌 로마의 보호를 받을 것이다!

마리암네   전, 자신만을 소중히 여기는 자가

그런 일을 하는 걸 결코 막지 않겠어요!

전 직접, 제가 밤에 축제를 열겠어요!

알렉산드라   축제를 열겠다고?

마리암네   그러고는 거기서 춤을 출 겁니다!―

그래, 그래 그것이 하나의 방법이야!

알렉산드라   대체 무슨 목적으로?

마리암네	여봐라, 게 누구 없느냐?

(신하들이 들어온다.)

귀빈실을 열어

기뻐 환호할 수 있을 모든 것을 초대해라!

활활 잘 타는 초에 모두 불을 붙이고

아직 시들지 않은 꽃을 모두 따라!

뭔가 남아 있는 것은 필요가 없다!

(모세에게)

전에 그대가 우리의 결혼식을 주관했었지.

그보다 훨씬 더 멋진 축제가 오늘 필요하니

아무것도 아끼지 마시오!

(그녀가 앞으로 나선다.) 헤롯, 이제 전율을 느껴보시오!

지금까지 한 번도 전율을 느낀 적이 없었다면!

소에무스	(그녀에게 다가선다.)

저도 마마의 고통을 느끼고 있습니다!

마리암네	당신의 연민을 관대히 봐

주겠소! 당신은 결코 그의 하수인이 아니오.

그걸 당신이 보여주었기에 내가 의심해서는 안 되지.

하지만 난 배반자에게, 배반자들에게 감사할 수도 없고

그런 자들을 참아낼 수도 없소.

아무리 그런 자들이 이 세상에서 쓸모가 있을지라도 말이오.

왜냐하면 내가 오판하고 있는 게 아니니까!

당신이 그래 보였던 것처럼 정말 대장부였더라면,

신은 기적을 행했을 텐데.

그랬더라면 신은 틀림없이 순식간에 세상에 알렸을 텐데.

신은 당신을 창조했을 때 이러한 점을 미리 내다보았소.

그래서 신은 당신을 첫번째 위선자로 만들었군!

소에무스   전 그런 위선자가 아닙니다! 전 헤롯 왕이

왕위에 오르기 전에 그의 친구였습니다.

그의 전우이며 동반자이기도 했습니다. 그가 왕이 된 다음에는

그의 신하, 그것도 가장 충실한 신하였지요.

하지만 전, 제가 그가 영웅이고 주인임을 존중했듯이

그도 내가 남자이고 인간임을 존중해줄 줄 알았던 경우에만

가장 충실한 신하로 그를 섬겼습니다.

위선적으로 그가 눈을 처음으로 경멸하듯 내리깔면서

제게 피의 명령을 내리기 전까지는

그도 저를 존중해주었습니다.

그러다가 그는 그 피의 명령을 통해

마마와 같이 절 죽음에 맡기었으며,

마마를 제 칼끝에 희생시켰듯이 저를 마마의 백성의 복수에,

로마인들의 분노와 자신의 술책에 희생시켰습니다.

전 제가 그에게 어떤 가치가 있었는지에 대해 증거를 가지고

있었어요!

마리암네   그러면 당신은 그에게 직접 혐오감을 드러냈소?

소에무스   마마를 보호하려고 했기 때문에 그러지 못했지요!

전 그 명령을 받드는 척했어요. 전, 이런 말이 괜찮으시다면,

위선적으로 행동했습니다. 그가 결코 다른 사람에게

그런 명령을 내리지 않고 날 찔러 죽이도록 말입니다.

그렇지 않았다면, 갈릴리인이 대신 범행을 저질렀겠지요!

마리암네   당신에게 용서를 빌고 싶소. 당신은 나처럼 그의 곁에 있소.

당신도 나처럼 당신의 가장 신성한 부분을 모욕당했어요.

당신도 나처럼 한낱 물건으로서 격하되었군요!

그이가 내게는 남편이듯, 당신에겐 친구입니다.

내가 여는 축제에 참석해주시오! (퇴장)

알렉산드라   그런 식으로 당신은 나와 마찬가지로

때가 오기를 기다렸군!

소에무스   제가 때가 오기를? 무슨 말씀이신가요?

알렉산드라   가문과 태생보다는 로마인의 변덕 덕분에, 저 탐닉에

빠진 자의 도취 덕분에 통치권을 쥐게 된 헤롯 왕에게

당신이 그동안— 당신도 스스로 그와 같은 부류라는 것을

잊어버리기라도 한 것처럼— 얼마나 굽실거렸는지

내 쪽 지켜보면서 늘 놀라워했지.

하지만 이제 난 당신을 꿰뚫어 보고 있소.

당신은 그를 안심시키려고만 했었지!

소에무스   잘못 생각하고 계십니다!

전 모든 걸 사실대로 말했습니다. 전 제 자신을

그와 같은 부류로 생각하고 있지 않으며

앞으로도 그런 일은 절대 없을 것입니다!

얼마나 많은 사람들이

오로지 그의 후손이 아니라는 이유로 불평을 하면서

그를 섬기는지 전 알고 있습니다.

또 다른 이들은 오직 왕비마마 때문에

그에게 충성을 하고 있다는 것도 잘 알고 있습니다.
하지만 저는 불에서 막 달구어진 영웅의 칼보다는
그저 물려받은 장난감 칼에
복종하는 무리들과 다릅니다.
전 항상 그에게서 고귀함을 보았습니다.
그리고 전우였던 그가 방패를 떨어뜨렸을 때에는
제가 대신, 전에 왕홀(王笏)을 들어 올려 주었던 것처럼
그렇게 그것을 기꺼이 들어 올렸지요!
그에 대한 가치를 느꼈기 때문에 저는 그가
첫 부인과 왕관, 이 두 가지를 얻도록 애썼습니다!

알렉산드라   당신은 역시 사내대장부이구려!

소에무스   이제 제가 대장부임을 잊지 않
았다는 걸 증명해 보이겠습니다!
이 세상 누구도 저를 한낱 도구로만 이용할 수 있을 만큼
그렇게 위대한 자는 없습니다!
실제 일어났든 아니든, 어떻든 간에
절 굴욕적으로 확실한 몰락에 빠뜨리는 섬김만을 요구하는 자는
저의 일체의 의무를 면제해주지요. 그런 자에게 전
왕과 노예 사이에도 중간 계층이 있으며,
대장부란 바로 이 계층에 해당된다는 것을
보여주어야만 합니다!

알렉산드라   어떤 이유라도
내겐 상관이 없소. 당신이 내게 온 것만으로
족하지!

소에무스	어떠한 투쟁도 더 이상 두려워하지 마십시오.
	왕은 이미 죽은 것이나 다름없으니까!
	옥타비안은, 자기 몸의 살점을 썰게 하고
	이 짓을 한 자의 손에 되레 감탄하여 그 짓을 용서해주는
	안토니우스와는 다릅니다!
	그는 전광석화 같은 일격만을 중히 여깁니다.
알렉산드라	티투스 대장은 뭐
	라 말하고 있소?
소에무스	그도 저처럼 생각하고 있지요! 전 스스로
	문책당하길 원했기에 사메아스를 석방시켰습니다.
	전 왕비마마께 호소하는 것 외에
	어떠한 다른 것도 할 수 없었습니다!
	이제 마마께서는 스스로 알아야만 하는 것을 알고 있으며
	또, 그가 사망했다는 기별이 온다 해도
	이에 대처할 능력이 있습니다.
	이것이 바로 제 목적이었습니다! 고귀한 부인이시여!
	이런 부인을 죽이다니! 마마가 흘린 눈물이 아깝군요!
알렉산드라	그렇고말고. 참 다정한 남편이로군!
	왕비가 로마인들의 보호를 받도록 그녀를 계속 설득해주시오.
	그리고 축제에 참석해주시오. 그 축제로 인해
	그녀는 헤롯 왕과 결별하게 되니까.
	그는 지금 죽었을 수도 있고 살아 있을 수도 있겠군! (퇴장)
소에무스	(알렉산드라를 따르면서) 그는 죽었습니다!

〈제4장〉

(하인들이 등장해서 축제를 준비하고 있다.)

모세   아니, 아르탁세르세스? 또 생각에 잠겼나?
               서둘러! 서두르라고! 여기서는 자네가 시계를 빨리 돌리지 않
               아도 돼!

아르탁세르세스   당신도 나처럼 몇 년 동안 그 일을 했었더라면
               나처럼 되었을 것이네!
               당신이 특히 밤마다 꿈을 꾸게 된다면
               과거의 옛 임무를 계속 수행해야 될 거야!
               무의식적으로 난 오른손으로
               왼쪽 손목에 맥 뛰는 자리를 잡고는 세고 또 세어보지.
               그리고 내가 더 이상 시계가 아니라는 것을 의식하기 전까지는
               60까지 자주 세어보게 되거든!

모세   여기서는 자네가 직접 시간을 잴 필요가 없다는 걸 알아두게!
               우리는 이미 해시계와 모래시계를 가지고 있거든!
               여기서는 자네가 직접,
               우리처럼 시간 속에서 뭔가를 해야 하지!
               더 이상 나태해서는 안 돼!

아르탁세르세스   자네에게 맹세하게 해주게!

모세   조용히 해, 조용히! 식사 중에는 네가 아직 세본 적이 없잖아!
               게다가 이곳에서는 사람들이 맹세하고 그러지 않아.

268

(혼잣말로) 왕이 반쪽 이교도가 아니었다면,

우리가 이렇게 이방인을 하인으로 갖지도 않았을 텐데!

저기 벌써 악사들이 오는군. 어서 서두르게!

(다른 사람들 틈으로 간다.)

예후 이봐, 사람들이 자네에 대해 이야기하는 것이

정말 다 사실인가?

아르탁세르세스 어찌 사실이 아닐 수 있겠나?

그게 사실이라고 백번이나 더 맹세해야 하는가?

난 사트라프*의 궁정에서 시계였어.

그리고 난 행복했지. 자네들과 함께

있는 것보다 훨씬 더 좋았다네!

밤엔 내가 교체되었고, 그다음에는 내 동생이 시계였지.

낮에 식사하러 갈 때도 교체되었고.

다른 전쟁 포로들과 함께 날 이리로 끌고 온

당신들의 왕에게 난 고마워하지 않아!

물론 내 임무가 마지막엔 좀 힘들었지! 함께 전쟁터로 나가야

만 했거든. 물론 사방에서 화살이 날아다니고

사람들이 쓰러지는 걸 보게 되면,

무도장(舞蹈場)에서 셀 때보다 훨씬 더 못 세게 되지.

난 절대로 내 아버지 같은 영웅이 아니어서 눈을 꽉 감았어.

화살 하나가 자기 자리를 지키던 아버지에게 적중했네.

---

* 사트라프Satrap: 고대 페르시아 속주(屬州)의 태수(太守)로서 군사, 내정의 양권을 장악하
고 있었다.

아버지도 우리처럼 시계였기든.

나와 동생, 우리 모두 시계들이었어.

아버지는 여전히 숫자를 부르면서 숨을 거두셨네!

당신은 뭐라 말하겠나?

아버지는 정말 남자이셨지! 그분에게 어울리는 것은

필요 이상으로 그에게 화살을 날려 보내주는 것이었지!

예후   자네 고향 땅에는 정말 모래가 없는가?

아르탁세르세스   우리에게? 모래가 없냐

고?

전체 유대 땅을 덮을 정도로 충분하지!

모래가 있는 이유는 그저 우리 사트라프께서

다른 사람들보다 그것을 더 좋아한다고 하시기 때문이지!

여기서처럼 모래가 통을 통해 흘러내리는 것보다는

인간의 맥박이, 사람이 건강하고 열이 없다면,

더 정확하게 뛰지 않을까? 그리고 해시계라는 것도,

그게 태양의 마음에 들지 않는 것처럼 보인다면,

당신들에게 무슨 소용이 있겠나?

(센다.) 하나, 둘—

모세   (뒤로 물러선다.)

어서 가라! 가! 손님들이 벌써 오고 있다!

아르탁세르세스 이게 축제인가? 거기서는

다른 종류의 축제들을 보았는데!

그곳에서는 다른 대륙에서 온 과일이 아니면

아예 먹지도 않았거든! 또 그곳에서

어떤 사람이 한 방울의 물이라도 마셨을 때는

처벌이, 그것도 종종 사형선고까지도 내려졌었어.

거기서는 대마로 동여맨 채 나뭇진을

뚝뚝 떨어뜨리는 인간들이 밤마다 정원에서

횃불로서 활활 타고 있었어—

모세   그만해라! 사람들이

그 사트라프를 위해 대체 무엇을 했었나?

아르탁세르세스 무엇을 했냐고? 아무것도 안 했지!

우리의 장례식이 이곳의 결혼식보다 훨씬 더 화려하거든!

모세   너희들은 죽은 자도 잡아먹는 모양이군!

그것은 살아남은 자들의 몫이겠어!

아르탁세르세스   그렇다면 언젠가

당신들의 왕비가 포도주 속에

왕국 전체보다 더 값비싼 진주를 녹였다는 것도,

그리고 왕비가 이 포도주를,

그걸 보통 포도주처럼 생각하고 홀짝 마셔댄 어떤 거지에게

주었다는 것도 역시 사실이 아니었나 보군?

모세   그건 그렇지 않아! 다행이지!

아르탁세르세스 (예후에게)   하지만 당신이 그리 말했잖아!

예후   난 그러한 것이 왕비에게 명예로운 일이라고 생각했으니까,

또 사람들이 그 이집트 여인에 대해 그걸 이야기하니까 그랬지!

모세   꺼져!

아르탁세르세스 (예후가 갖고 있는 장미를 가리키며)

장미가 생화로군! 이것들은 싸구려네그려.

우리에게는 금과 은으로 만든 장미들이 있거든!

그 장미들을 꽃값이 이곳의 금은처럼 아주 비싼 곳으로 보내게!

(하인들이 흩어진다. 손님들이 모두 모였다. 거기에는 소에무스
도 끼어 있다. 음악과 춤이 어우러진다. 실로와 유다는 다른 나머
지 사람들에게서 떨어져 나와 무대 전면에 나선다.)

실로　　뭐 하자는 거지?

유다　　　　　　　　뭐 하자는 거냐고?

헤롯 왕이 돌아오거든! 오늘 말이야!

실로　　자넨 그리 생각하는가?

유다　　　　　　　　　　그렇게 물어보다니! 이런 축제에

또 다른 이유라도 있을까 봐?

다시 굽실거리는 법을 익혀두게!

실로　　하지만 소문이 나돌았는데—

유다　　　　　　　　　　　그에게 뭔가 나쁜 일이 닥쳤다고

들 말한다면, 그건 늘 그렇듯이 속임수야.

아주 자연스러운 일이지. 그만큼 그에게

나쁜 일이 생기기를 바라는 자들이 많이 있거든!

고인을 잃고 비통해하는 초상집에서도 춤을 추겠어?

실로　　거기서 곧 많은 사람들이 피를 보겠군.

소요가 일어난 이래 감옥마다 가득 수감되어 있는데!

유다　　내가 그건 자네보다 더 잘 알아.

내가 직접 많은 사람들을 감옥으로 끌고 갔지.

이번 반란은 스스로 목을 매려고 생각하지 않은 자들도

그와 싸워야만 했을 정도로 참 어리석은 짓이었거든.

내가 아무리 헤롯 왕 앞에서 항상 머리를 깊숙이 조아리고

절을 한다 하더라도 실제 그를 좋아하지 않는다는 걸

자네는 알고 있겠지.

하지만 이번에는 그가 옳아. 우리가 적대시하기에는

로마인들이 너무 강하거든. 우리는 더 이상 맞설 힘이 없어.

곤충 한 마리가 딱 벌린 사자의 입안에 들어가 있는 꼴이지.

그 안에서 찌르면 안 돼. 사자가 삼켜버리니까!

실로 돌을 던져 로마의 독수리를 맞힌

우리 집 정원사의 아들이

불쌍할 따름이네!

유다 그 친구가 몇 살인데?

실로   오래전에 내 발이 부러졌을 때가 있었지?

그때 그가 태어났거든.

그 아이 어머니가 우리 집안일을 돌볼 수 없었으니까,

그래, 맞아, 스무 살이겠군!

유다   그러면 그 친구에게 아무 일도 생

기지 않아!

(마리암네와 알렉산드라가 나타난다.)

왕비마마다! (가려고 한다.)

실로   자넨 그 친구 일에 대해 어떻게 생각하지? 더 얘기

해봐!

유다   좋아! 우리끼리 말이지만! 그가 스무 살이어서

그에겐 아무 일도 생기지 않아!

하지만 그가 열아홉 살이거나 스물한 살이라면

좋지 않은 일이 생겼을 거야!

다음 해에는 상황이 달라지거든!

실로   농담하지 말게!

유다   자네에게 말하겠는데 바로 그렇다네.

자네, 그 이유를 알고 싶나?

왕에게는 스무 살 된 아들이 있지.

하지만 그는 아들을 잘 모른다네!

어머니가 그에게서 버림을 받자 그의 아이를 유괴해서는

그 아이를 죽여버리겠다고 협박했거든—

실로   끔찍한 여자네!

이교도 출신인가?

유다   아마 그럴 거야! 하긴, 난 그가 그 여자를 죽
여야만 할 정도로 정말 그녀가 그 아이를 파멸시켰는지는

모르겠어. 내 말 알아듣겠나?

난 그의 그런 행동을 그가 처음으로 분노한 이후 저지른

미친 짓으로 여기거든. 하지만 그 일은

항상 그를 불안하게 만들었지. 그래서 자기 아들과

동년배인 자들은 여태껏 한 번도 사형이 집행되지 않았다네.

자네의 정원사를 위로해주게나! 하지만 내가 말한 걸 명심해

두게!

(다시 다른 사람들 틈으로 사라진다.)

〈제5장〉

(알렉산드라와 마리암네가 무대의 전면에 등장한다.)

알렉산드라   넌 어째서 로마인들에게로 도피하려고 하지 않느냐?

마리암네   무엇 때문에 그래야 하나요?

알렉산드라   네 목숨을 보존하기 위해서지!

마리암네   목숨이라! 물론 중요하겠죠! 목숨이란 보존해야 하지요!

           목숨이 없다면 고통의 가시도 없잖아요!

알렉산드라   그런 식으로도 기회가 왔다고 인정해라!

           축제를 여는군. 그러니 네 손님들에게도

           축제에 어울리는 얼굴을 보여주거라!

마리암네   난 결코 악기도 아니고 초도 아닙니다.

           그래서 난 울려 퍼져도 안 되고 활활 타서도 안 됩니다.

           여러분들은 나를 있는 그대로 받아들이시오!

           아니오! 그렇게들 하지 마시오!

           내 목을 치기 위해 도끼를 갈게끔 나에게 재촉들을 해주시오.

           내가 무슨 말을 하고 있는가! 내가 그대들과 함께

           환호하게 해주시오—소에무스, 시작하시오!

           (방금 막 입장해서 그녀를 향해 오는 살로메에게)

                               아니 살로메, 당신

           이?

           누구보다도 반갑소.

           당신이 상복을 입었어도 상관없어요!

당신이 오리라고는 미처 생각지 못했는데!

〈제6장〉

살로메   상황이 어떻게 돌아
가는 건지 내가 알고 싶을 때는 당연히 알아야 하지!
나도 이 축제에 초대된 것이야. 그런데 사람들은
내게 이 축제가 열리는 이유를 말해주지 않는군!
그 이유를 예감할 수는 있지. 하지만 그 이유를 분명히 알아야
겠어! 전하께서 돌아온다는 것이 사실이 아닌가? 우리가
오늘 그를 보게 되나? 초들을 보면 그렇다는 걸 알 수 있겠어.
즐거운 음악도 그렇고! 어디 할 테면 해보라고!
내가 의문을 갖는 건 나 때문이 아니야! 하지만 전하는 아시
지— 아냐, 아냐, 전하는 모르셔. 전하는 그걸 잊어버리셨어.
전하는 왕비가 이미 매장된 꿈을 꾸었을지도 몰라.
그렇지 않았다면 전하는 왕비에게 기별을 했을 텐데.
하지만 전하의 꿈은 전하를 기만했지.
저 여자는 당신에게 축복을 빌어주었을 때 앉아 있었던
구석에 아직 앉아 있거든—

마리암네   뭐라고 혼자 이야기하는 거요?

살로메   아닙니다! 전하에겐 아직도 어머니가 계신데,
아들에 대해 노심초사하고 애를 태우시지요.
그리고 제게도— 마마께 부탁합니다. 저 또한 낳아주신 죄를

어머니 스스로 더 이상 참회하지 않게 해주십시오!

어머니께 그녀가 바라는 위로를 해주세요!

마리암네 난 그의 어머니에게 어떤 위로도 해줄 것이 없소!

살로메 마마는 오늘 전하를 기다리고 있지 않나요?

마리암네 결코 그렇지 않소. 난 그이가 죽었다고 들었소!

살로메 그래서 이 축제를 연다는 말씀입니까?

마리암네 　　　　　　　　　　　　　　　　내가 아직 살아 있으니
까! 사람이 자기가 아직 살아 있다는 것에 대해
기뻐하면 안 되는 것이오?

살로메 　　　　　　　　　　　　마마의 말을 믿지 못하겠습니다!

마리암네 당신의 의심이 되레 고맙군!

살로메 이 초들은—

마리암네 　　　　　　　　빛을 발하기 위해 있는 것 아니겠소?

살로메 이 악기들은—

마리암네 　　　　　　　　잘 울려야만 하지요. 그 용도를 다르게 알고 있
소?

살로메 (마리암네의 화려한 옷을 가리키며)
그 보석들은—

마리암네 　　　　　　　　하기야 이것들은 당신에게 더 잘 어울리겠지만—

살로메 이 모든 것이 의미하고 있는 것은—

마리암네 　　　　　　　　　　　　기쁨의 향연이라 할 수 있
소!

살로메 무덤 위에서 여는 축제라—

마리암네 　　　　　　　　그것은 있을 수 있는 일이오!

살로메	그렇다면— 마마, 진지하게 제 말을 들어보십시오!
	전 끊임없이 마마를 증오해왔습니다.
	하지만 항상 제게 그것이 과연 정당했을까 하는 의구심이 남았
	지요. 그래서 후회하는 마음으로 자주 마마께 다가갔지요.
	왜냐하면—
마리암네	내게 입을 맞추기 위해서였잖소! 언젠가 당신은
	그렇게 했었소!
살로메	그러나 지금 제가 보건대, 마마는—
마리암네	당신을 세
	워두고 내가 저기서 춤추기 시작하는 무리들 틈에
	섞여 있는 것이 사악하기 그지없다 이거군요!
	소에무스!
소에무스	(그녀에게 팔을 내민다.)
	왕비마마!
마리암네	헤롯 왕이 그대에게
	피의 명령을 내렸을 때는 내 이런 모습을 본 게 분명할 것이오.
	놀라운 일이군!
	이제 모든 것이 정말 그렇게 되었어!
	(퇴장하면서 살로메에게)
	당신도 지켜보고 있겠지요?
	(소에무스에 의해 그들 둘 다 더 이상 보이지 않는 무대 뒷전으로
	인도된다.)
살로메	생각보다 훨씬 더 사악한 여자야!
	저 여자는 뭔가를 말하려고 하고 있어!

이를 위해 그 여자는 모든 것을 유혹하는 뱀의 다양한 빛깔을 갖고 있어! 그래, 그녀가 춤을 추는군!

이제, 정말, 이제 난 양심의 거리낌이 없어졌다.

이 세상의 누구라도 저 여자의 행동이 옳다고 평가할 수는 없겠군!

(그녀는 마리암네를 지켜본다.)

〈제7장〉

(알렉산드라와 티투스가 함께 입장한다.)

알렉산드라 티투스 대장, 당신도 내 딸이 얼마나 비통해하는지 보고 있겠군!

티투스 마마께서 혹시 전하로부터 새로운 기별을 받았습니까?

알렉산드라 그가 죽었다는 기별이지! 그렇소!

티투스 (마리암네를 쳐다본다.)

마마가 춤을 추고 있습니다!

알렉산드라 마치 과부가 아니라 신부처럼 춤을 추는군!

티투스 대장, 그녀는 지금까지 가면을 썼던 것이오.

그리고, 알아두시오,

그녀가 단독으로 그렇게 행동한 것이 아니오!

티투스 마마에게 잘 어울립니다! 언제까지나 마마는 자기 모습대로 남아 있겠지요! 마마가 전하의 적들과 한편이 아니라면

	전하의 친구들에게 앙갚음을 하지는 않을 것입니다!
알렉산드라	그걸 보여주려고 그녀는 이 축제를 열고 있지!
	(티투스로부터 점점 멀어진다.)
티투스	정말 이런 여인들만 생각하면 소름이 끼쳐!
	어떤 여인은 우선 위선적인 입맞춤으로
	영웅을 안심시켜
	자고 있는 틈에 그의 머리를 베어버리고,
	또 다른 여인은 오로지 왕관을 얻기 위해
	남편의 무덤 위에서 미친 듯 춤을 추는군!
	이것을 보여주려고 나를 초대한 것이 틀림없어—
	(그는 마리암네 쪽을 다시 쳐다본다.)
	그래, 그래, 내가 보고 로마에 가서 증언해야겠다—
	여기서 난 포도주 한 방울도 마시면 안 되겠어!
살로메	티투스 대장, 뭐라고 했소? 저 왕비가 벌써 모든 것을
	감행할 수 있을 정도로 전하의 상황이 그리 나쁜가요?
티투스	만약 전하가 즉시 옥타비안 장군의 편에 가담하지 않고
	자신이 죽기 전에 마르쿠스 안토니우스 장군에게
	마지막 일격을 가했다면,
	상황은 좋지 않습니다!
	물론 난 그런 상황을 의심하고 있지만.
살로메	오, 정말 그가 그러면 안 되는데!
	저 여자가 아직 목숨이 붙어 있다면,
	난 왜 주(主)께서 교만한 이세벨*의 피를
	개에게 핥게 했는지를 모르겠네!

(다른 사람들 틈으로 사라진다.)

티투스   왕비가 정말 계속 춤을 추고 있

어! 그러나 춤이 왕비에게 아주 쉬워 보이지는 않는군!

그녀 얼굴이 상기되어 있음에 틀림없어.

하지만 마치 생각에 잠겨 뭔가 다른 일을 하고 있는 것처럼,

빙빙 돌며 춤을 추는 것이 무엇에 홀려서 그런 것처럼

그녀는 창백해져 있다! 글쎄, 이 유디트 같은 여인도

두려움 없이는 자신의 일을 수행하지 못했을 것이야!

그리고 저기서 그녀는 틀림없이, 여기 지금

내 앞에서 절대 인정하고 있지 않는 남편의 마지막 입맞춤을

자기 입술에서 아직 느끼고 있을 것이다.

또 그녀는 그가 아직 죽지 않은 것으로 생각했었어! 그녀가

오는군!

(마리암네가 다시 나타난다. 알렉산드라와 소에무스가 그녀의 뒤

를 따른다.)

알렉산드라   (마리암네를 향해)

난 티투스 대장과 이야기를 나누고 있었다!

마리암네   (갑자기 몸을 돌리며 거울에 비친 자신의 모습을 쳐다본다.)

                                              하!

알렉산드라   대체 왜 그러느

---

* 이세벨 Jezebel: 구약성서에 등장하는 이스라엘 왕 아합Ahab의 아내로서 여호와에 대한 절
대적인 숭배를 가로막고 엘리야와 엘리사 같은 위대한 예언자들을 박해하였다. 성서에 따르
면 여호와는 아합 왕과 그 가족들의 사악함에 분노하여 예후Jehu라는 아합의 한 군인을 보
내어 끔찍한 벌을 내렸다. 예후는 아합의 사악한 아내 이세벨을 개에게 뜯어 먹히게 하는 등
아합 가문의 씨를 말렸다(「열왕기 상」 21절 23장과 「열왕기 하」 9장 33절 이하 참조).

냐?

마리암네   전 이런 내 모습을 이미 꿈에서 보았어요!
그러니까 그것은 바로, 이전에 잃어버린
루비가 다시 나타날 때까지
저를 초조하게 만든 모습이었지요. 그 루비는 지금
제 가슴에서 이렇게 희미하게 빛을 발하고 있네요.
그것이 없다면 제 모습도 흠집이 있겠지요!
이런 모습 다음에 오는 것이 최후의 모습이니까요!

알렉산드라   네게로 가마!

마리암네   절 그냥 내버려두세요! 이처럼 완전한 모습의 거울이여!
처음에는 숨 쉬는 자의 입김 같은 것이 서려 있다가,
이어, 이 거울이 차례대로 보여주었던
모습들처럼 서서히 투명해지더니
마침내 연마된 강철처럼 반짝 빛나고 있군요.
전 제 삶의 전부를 보았습니다! 처음에 저는 거울 속에서,
엷은 장밋빛으로 둘러싸인 아이로 나타났지요.
그 빛은 점점 더 빨갛게 되고 점점 더 어두워졌어요.
그때 제 얼굴이 제게 낯설어졌지요.
그리고 전 세번째로 변화되었을 때야 비로소
너무 어린 얼굴을 한 제 자신을 알아차렸지요.
이제 처녀가 나타났어요. 그러고는 그이가
꽃밭까지 바래다주고는 아첨을 하며 제게
"어떤 꽃도 그대의 손이 꺾을 수 없을 정도로
그렇게 아름답지는 않아!"라고 말하던 그 순간이 왔는데—

아, 그이가 그 순간을 완전히 잊었다면 저주받을 것이야!

완전히! 그다음 전 기분이 섬뜩해졌지요.

그리고 전 마지못해 미래를 볼 수밖에 없었어요.

전 이러저러한 제 모습을 보았어요.

그리고 마침내 제가 여기에 서 있는 모습을 보았지요!

(알렉산드라를 향해) 꿈이 실제로 나타난다면

기이하지 않은가요? 이제 투명하기 그지없던

거울은 다시 흐려졌어요.

빛은 잿빛으로 변했지요. 그리고 제 자신은,

조금 전만 해도 생기발랄하던 여자는

마치 이 화려한 옷 아래에서 이미 오래전부터 모든 혈관에서

소리 없이 피를 흘리고 있는 것처럼 그렇게 창백해졌지요.

전율이 절 엄습했습니다. 전 "이제 내가 해골로서 나타나마.

그리고 난 그 모습을 보고 싶지 않아!"라고 소리쳤어요.

그때 전 몸을 돌렸어요—

(그녀는 거울에서부터 몸을 돌린다.)

무대 뒷전에서　　　　　　　　　　　전하이시다!
웅성대는 소리

(모두가 흥분한다.)

알렉산드라　　　　　　　　　　　　　누구라고?

〈제8장〉

(헤롯이 전사 복장으로 들어선다. 요압과 시종들도 뒤따른다.)

마리암네	죽음이여! 죽음이여! 죽음이 우리들 사이로 찾아왔소!
	그것이 올 때면 항상 그러듯 전혀 알리지도 않은 채 말이오!
살로메	마마에겐 죽음이겠지요! 그렇고말고!
	마마 자신도 그리 느끼고 있나요?
	오라버니! (헤롯을 포옹하려고 한다. 그는 그녀를 밀어낸다.)
헤롯	마리암네! (그는 그녀에게 다가간다.)
마리암네	(격렬한 동작으로 그를 물리친다.)
	칼을 어서 뽑으시오!
	독이 든 잔을 내게 주시오! 그댄 죽음이겠군!
	죽음이 칼과 독으로 포옹하고 입 맞추고 있도다!
헤롯	(살로메 쪽으로 몸을 돌린다.)
	이게 어찌 된 일인가? 수천 개의 초들이
	멀리서 밤에 날 불렀도다. 네가 보낸 전령은
	아랍인들에게 붙잡히지 않고 잘 도착했다.
	너를 기다리고 있는데,
	그런데 지금—
살로메	초들이 전하를 기만했습니다.
	여기서는 전하의 죽음에 대해 환호하였지요!
	전하께서 보낸 전령은 도착하지 않았어요. 그리고 어머니는
	전하 때문에 벌써 자신의 옷을 갈기갈기 찢었어요!
	(헤롯은 주위를 쳐다보고는 티투스가 있음을 알고 그에게 손짓한다.)
티투스	(다가선다.) 결국 이리 되

었군요! 여기 있는 누구도 그런 상황을 전혀 몰랐습니다.

악티움에서 전투가 벌어지기 이전에도

전하가 그 안토니우스 장군을 버리고 카이사르 장군에게 갔으

리라고는 저도 전혀 생각지 못했습니다!

물론 그게 현명한 생각이겠지만요.

전하께서 그렇게 했다는 건

전하의 귀환을 보면 알 수 있지요. 좋습니다!

전— 전하께 행운을 비나이다!

마리암네   (다가온다.)   당신이 직접 안토니우스를 교살

할 기회를 포착하지 못한 것이 참 한탄스럽습니다.

당신은 당신의 새 주인에게,

옛 주인이 더 이상 가치가 없다는 것을

아주 분명하게 보여주었어야 했습니다.

당신은 새 주인에게 친구의 머리를 갖다 바쳤어야 했습니다.

그러면 새 주인은 당신에게 그것을 왕관으로 보상했었을 테니

까요!

헤롯   퉤, 티투스, 퉤! 자네도 나에 대해 그리 생각하나?

난 안토니우스가 명한 대로 저 아래 아라비아로 출정했지.*

하지만 거기서 어떤 적도 만나지 못했어!

그래서 난 악티움으로 출발했지. 그러니 내가

너무 늦게 온 것은 내 잘못이 아니야.

안토니우스가 내가 생각했던 것처럼 오래 버텼었더라면,

---

* 이 출정은 역사적으로도 입증되어 있다.

난 (마리암네를 향해) 그에게 옥타비아누스의 머리를 바쳐

왕관을 보상받을 수 있는 기회를 찾았을 것이오!

(티투스에게) 그는 그러지 못했지!

내가 나타났을 때 그는 이미 죽어 있었어.

이제 그에게는 더 이상 친구가 필요하지 않았네.

그래서 난 옥타비아누스에게 갔지. 하기야 왕관을 내가 벗었

으니 왕으로 간 것은 아니었어.

하지만 그렇다고 구걸하려는 자로 간 것도 아니었지.

난 내 칼을 뽑아 들고 이렇게 말했지.

"난 당신과 맞서기 위해 이 칼을 사용하고자 했소.

만약 상황이 훨씬 더 내 쪽에 유리했었더라면,

이 칼을 당신의 피로 물들였을 것이오.

그러나 모든 게 끝장났소! 이 칼을 이제 당신 앞에 내려놓겠소!

이제 당신은 내가 누구의 친구였는가에 대해서가 아니라

내가 과연 어떤 친구였는지 생각해주시오.

죽은 자는 나를 자유롭게 놓아주었소.

당신이 원한다면 나는 이제 당신의 편이 될 수 있소!"*

티투스   그러니까 그가 뭐라고 하던가요?

헤롯   그러자 그는 이렇게 말하더군.

"그대의 왕관이 어디에 있는가?

내가 거기에 보석을 넣어주겠소.

---

* 헤롯과 옥타비안의 대화는 작품의 원전인 요세푸스의 『유대 전쟁사』(1권 20장)에 충실하게
  구성되어 있다.

지금까지 그대가 갖고 있지 않던 영토를 하나 가져가시오.
그대는 마르쿠스 안토니우스가 아니라
내가 바로 승자라는 것을 내 관대함에서 느껴야 할 것이오.
안토니우스라면 클레오파트라가 지금까지 소유하고 있던
영토를 그녀에게서 결코 빼앗지 않았겠지만.
난 그걸 그대에게 선사하겠소!"

티투스   그것을— 저라면 결코 생각해내지 못했을 것입니다.
         또한 전 전하의 행운 이외엔 그 무엇도 찬양하지 않겠습니다!

헤롯   티투스! 오 그걸 찬양하지 말게!
         어려운 일에 점쳐보려고 남겨두었거든! 소에무스!
         (소에무스는 서 있던 자리에 그대로 머물러서는 대답을 하지 않
         는다.)
         자넨 날 배반했지? 침묵하고 있군! 난 잘 알고 있지!
         아아! 아아! 끌어내라!

소에무스   (끌려 나가며) 전 아무것도 부정하지 않겠습니다!
         하지만 전하께서는 제가 전하가 이미 돌아가셨다고 생각했다
         는 걸 믿으실 겁니다!
         이제 전하 뜻대로 하십시오! (퇴장)

헤롯   그리고 죽고 나면 모든 것이 끝나지, 안 그런가?
         그럼! 그렇지! 나의 티투스, 자네도 나와 마찬가지로
         저 친구를 제대로 알았더라면—
         그랬다면 지금 내 모습처럼 그렇게 침착하게,
         그렇게 조용히 있지는 않았을 것이네.
         자네 같으면 입에 거품을 내고 이를 갈면서

분노에 차서 이렇게 말했을 테지. (마리암네를 향해)

"여인이여, 저자가 그렇게 하게끔 하기 위해

당신은 무슨 일을 꾸몄소?"

살로메, 네 말이 옳았다. 난 이제 씻어내야만 한다. 씻어내야

만 해. 피를 가져와! 지금 당장 내가 재판을 소집하겠다!

(마리암네를 향해) 당신 침묵하고 있소?

아직도 반항으로 침묵을 지키고 있는 것이오?

그 이유를 알지! 내게 당신이 어떤 존재이었는지 당신은 아직

잊지 않았소! 지금 난 차라리

내 가슴의 심장을 도려내는 것이 더 쉬울지 모르지—

티투스, 그래!

(다시 마리암네를 향해)

당신을 내 가슴에서 도려내는 것보다 말이야!

하지만 난 꼭 그리할 것이오!

마리암네   (갑자기 몸을 돌린다.)   제가 포로가 된 것인가요?

헤롯   그렇소!

마리암네   (병사들에게) 그렇다면 날 끌고 가시오!

(방향을 돌린다. 헤롯의 손짓에 요압이 병사들과 함께 그녀의 뒤

를 따라간다.)

이미 죽은 자가 더 이상 내 남편이 될 수는 없지! (퇴장)

헤롯   하! 하! 내 언젠가 그녀에게 이렇게 말한 적이 있었지.

"서로 당연히 사랑해야 하는 사이처럼 그렇게

서로 사랑하고 있는 두 사람은 결코 혼자 살아남을 수 없소.

또 내 자신이 저 머나먼 전쟁터에서 쓰러진다면,

사람들이 이를 전령을 통해 당신에게 알릴 필요가 없어.
그런 일이 일어나자마자 당신은 금방 그것을 느끼고는
근심 없이 나를 따라 함께 죽을 테니까!"
티투스, 날 비웃지 말게! 그런 것이지! 그런 것이야!
하지만 인간들은 서로 그렇게 사랑하지 않는군! (퇴장)

제5막

1막과 같은 대알현실.

(사람들이 옥좌와 재판관석을 쳐다본다.)

〈제1장〉

헤롯과 살로메.

헤롯   자 그만! 그만! 내가 재판관을 임명했으니
       이제 그들이 판결을 내려줄 것이오!
       평소 같으면 누가 열병에 걸려도 걱정이 되어 떨던 내가,
       그녀의 하녀가 걸렸어도 말이오, 그런 내가 이제 스스로
       그녀의 죽음을 준비하고 있소!
       이걸로 충분하지! 살로메, 네가

질투로 아직 초조해하고 있다면

목적을 이루지 못할 게다.

넌 네 입에서 증오에 찬 말만 할 거라고 생각해서

널 증인으로 삼지는 않을 것이다.

내 비록 활활 타올랐던 모든 초와 향내 났던 모든 꽃을

증인으로 여긴다 할지라도 말이다!

살로메   전하! 말씀하신 걸 제가 부인하고 싶지는 않습니다!

전에 저는 마마가 저지른 잘못을 알아내 이를 더 부풀렸지요.

전하께서 그녀에게서 발견한 미덕을

스스로 부풀리신 것처럼요.

항상 저와 우리 어머니에게 보여준 그녀의 자존심,

이것이 전하가 저 왕비를 사랑하는 이유였나요?

왕비는 더 지체가 높은 부류처럼 행동했어요.

그런 부류를 보면 전 이런 생각밖에 안 들어요.

"우리에게 마카베오인의 영웅적 행위들에 대해

이야기하고 있는 두꺼운 책이

대체 무엇 때문에 필요하지?"

정말 왕비는 얼굴에 가문의 역사라도 실려 있는 것처럼 보여요!

헤롯   넌 내 말에 반박하고 싶으면서도 내 마음에 드는

판결을 확실하게 내리는군!

살로메   제 말을 끝까지 들어보세요!

제가 그랬죠. 제가 부인하지는 않겠어요.

하지만 만약 지금 제가 알고 생각하고

또 느끼고 있는 것보다 더 많은 것을 말했다면,

그래요, 제가 남매 간의 연민으로 말할 수 있는 것의

절반도 가슴속에 간직하지 않았다면,

제 자식은—저는 당연히 제 자식을 사랑하지 않겠습니까?—

정수리에 머리털이 빠질 만큼

고통스러운 여러 해를 보낼 것이고

하루하루, 매분 매초가 그에게 수많은 아픔을 안겨다 줄 겁니다!

헤롯	그 저주는 끔찍스럽군!
살로메	그럼에도 불구하고 그것은

밤이 까맣다는 말보다 더 쉽게 여겨져요!

제 눈은 병들 수 있을지 모르죠.

하지만 눈과 함께 귀까지도 동시에 병든다는 건

있을 수 없는 일이에요.

그래요, 본능, 마음 그리고 제 감각을 지탱시키는

모든 기관! 이 모두가 이번에는

마치 서로가 전혀 어긋나지 않는 듯 일치하고 있어요.

그래요, 만약 신이 저 축제의 밤에 지극히 높은 곳에서

"내가 어떤 악에서 너희들의 땅을 해방시켜야 하느냐,

네게 선택권이 있노라!"라고 제게 소리쳤다면,

전 흑사병을 대지 않고 전하의 사악한 부인을

거명했을 거예요! 왕비를 생각하면 전

소름이 끼쳤어요. 전 마치 제가

지옥에서 온 악마에게 어둠 속에서

사람의 손을 내밀었던 것 같은 기분이 들었어요.

그리고 이에 대해 그 악마는 저를 조롱하는 것 같았어요.

그 악마는 피와 살을 훔친 육체에서

자신의 끔찍한 몰골로 나타나

불길 속에서 저를 보고 히죽거리는 듯했어요.

또 저만 소름이 끼친 것이 아니었어요.

심지어 로마인조차, 그러니까 확고부동한 성격의 티투스까지

도 경악했지요!

헤롯 그래, 네 말보단 그의 말이 더 중요하지. 왜냐하면 그는

누구도 사랑하지 않듯 또 아무도 증오하지 않거든.

또 그는 공정하지. 피가 없는 영혼처럼 말이다.

이제 가라, 내가 그자를 기다리고 있으니까!

살로메 아니에요. 전 저 춤을 절대 잊을 수가 없을 것입니다!

왕비가 마치 전하가 저 아래 누워 있음을 확신이라도 하듯

음악에 맞추어 추던 춤 말입니다.

이런! 원래 이 말을 하지 않으려고 했는데.

제 입으로 굳이 그것을 말할 필요가 없었는데!

왜냐하면 전 그것이, 그녀 때문에 이 누이와 어머니를,

또 가능한 모든 사람들까지도 희생시켰던 전하를

아주 격분시킬 수밖에 없다는 걸

알고 있기 때문이죠!

하지만 그것은 그랬어요! (퇴장)

〈제2장〉

헤롯　　　(혼자서) 티투스도 내게 똑같은 말을 했었지!

　　　　　　나도 직접 보았으니!

　　　　　　누이의 말도 옳아! 난 그녀를 위해

　　　　　　누이와 어머니까지 희생시켰다.

　　　　　　이들이면 그녀가 잃어버린 남동생과 균형이 맞지 않을까?

　　　　　　그녀가 보기에는 그렇지 않은 것 같아!

〈제3장〉

　　　　　　(티투스가 입장한다.)

헤롯　　　　　　　　　　　　자, 티투스, 어찌 되었

　　　　나? 소에무스가 자백했나?

티투스　　　　　　　　　　전하가 알고 계신 것이 전부입니다!

　　　　더 이상은 없었습니다!

헤롯　　　아무것도 자백하지 않았단 말이군.

티투스　　　　　　　　　　오, 그렇습니다! 제가 멀리

　　　　떨어져서 자백을 유도하자 그는 미친 듯이 버럭 화를 냈습니

　　　　다!

헤롯　　　그가 그럴 것이라고 예상했었어!

294

티투스	어떤 여자도 전하의 부인처럼

살지 않았을 것이라고 하더군요.

그리고 어떤 남자라도 신이 자기에게 준 보석을

가질 자격은 있다고 하더군요—

헤롯	나 자신처럼 말이군!

그래, 그래! 언젠가 도둑이 이렇게 말하더군.

"그는 진주가 무엇인지 알지 못했소.

그래서 난 그에게서 그걸 빼앗았소!"

모르겠네. 그것이 소에무스에게 무슨 도움이 되었을꼬?

티투스	마마의

마음은 금보다 더 고귀하다고 합니다—

헤롯	그가 그걸 알고 있단

말이지? 그가 취해서 포도주를 자랑하고 있군!

그가 흠뻑 취했다는 증거가 아니겠어?

그가 배후에 숨긴 것이 대체 무엇이지?

그녀에 대한 내 명을 어째서 그가 발설했지?

티투스	혐오감에서 그랬

다고 하더군요!

헤롯	혐오감에서?

그렇다면 그가 왜 그걸 내게 드러내지 않았지?

티투스	그게 그에게 도움이 되었겠습니까?

전하의 명을 받고 이를 거부한

건방진 부하를 전하께서는

살려둘 수 있었겠습니까?

헤롯	그 경우에는 명을 수행하지 않는 것

으로도 족하지 않았나?

티투스	맞습니다! 하지만 그가 도가 지나쳤다면,

이는 전하가 전쟁에서 이미 패한 자처럼 보였으며

이제 전하를 희생시키는 대가로 그가 자기 미래를 쥐고 있는

왕비의 총애를 얻고자 했기 때문에 그랬을 것입니다.

헤롯	아니야, 티투스, 아니야! 소에무스는

우리에게 다른 사람의 총애가 불필요하다는 걸

행동으로 직접 보여준 대담한 남자였어!

내가 그 때문에 그에게 일을 맡겼는데. 그가 그 일을

자네를 위해서라면 해내지 못한다 해도,

자기 자신을 위해서는 해내리라고 생각했어.

그래. 만약 그가 지금까지 보여준 모습보다 사실은 더 대단하

지 못한 자였다면,

또 그가 로마에 친구들이 많지 않았다면,

자네가 한 말을 난 믿으려고 했을 것이네. 그러나 지금은—

아니지! 아니야! 한 가지 이유만 있었어!

티투스	그럼에도 불구하고 그

는 그 이유를 인정하지 않고 있습니다!

헤롯	그가 그랬다면, 그는

더 이상 본래의 그자 모습이 아니야. 왜냐하면 그는

어떤 일이 다음에 일어날지 잘 알고 있으며

또 자신이 부인함으로써 여전히 내 마음속에서,

자기 목숨이 아니라면, 왕비의 목숨을

죽음 앞에서 지켜줄 거라는 마지막 의심을
불러일으키길 이제 바라고 있으니까!
하지만 그가 착각하고 있어. 의심에는 고통의 가시가 없거든.
왜냐하면 왕비가 한 짓이 결코 벌할 것이 못 된다면,
난 그녀가 변한 모습에 대해, 또 현재의 그녀 모습에 대해
얼마든지 벌할 수 있으니까.
아아! 그녀가 전에 내가 생각했던 그런 여인이었다면,
결코 이런 식으로 변하지는 않았을 텐데.
이제 난 이 위선적인 여인에게 복수를 할 것이야!
그래, 티투스, 그래. 그녀가 천국행 열쇠를 손에 쥐고 있다 하
더라도 난 이를 맹세하겠어.
그녀가 이미 내게 주었던, 또 내게 아직 줄 수 있을
모든 행복에도 불구하고, 그래,
그녀 마음속에서 결국 내 자신도 말살될 것이라는 걸
깨우쳐주는 전율에도 불구하고 말이지.
어떻게 되든 난 끝장을 내겠어!

티투스   전하에게 주의를 일깨우면서 그 명을 내리지 말아달라고
외쳐본들 이미 너무 늦었지요! 또 제 자신도 명명백백하게
해결을 볼 수 있는 방법을 전혀 알지 못합니다.
그래서 전 멈추시라고 감히 말씀드리지 못하겠습니다!

<제4장>

(요압이 들어선다.)

헤롯   그들이 모였는가?

요압   한참 되었습니다! 감옥에서 제가 중요하다고
         여긴 것을 서둘러 보고드리겠나이다!
         우리는 사메아스가 스스로 자살하도록 만들 수는 없습니다!

헤롯   난 그가 자살할 때까지
         고문을 가하도록 명을 내렸다!
         (티투스에게)
         내가 듣기로는 그 바리새인이 날 자기편으로 만들 수 없다면,
         그자의 말대로 내 안에 있는 이교도적 사고를 깨버릴 수 없
         다면, 자살하겠다고 맹세했었지.
         그가 그것을 결국 해내지 못했기에
         난 그에게 자신의 맹세를 지키라고 강요하는 것이네.
         그는 수천 번 죽어도 마땅할 것이야!

티투스   저 같아도 그가 자살하도록 압박을 가했을 겁니다.
         그는 나와 또 내 마음속에 있는 로마까지 비방했으니까요.
         이는 물론 어디서나 용서받을 수 있을지도 모릅니다.
         하지만 백성이 매우 말을 듣지 않는 이곳에서만은 용서될 수
         없지요!

헤롯   (요압에게) 자, 계속하라!

| 요압 | 저희들은 전하의 명령을 충실히 따랐 |

습니다. 그런데 아무 소용이 없었습니다.

사형집행인은 그에게 온갖 종류의 고통을 가했습니다.

게다가 그자의 반항을 자신에 대한 조소로 여기고는

격분해서 그에게 상처도 입혔죠.

하지만 그것은 마치 그가 나무에 채찍질을 가하고

목재를 자르는 것 같아 보였습니다. 그 늙은이는

아무것도 느끼지 못하는 듯 그 자리에 서 있더군요.

그는 비명을 지르거나 그 앞에 놓인 칼을 잡는 대신에

찬송을 하기 시작했어요. 이전에 세 명의 남자가

극렬히 타고 있는 불가마 속에서* 불렀던

찬송가를 부르더군요. 고통을 계속 가할 때마다

그는 목소리를 더 높였고 그가 멈추었을 때는

심지어 예언까지 했답니다!

| 헤롯 | (혼잣말로) 저들은 원래 그런 식이지! 그래!— 그렇다고 마리 |

암네가 다르게 될까?

| 요압 | 그다음에 그자는, 마치 비밀스럽고 신기한 말들을 |

스스로 상처의 수를 헤아릴 수 있는 만큼

그렇게 많이 알고 있던 것처럼 쏟아내기 시작하더군요.

이제 때가 되었다는 겁니다.

그리고 이 성스러운 순간에 다윗의 자손 성모가

왕위를 갈아엎고 죽은 자를 깨우며

---

* 구약의 「다니엘서」 3장 22절 이하 참조.

하늘에서 별을 따고

영원히 세상을 지배할 아이를

구유에 눕혀놓았다는 겁니다.

그사이 수천 명의 백성들이 운집해

문밖에서 기다리고는, 이 모든 것을 들을 것이며

또 엘리야*처럼 그 아이를 태우고 승천하기 위해

불 수레가 내려오리라 믿고 있다는 겁니다.

사형집행인의 부하조차 놀라 더 이상 그에게 새로운 상처를

입히지 못하고 오히려 지금까지 입은 상처를

덮어주었다고 합니다!

헤롯   그 자리에서 그자를 죽여라,

그리고 그가 죽으면, 백성들에게

그를 보여주거라! 그다음에 재판관들을 오게 하라.

그러고는—

요압   왕비마마 들어오십니다!

(퇴장)

헤롯   티투스, 자네는 내 옆에 앉아 있게!

내가 장모도 소환했지.

그녀에게도 증인이 필요하니까.

---

* 엘리야Elijah: 불 수레를 타고 하늘에 올라간 구약성서 속의 이스라엘 예언자(「열왕기 하」
2장 1~18절). 구약성서에 따르면 엘리야는 이스라엘 전래의 종교를 탄압하고 페니키아의
신 바알을 신봉하는 예언자들과 대결하여 물리쳐 이스라엘에는 여호와가 유일한 신이라는
것을 보여준 인물이다(「열왕기 상」 17~19장과 「열왕기 하」 102장).

〈제5장〉

(아론과 그 외 다섯 명의 재판관이 입장한다. 알렉산드라와 살로메도 뒤
따라온다. 이윽고 요압이 등장한다.)

알렉산드라   전하, 어서 오십시오!
헤롯   고맙소!
            (그는 옥좌에 앉는다. 티투스는 그의 옆에 앉는다. 그의 손짓에
            재판관들이 반원 모양으로 재판관석에 앉는다.)
알렉산드라   (사람들이 앉는 동안에) 마리암네의 운명과 내 운명을 구별해
            야겠다. 후일을 위해 조심해야겠어!
            불길을 일으킬 하나의 횃불처럼 되려면 말이지.
            (그녀는 살로메 옆에 앉는다.)
헤롯   (재판관들에게) 내가 그대들을 소집한 이유를 아시겠지?
아론   저희들은 아주 비통한 심정으로 전하 앞에 대령했습니다!
헤롯   그대들을 믿소! 그대들 모두 나와 내 집안과는
            친족들로 아주 친밀하지.
            내 문제와 관한 것이라면 그대들 문제이기도 하오!
            만약에 그대들이 왕비를― (말을 멈춘다.)
            그러면 그대들은 기뻐할 것이오. 이를 내게 보여주시오!
            만약 그대들이 그녀에게 유죄판결을 내리지 않는다면,
            그녀를 골고다 언덕*으로 보내지 않고 내 집으로 도로 보내줄
            수 있다면

이 또한 그대들은 기뻐할 것이오.

하지만 그대들은 불가피하게 최악의 경우가 온다 해도

겁에 질려 벌벌 떨지 않을 것이오.

왜냐하면 그대들의 행복과 불행이 나와 함께하듯

그대들의 치욕과 명예도 나와 함께하기 때문이오.

자, 그럼 시작하시오!

(그는 요압에게 신호한다. 요압이 퇴장한다. 이어 그는 다시 마리암네와 함께 나타난다. 침묵이 한참 흐른다.)

헤롯	아론!

아론   왕비마마! 저희들이 무거운 중책을

부여 받았나이다!

재판관들 앞에 서주십시오!

마리암네   나를 재판하는 재판관들 앞에, 그러지요, 또 그대들 앞에도!

아론   마마께선 이 재판을 인정하지 않으시나요?

마리암네   여기서 난 상급 재판

을 기대하오! 이 재판에서 당신들의 질문에

내 답변이 허락된다면 입을 열 것이고,

답변을 금지시킨다면 침묵할 것이오!

내 눈엔 지금 당신들이 거의 보이지 않소! 여러분들 뒤에

말없이 진지하게 날 바라보는 영혼들이 있기 때문이오.

그들은 바로 내 가문의 위대한 선조들이오.

난 사흘 밤 내내 이미 꿈에서 그들을 보았소.

---

* 역사가 요세푸스는 골고다 언덕을 언급하지 않았다.

이제 그들은 낮에도 나타납니다.

그리고 난 사자(死者)들이 날 위해 원무(圓舞)에서 앞장을 섰던

것이, 또 살아 숨 쉬던 것이 내게서 희미해지는 것이

무얼 뜻하는지 잘 알고 있소.

보아하니 전하가 앉은 저 옥좌 뒤에

유다 마카베오가 계시는 것 같군요. 영웅 중의 영웅인 그대여,

절 그리 암울하게 내려다보지 마세요.

당신께선 제게 만족하셔야 합니다!

알렉산드라   마리암네, 제발 그렇게 반항적으로 말하지 말아다오!

마리암네   어머니!

안녕히 계세요! (아론에게) 내가 여기서 고발된 이유가 무엇

이오?

아론   마마는 마마의 왕과 남편을 배반했습니다—

(헤롯에게) 그렇지 않습니까?

마리암네   배반했다고? 어떻게? 그건 있을

수 없는 일이오! 전하께서는 생각하신 대로

날 찾아내지 않았나요?

내가 춤추고 유희하는 것을 보지 않았나요?

그이가 죽었다는 말을 들었을 때

내가 상복을 입기라도 했나요? 내가 눈물을 흘렸습니까?

내가 머리를 쥐어뜯었나요? 그랬었다면

내가 그를 기만한 것이겠지요. 하지만 난 그러지 않았어요.

그리고 난 이를 입증할 수 있어요.

살로메, 당신이 말해보시오!

헤롯	그녀가 말한 대로 난 그녀를 보았소.
	그녀는 자신을 변호하기 위해 다른 증인을 찾아볼 필요가 없소.
	하지만 나라면 그런 짓을 도저히 생각해내지 못했을 것이오!
마리암네	결코 생각지 못했을 거라고요? 그런데도 사형집행인에게
	가면을 씌워 내 뒤에 바짝 세워두셨나요? 그럴 수는 없는 일
	이지요!
	헤어질 때 내가 그의 혼령 앞에 서 있었던 것처럼
	그렇게 그 혼령은 다시 만났을 때도 날 찾아냈지요.
	그 때문에 내가 그를 기만했다는 걸 난 부인할 수밖에 없어요!
헤롯	(거칠게 폭소를 터뜨리며)
	내 예감과 낌새가— 내 어찌 그녀를, 불길하게 경고하는 이
	여자를 칭찬해야 할꼬— 날 두렵게 만들었던 것 말고는
	그 어떠한 것도 그녀가 하지 않았기에 날 기만하지 않았다고!—
	(마리암네에게) 여인이여! 여인이여! 정말 그대답구려!
	하지만 내가 행복과 평안을 잃어버렸다고 해서
	힘도 잃어버렸다고 믿지 마시오.
	내게는 복수를 위해 남겨둔 것이 아직 있소. 그리고—
	내가 어린 소년 시절이었을 때, 난 새가 내게서 달아나려 하자
	그 새를 향해 끊임없이 화살을 날려댔었지.
마리암네	당신의 예감과 느낌이 아니라 오직
	당신의 두려움에 대해서만 말하세요!
	당신은 스스로 얻을 가치가 있던 것을 두려워했어요.
	이게 인간의 본성이지요!
	당신은 제 남동생을 죽인 다음부터

칼의 힘을 더 이상 믿을 수 없게 되었어요.

당신은 제게 가장 비열한 짓을 자행했으며

지금도 당신은 제가 이에 대해 대응하고 있음에 틀림없다고,

아니, 당신보다 더 비열한 짓을 하고 있음에

틀림없다고 믿고 있지요!

당신이 정정당당히 싸우는 불확실한 전쟁에서

죽음을 향해 나아갈 때,

어찌해서 제 뒤에 계속 사형집행인을 세워두셨나요?

침묵하시는군요! 자 어서 말씀해보세요!

당신 스스로가 제게 온당한 것을

아주 절실히 느끼고 있기 때문에,

당신의 두려움이 제게 제가 지킬 의무를 가르쳐주기 때문에

결국 전 이 성스러운 의무를 다하고자 합니다.

그 때문에 전 당신과 영원히 작별하겠나이다!

헤롯	대답하시오! 당신은 자백하겠소? 아니면 자백하지 않을 셈이오?
마리안네	(침묵한다.)
헤롯	(재판관들을 향해) 그대들도 보다시피 자신의 잘못을 자백하고 있지 않소! 그리고 또 그대들이

필요로 하는 증거도 내겐 없소!

하지만 그대들은 이전에 이미 어느 살인자에게

사형선고를 내린 바 있소.

피살된 자의 보석이 그의 집에서 발견되었기 때문이지.

그자가 깨끗이 씻은 손을 보여주었어도 아무 소용이 없었소.

살해된 자가 그걸 선물로 받았다고 그대들에게
맹세했지만 아무런 소용이 없었잖소.
그대들은 판결을 집행하시오! 자, 어서!
지금도 그런 상황이오! 왕비는 보석을 지니고 있소.
이것은 그녀가 내게 천인공노할 가장
끔찍한 짓을 저질렀다는 증거가 되지.
그 어떤 인간의 혀로도 더 이상 반박할 수 없는 증거 말이오.
상황이 다르다면 기적이 한 번만 일어나지는 않았을 게요.
틀림없이 또다시 되풀이되었을 게지.
그런데 기적은 결단코 되풀이되지 않았소!

마리암네   (몸을 움직인다.)

헤롯   하기야 그녀는 그 살인자가 말했던 것처럼
자신에게 보석을 선물로 주었다고 하겠지!
그녀도 감히 그렇게 말할 수 있겠지.
왕후의 방이란 마치 조용한 숲처럼 침묵에 싸여 있으니까.
하지만 혹 그대들이 그녀 말을 믿고 싶은 기분이 든다면,
난 그대들에게 나의 내적인 직감과 있을 수 있는 가능성
모두를 규명해달라는 요구로 반박을 하겠소.
그러고는 그녀의 죽음을 요구하겠소.
그렇소, 그녀의 죽음을! 난 반항이 내게 건넨
역겨움의 쓴맛을 맛보고 싶지 않소.
그런 반항이 과연 결백의 극히 불쾌한 얼굴인지,
아니면 죄의 가장 파렴치한 가면인지 알아보는 수수께끼로
난 날마다 괴로워하고 싶지 않소.

난 어떠한 희생을 치르더라도 나 자신을
증오와 사랑의 소용돌이에서 구해내고 싶소.
그것들로 인해 내가 숨통이 막히기 전에 말이오!
그러니 그녀를 처형하시오! 아직도 그대들은 주저하고 있소?
그렇게 결정하시오! 그렇지 않소? 아니면 내가 틀렸소?
이야기들을 해보시오! 나 때문에
침묵하고 있다는 걸 알고 있소!
하지만 말들을 해보시오! 말들을! 두 아이를 데리고 온 두 어
머니 사이에 앉아 있는 솔로몬*처럼
그렇게 거기 앉아 있지들만 마시오!
이 사건은 분명하오! 그대들은 그저 보고 있는 것만
판결을 내리면 되오! 그녀와 같은 상황에 있는 여자는
죽어 마땅하오. 그래야 그녀의 모든 죄가 면해질 테니까!
그대들은 여전히 말들이 없소?
혹 그대들은, 그녀가 날 기만했다는 걸
얼마나 내가 확신하고 있는가에 대한 증거를
먼저 원하는 것이오? 그렇다면
내가 그대들에게 소에무스의 머리로
그 증거를 보여주리다. 그것도 지금 당장!** (그는 요압에게로
간다.)

티투스 (일어선다.) 전 이것을 도저히 재판이라고 부를 수 없습니다!

---

* 솔로몬 왕의 지혜로운 판결로 잘 알려진, 두 여인 간의 친자 확인에 대한 다툼을 다루고
있는 구약성서 「열왕기 상」 3장 16~28절 참조.
** 재판에 대한 헤롯의 분노는 『유대 고대사』(15권 7장 4절)에도 언급되어 있다.

용서하십시오!

(가려고 한다.)

마리암네   남아 있어요, 로마인이여, 제가 이것을 재판으로 인정하겠어요! 제가 아니면 누가 이것을 비난하려고 하겠소!

티투스   (다시 자리에 앉는다.)

알렉산드라   (일어선다.)

마리암네   (그녀에게 다가간다. 낮은 목소리로)

어머니, 당신께선 제게 많은 고통을 주었지요.

어머니는 자신의 행복을 결코 제 기준에 맞추지 않았어요!

제가 어머니를 용서하기 바라신다면,

이제 아무 말도 하지 마세요!

어머니는 결코 아무것도 바꾸지 못해요. 전 결심이 섰어요.

알렉산드라   (다시 앉는다.)

마리암네   자, 재판관님?

아론   (나머지 재판관들에게) 그대들 중에 전하의 판결이 정당하지 않다고 여기는 자는 일어서주시오!

(모두가 앉은 채로 있다.)

그렇다면 그대들 모두 사형을 선고하였소!

(그는 일어선다.)

왕비마마, 마마에게 사형을 선고하는 바입니다!

더 하실 얘기가 있으신지요?

마리암네   사형집행인이 사전에 임명되어 벌써 도끼를 들고 날 기다리고 있지 않다면,

난 죽기 전에 티투스 대장과 이야기를 나누고 싶소.

	(헤롯에게)
	죽을 사람의 마지막 부탁은 거절하지 않는 법입니다.
	당신이 제 청을 허락하신다면,
	제 삶은 당신의 삶에 포함될 것입니다!
헤롯	사형집행인은 아직 임명되지 않았소. 그러니 그건 허락할 수 있지!
	그리고 그 대가로 당신이 내게 영원한 충성을 약속해준다면,
	난 허락해야만 하며 또 그러고 싶소!
	(티투스에게)
	이 여인이 끔찍하지 않나?
티투스	어떠한 여인도 그럴 수 없는 것처럼 그렇게 마마는 한 남자 앞에 서 있습니다!
	그러니 이제 끝내십시오!
살로메	(다가온다.) 오, 그렇게 하시지요! 전하의 어머니께서는 돌아가실지도 모를 정도로 위독하십니다.
	하지만 어머니가 이를 아시면
	다시 건강해질 것입니다!
헤롯	(알렉산드라에게) 당신은 아무 말도 하지 않으셨소?
알렉산드라	그렇소!
헤롯	(오랫동안 마리암네를 쳐다본다.)
마리암네	(말없이 서 있다.)
헤롯	사형에 처하라! (요압에게) 자네에게 이 일을 맡기겠다!
	(재빨리 퇴장. 살로메가 그를 뒤따른다.)

알렉산드라	(나가는 그를 쳐다보며) 내게는 당신을 맞힐 화살 하나가 더 있지! (마리암네에게) 넌 그것을 그리도 원했는데!
마리암네	고맙군요!
알렉산드라	(퇴장한다.)
아론	(나머지 재판관들에게) 어째서 우리가 그의 마음이 좀 풀리도록 애쓰지 않았을까요? 이 광경을 보니 경악스럽소! 이분은 마카베오 가문 출신의 마지막 여인입니다! 우리가 우선 사형 집행을 잠시라도 연기시킬 수 있었다면 좋으련만! 아까 우리가 그에게 반대한다는 것은 가능하지 않았소. 금방 그 자신이 다시 딴사람이 될 테니. 그리고 또 그가 다음번에는 오늘 우리가 그에게 반대하지 않았다고 우리를 처벌하는 일도 일어날 수 있지요! 그를 따르겠소! (퇴장)
요압	(마리암네에게 다가간다.) 저를 용서해주시겠어요? 저는 명령에 복종해야만 합니다!
마리암네	당신의 주인이 명하는 대로 받들게. 그리고 지체 없이 행하게! 그대 스스로가 준비가 되어 있다면, 난 항상 준비가 되어 있지. 그리고 왕비들이란, 그대도 알다시피, 기다리지 않는 법이네! (요압이 퇴장한다.)

〈제6장〉

마리암네   (티투스에게 다가선다.)

이제, 잠을 청하기 전에, 나의 마지막 시종이 내 잠자리를

마련하고 있는 동안 한마디 더 할까 하오!

보아하니 당신은 이 말을 내 어머니가 아니라

당신에게 하는 것에 놀라고 있는 것 같지만,

어머니와 난 서로 소원하고 서먹서먹한 사이지요.

티투스   한 여인이 제게 제가 남자로서 장차 어떻게 죽어야 하는지

가르쳐주고 있다는 데에 놀라고 있습니다!

그렇습니다. 왕비마마, 제게는

마마의 행동이, 또 솔직히 말하자면,

마마의 존재조차도 섬뜩하게 느껴집니다.

하지만 저는, 마치 아름다운 세계가 마지막 길을 가는

마마에게는 더 이상 잠시 둘러볼 가치도 없어 보이는 것처럼

스스로를 삶과 갈라놓게 한 영웅적 정신을 칭송하지 않을 수

없습니다.

그리고 그런 용기 때문에 저는 마마와 화해하게 됩니다!

마리암네   그것은 결코 용기가 아니오!

티투스   하기야 사람들은, 이곳의

침울한 바리새인들이 죽어서야 비로소 삶이

제대로 빛을 발하기 시작한다고 가르치고 있으며,

또 서틀의 날을 빚는 자는 태양만 영원히 빛나고

다른 모든 것은 밤에 꺼지는 이 세상을

경멸하고 있다고 말하더군요!

마리암네   난 그들의 말에 귀를 기울이지

않았으며 또 그 말을 믿지도 않아요! 오, 아니오,

난 내가 무엇과 결별해야 하는지 알고 있어요!

티투스   그 때문에 마마께서는, 브루투스의 손에 단검으로 찔렸을 때

카이사르 장군 자신도 거의 보여줄 수 없었던

당당한 자세로 계시는군요.

카이사르 장군은 자신의 고통을 드러내기엔 자존심이 아주 강

하긴 하지만

그 고통을 진정시키기에는 충분히 강하지 못해,

쓰러지면서까지 자기 얼굴을 가렸으니까요.

그러나 마마는 그 고통을 가슴속에서 억누르고 있군요!

마리암네   더 이상 그렇지 않아요! 더 이상 그렇지 않소!

당신이 생각하고 있는 것처럼 그렇지 않아요.

난 어떠한 고통도 더 이상 느끼지 않아요.

왜냐하면 삶이란 또한 고통과 관련이 있으니까요.

그리고 삶은 내 마음속에서 이미 소멸되었소.

난 오래전부터 인간과 그림자 사이에서 어중간한

존재였을 뿐이었소. 그래서 난 내가 아직도

죽을 수 있다는 것을 거의 이해할 수 없지요.

이제 내가 당신에게 털어놓고 싶은 걸 들어보시오.

하지만 우선 내게 남자이자 로마인으로서,

내가 저 땅 아래에 있을 때까지 침묵을 지켜주겠다고

또 내가 그리로 갈 때 날 수행해주겠다고 서약해주시오.

망설이는 것이오? 내가 당신에게

너무 지나친 것을 요구하고 있어요?

내가 길을 잘못 들어설까 봐 그런 것이 아니오!

그리고 당신이 나중에 입을 열게 될지, 아니면 끝까지

침묵을 원할지는 스스로 결정하시오.

난 당신을 결코 구속하지 않겠으며

심지어 나의 소망조차 억누르고 있습니다.

그러나 내가 당신을 선택한 이유는 당신이 항상,

마치 불길 같은 격정을 들여다본 확고부동한 자처럼

침착하고 냉정하게 우리의 지옥을 들여다보았기 때문이오.

사람들은 당신이 증언을 한다면, 틀림없이 당신 말을 믿을 것

입니다. 당신에게 우리는 어떠한 끈으로도

당신과 맺어질 수 없는 다른 혈족입니다. 당신은 우리들에

관해 마치 우리가 낯선 식물과 돌에 관해 말하듯이

편파적이지 않게, 사랑이나 증오심도 없이 말하고 있습니다!

티투스　마마의 말씀이 지나치시군요!

마리암네　　　　　　　　당신이 이제 내게 약속해주길 완

강히 거절한다면, 난 내 비밀을

무덤까지 가지고 갈 것이며

또 마지막 위로를 아쉬워할 수밖에 없답니다.

한 인간의 가슴에 내 모습이 순수하고

더럽혀지지 않게 간직되어 있다는 위로,

또 증오에서 비롯된 가장 사악한 짓이 감행될 때도

그가 진실에 대한 의무감과 경외심에서 그 짓을 은폐하고 있는
베일을 걷어낼 수 있다는 위로 말입니다!

티투스 알겠습니다! 마마에게 그것을 서약하겠습니다!

마리암네   그렇다면, 내가
물론 헤롯 왕을 기만하기는 했지만 다른 방식으로,
그가 생각하고 있는 것과 아주 다른 방식으로
그랬다는 걸 알아두시오! 그가 자기 자신에게 그랬던 것처럼
나도 그에게 충실했지요. 내가 무엇 때문에
나 자신을 비방하겠어요? 난 그보다
훨씬 더 충실했습니다. 그는 오래전부터
예전의 그와는 다른 사람이 되었지요.
내가 이게 사실이라는 걸 맹세해야 하나요?
이보다 먼저 내가 맹세하기로 다짐하는 것은
내게 눈 그리고 손과 발이 있다는 것입니다. 이것들을
난 잃어버릴 수도 있습니다. 그래도 난 여전히
현재의 나일 테죠. 하지만 마음과 영혼만은
절대 잃어버릴 수 없습니다!

티투스   제가 마마의 말을 믿고 앞으로—

마리암네 내게 약속한 것을 지켜주시오!
내가 그리 믿겠소! 자 이제, 그가 두번째로 나를
—첫번째는 내가 용서했으니까—칼날 아래 두었을 때,
내가 자신에게 "그의 내면에 지니고 있는 나에 대한 왜곡된
상(像)보다는 내 그림자가 차라리 나와 더 비슷하다"고
말할 수밖에 없었을 때, 내가 무엇을 느꼈는지

314

당신 스스로에게 물어보시오! 그것을 난

도저히 참을 수가 없었소. 내가 어떻게 참을 수 있었겠소?

난 내 단검을 잡았어요. 그리고는 자살의 유혹이 곧 제지되

자 난 그에게 이렇게 맹세했답니다.

"당신은 내가 죽을 때도 사형집행인을 세우고자 하나요?

당신이 나의 사형집행인이 되길 바랍니다.

하지만 삶에서 그래야 하지요!

당신은 당신이 바라본 아내를 죽이고

죽음을 통해서야 비로소 나의 참모습을 보길 바랍니다!"

당신도 내 축제에 있었지요. 거기서 가면을 쓴 자가

춤을 추었지요!

티투스	하!
마리암네	가면을 쓴 자가 오늘 법정에 섰어요.

가면을 쓴 자의 목을 치기 위해 지금 도끼를 갈고 있지요.

하지만 그 도끼는 나 자신에게 깊은 상처를 주고 있어요!

티투스 마마, 전 충격에 휩싸여 있습니다. 마마가 부당한 일을 저질렀

다고 비난하지 않겠습니다.

하지만 전 이렇게 말하지 않을 수 없습니다.

마마는 심지어 저도 속였습니다. 지금 마마는

제게 몸서리치는 경탄을 불러일으키고 있지만,

축제에서 보여준 마마의 모습은

제게 전율과 혐오감을 불러일으켰습니다.

그리고 그런 감정이 제게도 일어났다면 어찌 헤롯 왕에게

가상(假象)이 마마의 실재(實在)를 흐리게 하지 않았겠어요?

열정으로 움직이는 자기 마음에 있는 그대로의 사물이
마치 바닥난 강물처럼 거의 비쳐질 수 없었던 왕에게 말이오.
그래서 전 그에게도 깊은 연민을 느낍니다. 그리고 전
마마의 복수가 너무 가혹하다 생각합니다!

마리암네   난 내 자신을 희생해서 복수를 하겠어요!
그리고 난 내가 희생양의 죽음에 격분했다면
그것이 그저 목숨 때문에 그런 것이 아니었다는 걸
보여주겠어요. 난 내 목숨을 버리겠어요!

티투스   마마께 드린 약속을 다시 철회하겠습니다!

마리암네   당신이 약속을 어긴
다 해도 당신은 아무것도 더 이상 바꾸지 못할 것입니다.
한 인간이 다른 인간을 죽게 할 수는 있지요.
하지만 아무리 강한 자라 해도
가장 약한 자를 계속 살게 강요할 수는 없어요.
또 난 지쳤어요. 벌써 돌이 다 부러울 정도입니다.
그리고 사람들이 삶을 증오하고 이보다는 영원한 죽음을
더 좋아하는 법을 배워야 하는 것이 삶의 목적이라면,
이는 이미 내 안에서 이루어졌소.
오, 화강암으로, 결코 부서지지 않는 것으로
내 관을 움푹 들어가게 만들고,
내 먼지 가루조차 영원한 것의 요소들에서 벗어나도록
그 관을 바다의 심연 속에 가라앉히면 좋으련만!*

---

* 『유대 고대사』(15권 7장 5절)에도 사형 집행 전 마리암네의 의연함에 대해 기술되어 있다.

티투스	그러나 우리는 가상의 세계에 살고 있습니다!
마리암네	그걸 이제야 알게 되었소. 그래서 난 이 세상 밖으로 나가겠어요!
티투스	제 자신이, 그러니까 제가 마마에게 불리한 증언을 했습니다!
마리암네	그렇게 하라고 내가 축제에 당신을 초대했지요!
티투스	마마가 말한 것을 제가 전하에게 말했다면―
마리암네	그랬다면 그는 날 불렀겠지요. 틀림없어요!

그리고 내가 그의 말에 따랐다면,

내게 접근했던 한 사람 한 사람에게

이제부터 몸서리칠 수밖에 없었던 것에 대한 대가가,

그리고 내 자신에게 "조심해, 이자는 네 세번째 사형집행인이

될 수 있어!"라고 말할 수밖에 없었던 것에 대한 대가가

내게 지불되었겠지요! 아니오, 티투스 대장,

아니오, 난 유희를 즐기지 않았어요.

내게는 다시 돌아갈 길이 절대 없어요!

그 길이 있다면, 내 자식들과 영원히 작별을 할 때

내가 그 길을 찾아내지 못했을 거라고 생각합니까?

그의 생각대로 오로지 반항심에서 내가 행동했다면,

무죄를 인정받는 고통이 그 반항심을 꺾어버렸을 테지요!

이제 그는 내 죽음을 오로지 더 쓰라리게만 만들었어요!

티투스	오, 그가 스스로 이것을 느껴 찾아온다면,
	그리고 마마 발아래 엎드린다면 좋으련만!
마리암네	그래요! 그랬다면 그

는 자신의 마음속에 있던 마성을 극복했을 텐데.

그랬다면 난 그에게 모든 걸 말할 수 있었을지도 모릅니다!

왜냐하면 내가 굴욕적으로 목숨의 값을,

지불하고 살 수 있는 대가를 통해

나의 마지막 가치를 잃어버려야만 하는 이 목숨의 값을

그와 흥정해서는 당연히 안 되니까요.

또 난 그의 승리에 대해 그에게 보답해야 마땅하겠죠.

그리고, 내 말을 믿으시오, 난 그렇게 할 수 있었을 것입니다!

티투스   헤롯 왕이여, 전하는

아무것도 모르고 있습니까?

요압   (조용히 입장해서는 침묵을 지키며 서 있다.)

마리암네   그럼요! 보다시피 그가 나에게 저

자를 보냈잖소! (요압을 가리킨다.)

티투스   저를 좀—

마리암네   티투스 대장, 당신은 내 말을 이해하

지 못했나요? 그것이 아직도 당신 눈에는

내 입을 다물게 한 반항으로나 보이나요?

이래도 내가 살아갈 수 있습니까?

과연 내가 내 안에 자리한 신과 닮은 모습을

더 이상 존중하지 않는 자와 더 살아갈 수 있을까요?

그래서 내가 침묵함으로써 죽음을 초래하고

죽을 준비를 할 수 있었는데,

내가 과연 침묵을 깨야 했습니까?

내가 먼저 칼 하나를 다른 칼로 바꾸어야 했습니까?

그리고 그것이 더 나을 뻔했을까요?

티투스   (혼잣말로)   그녀의 말이 옳구나!

마리암네   (요압에게) 그대는 준비되었는가?

(요압이 절을 한다. 마리암네는 헤롯의 거실을 향해)

헤롯 왕이여, 안녕히 계시오!

(땅을 향해서)

아리스토불루스, 내게 어서 오렴!

곧 내가 영원한 밤에 네 곁에 있겠다!

(그녀는 문을 향해 걸어간다. 요압이 문을 연다. 경의를 표하면
서 대열을 형성한 무장 병사들이 보인다. 그녀는 밖으로 나간다.
티투스가 그녀를 뒤따라간다. 요압이 그 대열에 낀다. 엄숙한 분
위기 속에서 침묵이 흐른다.)

〈제7장〉

살로메   (등장한다.)

드디어 왕비가 갔다! 그런데도 내 가슴은 뛰지 않는군!

오히려 그녀가 당연히 자신의 운명을 피할 수 없다는

표시일 것이다. 그래 난 결국 내 오라버니를 다시 얻었고

내 어머니는 아들을 다시 얻게 되었다!

내가 그를 떠나지 않게 됐으니 기쁘구나!

그렇지 않았다면 재판관들이 그의 기분을

바꿔놓았을 것인데. 아냐, 아론, 아냐,

감금형은 절대 안 돼! 감옥에서도 그녀는 결코 달만

바라보고 있지 않을 테니. 오로지 무덤만이

그녀를 꽉 붙들어놓을 수 있지. 왜냐하면 그도

무덤을 여는 열쇠만은 가지고 있지 않거든.

〈第8장〉

한 신하   동방에서 세 명의 박사들*이 와 계십니다.

              값비싼 선물들을 가득 싣고서

              지금 막 도착하였습니다.

              전 여태껏 이곳에서 이들보다 더 낯선 모습을,

              이들보다 더 묘한 복장을 본 적이 없었습니다!

살로메   안으로 모시게! (신하 퇴장) 즉시 전하에게 알려야겠어.

              그들이 곁에 있는 동안은 그가 그녀를 생각지 않겠지!

              그러면 곧 그녀 문제는 모두 끝난다!

              (헤롯에게로 간다.)

              (신하가 동방에서 세 명의 박사들을 데리고 들어온다. 그들은 모두 서로 구분될 정도로 낯선 복장을 하고 있다. 역시 낯설고 부유하게 보이는 한 시종이 그들을 수행하고 있다. 황금과 유향 그리고 몰약이 보인다. 곧 이어 헤롯이 살로메와 함께 들어온다.)

---

* 신약성서의 「마태복음」 2장 1절 이하 참조. 이 작품의 원전 및 사료들에서 이 부분은 언급되어 있지 않다. 또한 요세푸스의 역사서들에서도 베들레헴의 영아 살해에 대한 언급은 없다.

첫번째 박사	전하, 행운을 비나이다!
두번째 박사	전하의 가문에 신의 은총이 있기를!
세번째 박사	영원한 축복이 차고 넘치기를!
헤롯	그대들에게 감사하오! 하지만 이 시간에 그런 인사가 기이하게 여겨지오!
첫번째 박사	전하에게 아드님이 탄생하시지 않았습니까?
헤롯	내 아들이오? 오, 아니오! 내 아내는 죽었는데!
첫번째 박사	그렇다면 여기가 우리가 머물 곳이 아니군요!
두번째 박사	그렇다면 이곳에 왕이 또 한 분 계시겠군요!
헤롯	여기에는 또 다른 왕이 없소!
세번째 박사	그렇다면 이곳에 전하의 가문 외에 또 다른 왕가(王家)가 있겠군요!
헤롯	어째서요?
첫번째 박사	그렇답니다!
두번째 박사	그래요, 틀림없이 그렇답니다!
헤롯	그것에 대해서도 전혀 아는 바가 없소!
살로메	(헤롯에게) 베들레헴에서는 다윗 가문의 한 일족이 보존되었어요!
세번째 박사	다윗이 왕이었나요?
헤롯	그렇소!
첫번째 박사	그렇다면 우린 베들레헴으로 내려갑시다!

살로메	(헤롯에게 하던 이야기를 계속한다.)
	하지만 그자의 명성은 오로지 걸인들 사이에서만 퍼져 나가고 있지요!
헤롯	나도 그리 생각한다! 그렇지 않으면—
살로메	전에 제가 다윗 가문의 한 처녀를 만나 이야기를 나누었어요.
	그녀 이름이 마리아였던 것 같았는데.
	전 그녀가 출신에 비해 매우 아름답다고 생각했지요.
	하지만 그녀는 어떤 목수와 약혼을 하였고
	제가 그자의 이름을 물어보자
	그녀는 말하기를 꺼렸어요!
헤롯	그대들도 이 말을 들었소?
두번째 박사	어떻든 간에! 우리는 가겠습니다!
헤롯	무엇 때문에 그대들이 이리 오게 되었는지 내게 알려주시겠소?
첫번째 박사	만왕의 왕에 대한 경외심 때문이지요!
두번째 박사	죽기 전에 그의 얼굴을 보려는 소망에서 왔지요!
세번째 박사	경의를 표하면서 세상에서 귀한 것을 그의 발아래 바치려는 성스러운 의무감에서 왔습니다!
헤롯	대체 누가 그대들에게 그에 관해 말을 했소?
첫번째 박사	어느 별 하나가 알려주었어요! 우리는 모두 함께 출발하지 않았지요.

우리는 서로 알지 못했어요. 우리의 제국들은

각기 동쪽과 서쪽에 있소. 바다가 그 사이에 흐르고 높은 산이

제국들을 가르고 있습니다―

두번째 박사 하지만 우린 모두 똑같은 별을 보았어요.

똑같은 욕구가 우리를 사로잡았답니다.

우리는 똑같은 길을 여행했으며 결국

똑같은 목적지에서 서로 만나게 되었지요.

세번째 박사 그리고 왕의 자식이든 걸인의 자식이든 간에

저 별이 삶을 비추어주는 아이는 매우 고귀하게 되실 겁니다.

그리고 이 땅에서 그에게 경배하지 않는 자는

누구도 더 이상 숨을 쉬지 못할 것입니다!

헤롯 (혼잣말로)

옛날 책에서도 그렇게 말하고 있지! (큰 목소리로) 내가 그대

들을 베들레헴으로 안내해줄 자를 붙여줘도 되겠소?

첫번째 박사 (하늘을 가리키며)

우리에게는 인도자가 있습니다!

헤롯   좋소! 그대들이 그 아이를 발견

하면, 그대들처럼 나도 경배할 수 있도록

그 아이가 있는 곳을 내게 알려주겠소?

첫번째 박사 그렇게 하리다! 자, 출발합시다! 베들레헴으로!

(모두 퇴장)

헤롯 그들은 내게 알려주지 않을 것이다!

(요압과 티투스가 들어온다. 알렉산드라가 뒤따른다.)

하!

요압	처형되었습니다!

(헤롯은 자신의 얼굴을 가린다.)

티투스 마마는 죽었습니다. 그렇습니다. 그러나 제겐
이제 전하의 피의 판결을 집행한 자보다
훨씬 더 끔찍한 용무가 있나이다. 저는 마마가
죄가 없었다고 전하께 말씀드리지 않을 수 없습니다.

헤롯 아니야, 티투스, 아니야!

티투스 (말을 하려고 한다.)

헤롯 (그 앞에 바짝 다가선다.) 그렇다면 자네는 그녀를
죽게 내버려두지 말았어야 했거늘.

티투스 전하 자신 외에는 아무도
그것을 막을 수 없었지요!— 제가 전하께 사형집행인보다
더한 사람이 되어야만 한다는 사실이 비통하기 짝이 없습니다.
하지만 죽은 자를, 그 사람이 누구이든 간에,
매장하는 것이 신성한 의무라고 한다면,
죽은 자가 치욕을 당한 것이 합당치 않을 때
그자를 그 치욕에서 벗어나게 해주는 것은
더 신성한 의무입니다. 그리고 이 의무는 이제
저보고 이행하라고 명령하고 있습니다!

헤롯 자네가 말하고 있는 모든 것 중에
이 한 가지만은 내가 알고 있지.
죽었을 때조차도 그녀의 마법이
그녀를 끝까지 버리지 않았다는 것 말이지!
내가 소에무스에게서 무얼 더 원망하겠나!

살아 있을 때도 현혹을 일삼던 여자를
어찌 그자가 뿌리칠 수 있었겠어?
그녀는 사라지면서도 자네를 자극시켰군!

티투스 질투라는 것 자체가 죽음까지도 능가할 수 있을까요?

헤롯 만약 내가 잘못 생각했다면, 만약 지금 자네의 입에서
더 이상 있을 수 없는, 너무나도 깊은 연민 외에
다른 것을 말한다면, 난 자네 증언도
그녀에 대한 유죄판결에 적잖이 도움이 되었다는 점을,
또 아주 조금이라도 의심만 생기면
내게 일러주는 것이 자네의 의무였다는 점을
틀림없이 자네에게 상기시켰을 것이네!

티투스 제가 한 약속 때문에 자제하겠습니다만,
아무튼 그것은 아주 불가피했던 일은 아니었습니다.
제가 마마로부터 한 발짝만이라도 물러섰다면
그녀 스스로 목숨을 끊었을 것입니다.
전 그녀의 가슴에 단검이 숨겨져 있다는 걸 알게 되었어요.
그리고 몇 번이나 그녀의 손은 파르르 떨렸지요.
(잠시 말을 끊는다.)
그녀는 죽기를 원했으며 또 그럴 수밖에 없었습니다!
그녀는 스스로 참아내고 용서할 능력이 있었던 만큼
그렇게 많은 고통을 감내하고 용서해주었습니다.
전 그녀의 깊은 속마음을 보았지요.
그녀에게 더 많은 것을 요구하는 자는
그녀 자신을 원망해서는 안 됩니다.

오직, 그녀가 더 이상 앞으로 나아갈 수 없었던 정도로
그렇게 그녀 안에 섞인 요소들만 원망해야 합니다.
하지만 더 많은 것을 요구하는 자는
또한 그녀보다 더 앞으로 나간 여자도 제게 보여주어야 합니다!

헤롯 (몸을 움직인다.)

티투스 그녀는 전하에게서 직접 죽음을 당하기를 원했으며,
또 자살할 것처럼 현혹시키며 우리 모두를 속이면서
전하의 질투가 빚어낸 황폐한 환상을 자신의 축제에서
기만적인 존재 속으로 불러들였지요.
이것을 저는 부당하지는 않지만 가혹하다고 생각했습니다.
그녀는 가면을 쓰고 전하 앞으로 나아갔지요. 그 가면을 보고
전하가 자극을 받아 칼로 그녀를 찌르도록 말입니다.
(그는 요압을 가리킨다.)
그 일을 자네가 했군. 자네가 직접 왕비마마를 죽였어!

헤롯 그녀가 그렇게 말을 했나 보군.
하지만 그녀는 복수심에서 그리 말한 것이지!

티투스 그랬습니다. 전 마마에게 불리한 증언을 했습니다.
저도 꽤나 의심하고 싶어 했으니까요!

헤롯   그런데 소에무스는?

티투스 죽음으로 가는 길에서 그를 만났지요.
그녀가 생을 마감하자마자 그도 황천길에 접어들었어요.
그리고 그에겐, 사형집행인의 손을 통해
단두대에서 집행된다 하더라도
자기 피가 그녀의 피와 섞일 수 있다는 것이

위안이 되는 것처럼 보였습니다.

헤롯   아! 자네는 알고 있나?

티투스   무엇을 말입니까? 아마 그는 내심
그녀에 대한 사랑에 불타고 있었을지도 모릅니다.
하지만 이게 죄라면, 그녀의 죄가 아니라 그의 죄였지요.
그는 제게 "내가 분명히 입을 열었기 때문에 이제 난 죽소.
평상시 같으면 내가 말을 할지도 모른다는 이유로
난 죽을 수밖에 없었겠지. 요셉의 운명이 바로 그랬으니까!"
라고 소리치더군요.
죽는 순간에도 그는 저와 마찬가지로 자기가 죄가 없노라고 맹
세했었습니다!
그것을 전 기억해두었지요!

헤롯   (감정을 폭발시키며) 요셉! 그자도 복수하고 있는 건가? 그래
천지가 개벽하던가?
죽은 자가 모두 다시 태어나던가?

알렉산드라   (헤롯 앞에 다가선다.) 저들이 그렇게 하고 있소! ─
아니! 아무것도 두려워하지 마시오!
저 아래 머물러 있는 한 여인이 있소이다!

헤롯   이 저주받을 여인 같으니! (그는 감정을 억누른다.) 됐다!
비록 소에무스가 내게 한 번만 죄를 범했다 하더라도─
(그는 살로메에게 몸을 돌린다.)
그자의 마음을 이런 비열한 의심으로 가득 채웠던 요셉은,
이 요셉은 죽으면서도 그자를 속였다. 안 그런가?
요셉─ 넌 지금 어째서 말이 없는가?

살로메	그는 왕비가 가는 데마다 따라다녔어요—
알렉산드라	(헤롯에게) 그렇고말고!
	하지만 틀림없이 그녀와 나를 죽이라는
	왕의 명을 수행할 기회만을
	얻기 위해서 그랬소.
헤롯	이 말이 사실이오?
	(살로메에게) 그런데 넌? 넌?—
알렉산드라	요셉이 가면을 완전히 벗어던
	지고 정체를 드러낼 때쯤 마리암네는
	왕이 다시 돌아오지 못하게 된다면
	스스로 목숨을 끊겠다고 맹세를 했소.
	내가 그 때문에 그녀를 증오했다는 것을
	숨기지 않겠소!
헤롯	끔찍하군!
	그런데 그런 말을— 당신은 그런 말을 이제야 하는 겁니까?
알렉산드라	그렇소!
티투스	저도 그 사실을 압니다.
	그것은 마마가 제게 남기신 마지막 말이었습니다.
	하지만 제가 이를 영원히 전하에게 비밀로 했어야만 했건만.
	전 마마를 죄에서 벗어나게 해주고 싶었을 뿐,
	전하에게 고통을 드리고 싶지는 않았지요!
헤롯	그렇다면— (더 이상 그의 목소리가 나오지 않는다.)
티투스	진정하십시오! 그 일에 저도 상처를 입었습니다!
헤롯	그래!

자네에게— 이 여자에게 (살로메를 향해)— 그리고 나처럼

여기서 사악한 운명의 맹목적 도구였던 모든 자들에게도.

하지만 나만 다시는 이 땅에서

영원히 보지 못할 사람을 잃어버렸구나!

잃어버렸다고? 오! 오!

알렉산드라   아! 아리스토불루스!

내 아들아, 네 복수를 해주었다. 그리고 네 안에서 내 복수도

말이다!

헤롯   당신은 승리감을 느끼시오? 내가 지금 쓰러질 거라고

생각하시오? 아니오! 난 그렇게 되지 않아!

난 왕이다. 그래서 난 세상이 내가 왕이라는 것을

(그는 마치 그가 뭔가를 부러뜨릴 것처럼 몸동작을 취한다.)

느끼게 해주고 싶도다! 바리새인들아, 이제부터

너희들은 내게 마음껏 저항하거라!

(살로메에게) 그리고 넌, 무엇 때문에 지금 날 피하는고?

난 아직 얼굴을 바꾸지 않았다. 하지만 이미 내일이면

내 친어머니가 날 더 이상 당신의 자식이 아니라고

맹세할 수밖에 없는 일이 일어날 수 있다!

(잠시 그쳤다가 희미한 목소리로)   내 왕관에

하늘에서 빛나고 있는 별들이

모두 달려 있다면, 그것들을 마리암네에게 건네줄 텐데.

또 내가 하늘까지 갖게 된다면, 이 땅도 줄 텐데.

그래, 나 자신을 지금 이대로 산 채 매장한다면,

내가 그녀를 죽음에서 구해낼 수 있을지도 모르지.

내가 그리하고 싶건만! 내가 직접 내 손으로

나 자신을 매장하고 싶도다!

하지만, 난 그렇게 할 수가 없다!

그 때문에 내가 아직 살아 있으며

여전히 내가 가진 것을 내 손으로 꼭 움켜쥐고 있지!

그것은 그리 많이 남아 있지 않지. 하지만 그중에는

내게 이제 아내 대신 중요하게 여겨야 하는 왕관도 있다.

그리고 내 왕관을 손에 넣으려고 하는 자는—

정말 그렇게 하고 있지. 그래,

한 사내아이가 그렇게 하고 있어.

오래전에 선지자들이 예언했으며

게다가 이제 별이 삶을 비추어주는 저 신동(神童) 말이야.

하지만, 운명아, 만약 네놈이 단단한 발로 날 짓밟으면서

그 아이를 위해 길을 터준다고 믿는다면,

넌 크게 착각하고 있는 거다.

난 군인이다. 난 직접 네놈과 싸울 것이며

또 무덤에 누워서도 네 발꿈치를 물어뜯겠다!

(재빨리) 요압!

요압 (다가선다.)

헤롯 (낮은 목소리로)

　　　　　자네는 저 아래 베들레헴으로 내려가서

그곳의 명령권을 가진 대장에게 말하길,

그 불가사의한 아이를 보자마자

—하지만 그자가 그 아이를 찾아내지 못할 텐데.

아무나 그 별을 보지 못하니까. 그래,

그 박사들은 경건한 만큼 그렇게 잘못된 자들이군―

그 대장에게 작년에 태어난 아이들을

그 자리에서 지체 없이 죽이라고 전해라.

한 아이도 목숨이 붙어 있어서는 안 된다고 말이다!

요압   (물러난다.)   예 알겠습

니다!

(혼잣말로) 내가 그 연유를 알지! 하지만 모세는 생명의 위험

에서 벗어났지. 파라오*의 명령에도 불구하고 말이야!

헤롯   (아직은 크고 강한 목소리로)

내가 내일 확인해보겠다!―

오늘은 내가 꼭 마리암네를―

(쓰러진다.)

티투스!

티투스   (헤롯을 부축한다.)

---

* 파라오Pharaoh: 구약성서의 「출애굽기」에 나오는 인물. 이스라엘의 적인 이집트의 파라
  오 왕이 이스라엘 영아를 모조리 죽이라는 명령을 내리자 이를 피하기 위해 모세의 엄마는
  아기 모세를 짚으로 된 요람에 태워 나일강에 버렸는데 마침 그곳을 지나가던 파라오의 딸
  에 의해 발견되어 이집트의 왕궁에서 자라게 되었다는 이야기에서 발췌한 것이다.

인간의 물화(物化)와 비극
── "난 하나의 사물에 불과할 뿐 그 이상은 아니었구나!"

1. 작가의 생애와 작품

19세기 중반 독일의 가장 중요한 극작가 중 한 사람인 프리드리히 헤벨Friedrich Hebbel(1813~1863)은 당시 덴마크의 식민지였던 북부 독일 홀슈타인 지방의 소도시 베셀부렌에서 가난한 미장이의 아들로 태어났다. 구조적인 빈곤과 가부장적 구속으로 인해 어두운 유년 시절을 보낸 헤벨은 어려서부터 학교 교육을 제대로 받지 못했지만, 이 어린 독학생은 교육과 교양에 대한 열망으로 가득 차 있었다. 1827년, 아버지가 일찍 사망하자 헤벨은 당시 지역 행정관이자 교구장인 야코프 모르Jakob Mohr의 집에 들어가 빈궁한 생활 속에서 사환을 거쳐 서기의 일을 맡게 된다. 책 읽기를 좋아했던 헤벨은 모르의 개인 도서관을 이용할 수 있었고, 거기서 법률·문학·철학 등에 관한 다양한 지식을 습득한다. 이곳에서 그의 첫 시들이 탄생했으며 그중 일부는 고향의 지방지에 실리기도 했다.

1835년, 헤벨은 자신의 문학적 재능을 높이 평가한 여류 작가 아말리에 쇼페Amalie Schoppe의 경제적 후원을 받으면서 함부르크에 체류한다. 여기서 헤벨은 엘리제 렌징Elise Lensing을 알게 되었으며 자신에게 헌신적인 그녀와 사랑에 빠진다. 하지만 그는 나중에 일상적인 삶과 문학적인 삶 사이에서 갈등하다 그녀와 이별하는 아픔을 겪게 된다. 이어 그는 1836년부터 1839년까지 하이델베르크와 뮌헨에서 법학 공부를 하지만, 곧 작가로서의 사명을 자각하고 학업을 중단한 뒤 함부르크로 돌아온다. 늘 경제적인 어려움에 시달리던 그는 다행히 덴마크 왕실 장학금을 받아 3년간 파리, 이탈리아를 거쳐 빈에 이르는 장기 여행을 하게 된다. 1844년에는 연극 미학에 관한 논문 「드라마에 대한 견해」로 에를랑겐Erlangen 대학에서 박사학위를 취득한다.

빈에서 헤벨은 삶에 일대 변화가 생긴다. 오스트리아의 예술가들과 작가들이 헤벨의 뛰어난 문학성에 주목하면서 그를 경제적으로 후원하기 시작한다. 또한 헤벨은 그곳에서 당시 빈의 국립극장 부르크테아터 전속의 유명한 연극 배우였던 크리스티네 엥하우스Christine Enghaus를 알게 되고 1846년 그녀와 결혼한다. 이때부터 그는 경제적으로 안정된 상태에서 이미 유명해진 작가로서의 삶을 누리게 된다. 1863년, 헤벨은 공적으로 작품성을 인정받아 문학적으로 권위 있는 실러상의 1회 수상자가 되었다. 그러나 같은 해에 그동안 앓았던 관절 류머티즘이 악화되면서 헤벨은 빈에서 50살의 나이로 생을 마감한다.

헤벨은 뮌헨에서 함부르크로 돌아온 뒤 완성한 첫번째 비극 「유디트 Judith」(1840)가 크게 성공을 거두면서 문학적 명성을 얻게 된다. 1년 뒤 부부 간의 소통과 신뢰의 문제를 다룬 비극 「게노페파Genoveva」(1841)가, 그리고 이어 파리에 머무는 동안 시민 비극 「마리아 막달레나Maria

Magdalena」(1843)가 완성된다. 소시민적 가부장적 세계의 편협한 명예 의식에 희생된 한 처녀의 비극적 운명을 그린 이 작품은 그의 주요 비극 중 유일하게 당대를 소재로 한 시대적 사회극이라는 점에서 그의 문학에서 특수한 위치를 차지하고 있다. 헤벨이 극작가로서의 생애에서 가장 왕성한 문학적 성과를 거둔 시기는 빈에서 머물렀을 때다. 이 시기에 「헤롯과 마리암네Herodes und Mariamne」(1848)를 포함하여 개인과 공동체의 갈등을 극화한 「아그네스 베르나우어Agnes Bernauer」(1851), 시대적 대립과 인간성의 긴장을 묘사한 「기게스와 그의 반지Gyges und sein Ring」(1854), 이교 문화와 신(新) 문화의 대립과 투쟁을 그리고 있는 민족적 대서사시인 삼부작 「니벨룽겐Die Nibelungen」(1860) 등 주옥같은 비극 작품들이 쏟아져 나오기 시작한다. 또한 역사 비극 「데메트리우스Demetrius」(1863)는 그의 죽음으로 미완성으로 남았다.

그 외에도 헤벨은 사회 비판을 담고 있는 희극, 희비극, 서사시 등 [「다이아몬드Der Diamant」(1841), 「율리아Julia」(1847), 「시칠리아의 비극 Ein Trauerspiel in Sizilien」(1847), 「어머니와 아이Mutter und Kind」(1857)] 다양한 장르를 발표하기도 했다. 1848년 혁명의 시기에는 '대독일주의(大獨逸主義)'[1]와 '입헌 군주제'를 표방하면서 신문에 많은 시사 논평을 기고하고, '프랑크푸르트 국민회의'에 후보로 출마하는 등 저널리스트이자 정치가로서의 역량도 과시했다. 게다가 『시집Gedichte』(1842), 『신시집Neue Gedichte』(1847) 등을 출간하면서 헤벨은 시인으로서의 활동도 병행한다. 그의 시는 감정과 관념이 상징적 언어로 결합하면서 아름다운 감정을 노

---

1) 19세기 중엽에, 오스트리아를 중심으로 신성 로마 제국의 전 영역을 포괄하는 대독일을 건설하고자 한 주장. 1866년 프로이센·오스트리아 전쟁에서 오스트리아가 패배하고 북독일 연방이 성립되면서 이 계획은 실패했다.

래한 서정시에서부터 관념성이 짙게 배어 있는 철학적 사상시에 이르기까지 폭넓고 다양하다. 또한 그는 1835년부터 그가 사망할 때까지 28년 동안 써온 일기를 남겼는데, 이 유명한 일기는 후대에 '세계, 삶, 책 그리고 자신에 대한 성찰'로서 세계 문학에서 '최상의 문학사적 기념비'이자 가장 진솔한 '삶의 고백'으로 평가되고 있다.

2. 「유디트」와 「헤롯과 마리암네」에 나타난 인간과 인간관계의 물화

1) 성(性)의 투쟁 「유디트」

5막으로 구성된 「유디트」는 헤벨의 첫번째 비극 작품이자 첫번째 역사 드라마이다. 그는 뮌헨에 체류하던 시절(1836~39) 이 역사 드라마에 대한 구상을 시작했다. 이 시기에 매진한 아이스킬로스, 소포클레스, 셰익스피어 등 고전 비극 작품들에 대한 강독과 연구는 비극 「유디트」의 탄생에 단초가 되었다. 또한 이 시절 헤벨은 앞선 시대의 독일 극작가 프리드리히 폰 실러Friedrich von Schiller가 잔 다르크의 전기를 문학적으로 형상화한 드라마 「오를레앙의 처녀Die Jungfrau von Orléans」(1802)를 읽고 자극을 받는다. 헤벨은 잔 다르크의 운명에서 자신의 역사 드라마의 핵심을 이루는 비극적 모티프를 찾아낸다. 그것은 바로 신이 원대한 목적을 달성하기 위해 개인에게 영향을 끼쳐서 신의 의지의 도구로 이용한 다음, 목적이 달성된 후에는 자신의 도구가 파멸되는 것을 구해낼 수 없다는 것이다. 하지만 헤벨은 이러한 모티프에다 이미 자신에게 익숙해져 있는 다른 소재를 가미한다. 그 소재는 바로 성서에서 차용되었다. 성서는 칩에서 어린 헤벨에게 유일하게 허락된 독서물이었으며, 부모님에게 매일 저녁 성서를 낭송해주는 일은 그가 해야 할 의무였다. 또한 1838년 뮌헨의 한 갤러리에서 보았던 줄리오 로마노Giulio Romano(1499~1546)의 그림 「유디트」는 그에게 강한 인상을 주었으며, 구약성서의 외경〔外境, Apocrypha: 정경(正經)에 속하지 않는 구약의 제2경전. 모두 열 권으로 되어 있다〕에서 나온 유디트의 이야기를 그에게 다시 한 번 상기시켜주었다.

헤벨은 1839년 10월에 「유디트」를 쓰기 시작하여 1840년 1월에 완성했다. 「유디트」는 이 작품에 지대한 관심을 보인 베를린 궁정 극장 호프테아터 소속의 유명 여배우 아우구스트 슈티히 크레링거August Stich-Crelinger가 여주인공을 맡아 1840년 7월 6일에 베를린에서 성공적으로 초연되었으며 그 후 함부르크 등 여러 연극 무대에서 올려졌다.

헤벨은 특히 구약성서의 외경에 등장하는 유디트를 인정할 수 없었다. 성서 속의 유디트는 적장 홀로페르네스를 간계와 계략으로 유혹하여 살해하고는 그의 수급(首級)을 자루에 넣고 귀환하여 사흘 동안 온 이스라엘 백성들과 함께 환호하며 기뻐하는 여전사로 등장한다. 이러한 이야기는 헤벨에게 너무 상투적으로 느껴졌다. 그래서 그는 자신의 작품에서 유디트를, 자신의 범행을 통해 그리고 적장 홀로페르네스의 아들을 낳을 가능성을 통해 내적으로 파멸하는 여주인공으로 새롭게 재구성한다.

우선 헤벨 작품의 줄거리를 전반적으로 살펴보자. 작품의 무대가 되고 있는 이스라엘의 베툴리엔 시(市)는 이교도의 나라 아시리아의 총사령관 홀로페르네스의 군에 의해 포위당한 채 절체절명의 위기에 처한다. 이스라엘의 모든 남성들이 두려움에 떨고 있을 때, 자존감이 강한 유디트는 신의 뜻을 대행한다는 사명감에서 위기에 처한 자기 백성을 구원하고자 자신의 아름다움을 이용하여 홀로페르네스를 제거하기로 결심한다. 홀로페르네스는 그녀의 빼어난 아름다움에 매혹되어 그녀를 정신적, 육체적으로 소유하려 한다. 유디트는 적장에 대한 적개심과 그의 오만한 태도에 대한 증오를 금할 수 없으면서도, 그 영웅의 남성다움과 대담성에 무의식적으로 이끌리고 만다. 그녀의 갈등은 민족적, 종교적인 사명감과 개인적 사랑의 감정 사이에서 증폭된다. 유디트는 자신이 사명감에서 그에게 몸을 허락한 것인지, 한 여성으로서 위대한 남성에게 몸을 바친 것인지 혼란스럽다. 반면 홀로페르네스는 단순히 자기의 욕망을 채우기 위해 그녀의 순결을 빼앗고는 잠들어버린다. 수치와 분노, 그리고 절망 속에서 그녀는 잠든 영웅, 그녀 자신의 표현을 빌리자면 "이 세상의 최초의 남자이자 최후의 남자"(124쪽)의 목을 벤다. 마침내 그녀는 위기에 빠진 민족을 구원하기는 했으나 성녀로 우러러 받드는 백성들의 환호를 뒤로하고 자기 자신은 정신적으로 파멸한다. 그녀는 행여 임신을 한다면 태어날 자신의 아들이 아버지에 대한 복수로 어머니를 살해하지 않도록 하기 위해 죽어야만 한다. 그래서 그녀는 환호하는 백성들에게 요구한다. 자신이 만약 아이를 탐내게 되면 자신을 죽여달라고! 물론 그녀의 이러한 요구가 실현될지에 대한 결말은 열려 있다.

이 작품은 극의 긴밀한 구성 방식이나 언어 구사력에 있어서 비범한 작가의 면모와 문학적 재능을 유감없이 보여준 드라마로 이미 발표 당시에도 널리 주목받았다. 헤벨은 작품의 여주인공을 처녀이자 과부라는 특수한 상황으로 설정했다. 유디트는 애국적 사명감에서 핍박받는 자기 민족을 해방하고자 홀로페르네스 살인을 계획했지만, 결국 자신의 개인적 복수를 위해 범행을 완수한다. 결정적인 순간에 그녀의 무의식 속에 자리한 여성성과 인간성이 작용한 것이다. 그녀가 홀로페르네스라는 독재자를 살해한 행위는 결국 신의 '명령'에 의한 것이 아니라, 그가 자신을 패락과 탐욕의 대상으로만 '오용'했기 때문이다. 여주인공 유디트의 행위는 이로써 신이나 민족의 뜻과 무관하게 아주 개인적이고 인간적인 것이 된다. 헤벨 자신도 이 작품에 대한 해설에서 "만약 그녀가 홀로페르네스에게서 자신의 진정한 자아를 잃어버리지 않았더라면, 그녀의 범행은 그저 끔찍하고 혐오스러울 뿐이었을 것이다"라고 밝히고 있다. 결국 자신의 자아를 극도의 혼란에 빠뜨리는 끔찍한 순간 개인적인 동기에 의해 범행을 한 후, 그녀는 성(性)의 충동에 뿌리를 둔 파악할 수 없는 그 무엇으로 인해 내적으로 분열되고 만다.

헤벨은 이 작품에서 여성성으로서의 '자연'에 거슬러 행동하는 유디트의 모습을 그려내고 있다. 동시에 여기서는 무절제와 극단적 자기 과시로 인해 파멸하는 위대한 개인과 이 남성적인 위대함이 홀로페르네스로 구체화된다. 헤벨이 원래 계획했던 드라마 '나폴레옹'이나 '알렉산더 대왕'의 영웅적 이미지들은 「유디트」에서 홀로페르네스라는 인물로 실현되었다. 이 두 가지 모티프는 작품에서 서로 용해된다. 유디트의 비극성은 무엇보다도 그녀의 행동에서 동기의 변화에 놓여 있다. 종교적 열광에 이끌린 성서 속의 여전사 유디트와 달리 헤벨의 작품에서 유디트는 자신의 은밀한 동경, 말하자면 적진에 있는 자신과 필적할 만한 남성에 대한 동경에 이끌리고 바로 그 대등한 남성에 의해 여성으로서 그리고 동시에 인격체로서 존중받기를 기대한다. 하지만 홀로페르네스의 넘쳐나는 에너지, 극단적인 자기 신뢰, 그의 무한한 자신감과 무제한적 권력의 의지에 비추어 보면 여성은 한낱 하나의 물건에 불과한 존재, 즉 일종의 노획물로서 유희하면서 향락하는 하나의 사물 외에 다른 아무것도 의미하지 않는다. 이렇게 그가 도취의 대상인 여성에게서 향유할 수 있는 쾌락은 바로 그의 남성적 자기주장과 자기 증명의 형식과 같다. 그래서 그는 유디트를 심리적, 육체적으로 유린한다. 그리고 사랑의 대상일 수 있었던 그에 대한 절망은 그녀로 하여금 칼을 손에 쥐게 한다.

헤벨은 데뷔작 「유디트」에서 이미 개체들의 투쟁의 세계를 보여주고 있다. 위대한 개성을 지닌 동등한 파트너들은 서로 몰락한다. 유디트가 자신의 미(美)와 육체를 의식적으로 도구화한 것은 정말 그녀의 영혼과 자아 전체의 도구화로 확대된다. 증오와 사랑은 뒤섞인다. 능동적인 주체로서 홀로페르네스를 겨냥한 미(美)와 육체의 의식적 도구화는 그녀에게 기대하지 않았던 무의식적 욕망을 일으키게 되고, 다른 한편으로는 그녀의 전체 자아의 참해와 인격의 훼손에 영향을 끼치게 되면서, 영혼과 육체의 의식적 분리, 몸과 진정한 자아의 이러한 분리는 착각으로 드러난다. 여기에 그녀의 운명에 나타난 '비극적 아이러니'가 있다. 바로 이 점에서 그녀에 의해 의식적으로 투입된 자기 도구화가 실제 단순한 수단으로서 입증되기 때문이다.

다른 한편, 이 작품에서 신은 유디트를 투쟁으로 인도하고 이로써 특별한 상황에서 직접 사건의 과정에 간섭하고 인간에게 끔찍한 행동을 수행하게 한다. 그리고 그다음에 신은 자신의 '도구'를 지켜주지 못하고 인간 스스로에게 내맡긴다. 이로 인해 이 작품에서 '인간의' 비극의 시발점인 신과 종교를 통한 도구화의 문제도 제기될 수 있다.

또한 이미 이 작품에서 헤벨 작품의 공통적인 테마가 드러난다. 헤벨 스스로 그의 일기나 이론적인 글에서 피력한 바 있듯, 여기서는 신에 의해 인도되고 결국 버림받은 개인의 실존 상황이——유디트로 구체화된 채——묘사되어 있을 뿐만 아니라, 인간 상호 관계에서 남녀 간의 중요한 문제점이 그려져 있다. 즉, 홀로페르네스와 유디트의 상호 관계를 통해 헤벨의 전체 작품 세계에서 중요한 한 문제가 형상화되고 있는데, 이는 바로 남녀 양성의 대립과 인간에 의한 인간의 물화(物化) 내지 도구화다. 이러한 문제는 헤벨 자신이 오랫동안 몰두했던 개인적 삶의 테마이기도 하며, 또 동시에——헤벨의 문학관과 세계관을 이해하는 데 열쇠가 되는——이원론의 표현이기도 하다. 「유디트」 이후에 나온 헤벨의 비극 작품들에서도 인간 상호 관계에서 대두되는 이러한 대립과 인간의 물화는 반복적으로 나타난다.

2) '부부 비극' 「헤롯과 마리암네」

「헤롯과 마리암네」(1849)도 5막 고전극 형식의 역사 비극이다. 이 작품에서는 성서에 기록된 신화에 가까운 소재가 새롭게 재구성된다. 「유디트」에서와 마찬가지로 여기서도 남성과 여성은 서로 화해할 수 없는 인물들로 대립하고 있다. 헤롯 왕과 마리암네 왕비는 서로 사랑하는 부부였다. 그들은 서로 사랑하면서도 쓰라린 이별을 한다. 로마 황제가 헤롯의 충성심을 시험해보기 위해 로마로 소환하자 헤롯은 아내의 정절에 대해 확신을 갖지 못하고, 만일 자기가 로마에서 죽게 되면 아내 마리암네도 독살하도록 비밀 명령을 내려놓고 떠난다. 그는 극단적인 소유욕과 질투라는 "마성"(243쪽)으로 인해 자발적이고 자율적이어야 할 것을 폭력과 책략으로 강제하고자 한다. 아내의 자유로운 자기 결정과 인격성은 이에 저항한다. 왕비는 왕의 명령에 의해서가 아니라 자발적인 의지로 왕이 죽을 경우 자신도 그를 따르리라 결심하고 있었다. 이것은 물론 그녀에게는 사랑에 의한 자발적 행위의 문제이지 희생을 강제하는 타율적 요구의 대상이 아니다. 하지만 왕의 충격적 조치를 알게 되면서 자신이 한낱 그의 소유물로 격하된 것에 분개한다. 헤롯은 일단 무사히 돌아오고 왕비에게 다시는 그런 의심을 품지 않을 것을 약속한다. 그녀는 그를 용서하지만 왕은 다시 출정하게 되자 또다시 심복에게 자신이 전쟁에서 죽게 되면 아내도 죽이라는 이른바 "피의 명령"(264, 278쪽)을 반복한다. 마리암네는 이 사실을 알고 좌절한다. 그녀는 왕이 무사히 돌아왔을 때 일부러 충실치 않았던 척하며 왕에게 자신을 죽여달라고 간청한다. 처형 직전 그녀는 이 작품에서 상대적으로 객관적인 태도를 견지하는 로마인 티투스에게 자신의 의도를 다음과 같이 밝힌다. "당신은 당신이 바라본 아내를 죽이고/죽음을 통해서야 비로소 나의 참모습을 보길 바랍니다!"(315쪽) 헤롯은 그녀를 처형하고 나서야 그녀가 정숙했다는 사실을 깨닫는다. 그는 후회하면서 절망한 채 쓰러진다.

헤벨은 빈에서 1846년 12월부터 이 '부부 비극'을 구상하고 1847년 2월에 쓰기 시작하여 빈 혁명 시기인 1848년 11월에 완성했다. 이 작품은 1849년 4월 19일에 빈의 국립극장 부르크테아터에서 초연되었으며, 헤벨의 아내인 엥하우스가 직접 여주인공 마리암네 역을 맡았다. 작품의 제목은 당시 다양한 독일어 번역본으로 출판된 유대인 출신 로마 역사학자 플라비우스 요세푸스Flavius Josephus(기원후 37~100)의 역사서 『유대 고대사Antiquitates Judaicae』와 『유대 전쟁사Bellum Judaicum』에서 차용했다. 그러나 헤벨의 작품은 역사서의 모델과는 현격한 대비를 이룬다. 예컨대 요세푸스의 역사서에서는 마리암네가 처음부터 호전적인 왕비로 등장하여 남편을 증오하면서 자신의 미(美)를 이용해 그를 제거하려는 여성으로 기술되어 있다. 또 여기서는 헤롯 왕이 아내의 첫번째 불륜은 용서했으나 아내가 또다시 불륜을 저지르자 처형한다. 헤벨은 이러한 부분들이 설득력이 부족하다고 생각했다. 그래서 그는 원전(原典)의 모델을 보다 이성적으로 재구성하려고 했다.

헤벨의 작품에서는 헤롯이 위태로운 왕좌를 지키기 위해 처남이자 정적인 아리스토불루스를 죽인다. 그러나 이로 인해 헤롯은 자칫하면 목숨과 제국을 잃을 수 있는 더 큰 위험에 빠지게 된다. 로마 황제 안토니우스는 그에게 책임을 묻는다. 헤롯 왕은 로마 치하에서 유대인의 해방 전쟁을 주도한 마카베오가(家)의 여인이자 아리스토불루스의 누이라는 자부심으로 살고 있는 마리암네에게 끔찍한 일을 저질렀다는 죄의식에 사로잡힌다. 그래서 그는 그녀가 자신을 배반할 것이라고 생각한 나머지 그녀에 대한 신뢰를 스스로 무너뜨린다. 그러나 이것은 오히려 그녀에 대한 지나친 사랑으로 표출된다. 왜냐하면 그는 정치적 압박 속에서 혼자였으며, 증오와 중상모략 그리고 반란의 세계에서 그의 유일한 버팀목은 마리암네에 대한 사랑이었기 때문이다. 이러한 상황에서 그의 사랑의 열병은 무덤까지 데려가서라도 아내를 영원히 소유하기 위해 끔찍한 살인 명령으로 표출된다.

신실한 아내 마리암네가 헤롯에게 요구하는 것은 독자적, 자율적 삶을 가진 개인으로서 그녀를 인격적으로 존중해주는 것이다. 그녀는 여성이자 인간으로서 그가 정신적으로 자신과 동일한 영역에서 존재하기를 바라고 있다. 헤벨은 여기서, 자신을 "피의 명령" 아래 둠으로써 인간의 기본적인 자연권, 주체 자신의 삶에 대한 처분권을 앗아간 헤롯과의 관계를 통해 마리암네의 갈등을 증폭시키고 있다. 물론 마리암네는 헤롯의 첫번째 "피의 명령"을 알고서도 남편에 대한 희망을 완전히 포기하지 않는다. 마리암네는 헤롯이 자신을 제대로 파악하기를 그리고──타율에 의한 맹세의 형식이 아니더라도──그가 죽으면 자신도 따르리란 것을 알게 되기를 바라고 있다. "그이가 지금과는 다르게/행동하게"(247쪽) 해달라는 그녀의 기도는 헤롯이 생각하듯이 그의 새로운 출정에 대한 기쁨의 표현이 아니라, 그의 마음이 진정으로 변화할 것을 희망하는 표현이다. 하지만 그녀에게 맹세만을 요구하는 헤롯에게는 이를 간파할 능력이 없다.

결국 헤롯이 두번째 살인 명령으로 그녀의 기본 권리를 박탈하고 그녀의 고유한 인간성을 침해함으로써 그녀의 삶은 완전히 무의미하게 된다. 그녀는 그가 자신을 궁극적으로 "하나의 사물에 불과할 뿐 그 이상은 아"닌(217쪽) 존재로 취급하고 있음을 깨닫고는 스스로 죽음의 길을 자초한다. 이로써 이 작품에서 마리암네는 인간의 도구화에 대해 직접적, 능동적으로 복수하는 유디트와 달리, 바로 남편의 불신에 부합해서 '연기'함으로써 간접적으로, '정교하게' 자신의 인격 침해에 저항한다.

헤벨이 이 작품에서 침해당할 수 없는 인간 및 개인의 존엄성에 얼마나 가치를 부여하는지는 다른 등장인물들을 통해서도 확인할 수가 있다. 예컨대 여기서 소에무스라는 인물은 원전과는 달리 왕과 동등한 관계로 설정되어 있다. 헤롯의 친구로서 소에무스는 독자적인, 자유로운 인격을 가진 존재지만, 헤롯은 그 역시 자신의 아내처럼 하나의 도구로 다룬다. 마리암네는 이러한 소에무스의 상황을 다음과 같이 말하고 있다. "당신은 나처럼 그의 곁에 있소./당신도 나처럼 당신의 가장 신성한 부분을 모욕당했어요./당신도 나처럼 한낱 물건으로서 격하되었군요!/그이가 내게는 남편이듯, 당신에겐 친구입니다."(265쪽)

물론 주변 인간들을 계산과 조정이 가능한 소유물로 취급하는 헤롯의 사고 및 행위 방식은 보다 이전의 고대 페르시아 궁정 세계에서 만연한 인간의 총체적, 극단적 도구화와는 구별된다. 고대 페르시아의 궁정에서는 인간이 시계가 되었다. 페르시아 궁정의 노예 아르탁세르세스는 자신의 맥박 수로 시간을 재고 그로써 자신의 존재 가치를 스스로 기능화시켰다. 하지만 그는 '인간의 가치'를 애당초 모르기 때문에, 자신의 인격성이 박탈되었다는 것을 느끼지 못한다. 헤벨은 이러한 에피소드를 역사서와는 다르게 자신의 비극에 삽입했다.

유대 왕 헤롯에 의해 자신의 권리가 박탈된 인간들은 자신들의 가치에 대해서 알고 있기 때문에, 그들의 도구화에 저항하는 인물들로 그려진다. 이로써 헤벨은 이 작품에서 인간과 인간관계의 물화에 대한 모티프를 '시계 인간' 아르탁세르세스에서부터 "칼"로 격하되는 요셉과 소에무스를 거쳐 헤롯이 자신의 값비싼 소유물처럼 무덤에 함께 데리고 가고 싶어 하는 마리암네에 이르기까지 다양한 방식으로 차별화하고 있다. 물론 헤롯 왕가의 정치적 분위기에서 마리암네와 소에무스는 저항을 적극적으로 표출할 수 없다. 화형이나 살인과 같은 사건은 이 작품의 정치적 분위기가 '지옥'과 같음을 암시해주고 있다. 이 작품에서 팽배한 증오, 질투, 불신은 우정, 사랑, 자유와 평등을 파괴시킨다. 자유와 평등 그리고 사랑은 마리암네와 소에무스를 통해 구현되는 것처럼 보이지만 그들은 결국 모두 죽음을 맞는다. 그럼에도 불구하고 그들이 지향하고 있는 것들이 언젠가 인간의 삶의 토대를 이루는 시대가 오리라는 희망은 배제되어 있지 않다.

헤벨은 물론 이 드라마에 묘사된 윤리적 가치들을 포기한 것은 아니나, 그것들은 작품의 상황에 비추어 절대화되어 있지 않다. 이러한 가치들은 의심할 바 없이 기독교에서 추구되는 가치들과 상응하지만, 여기서 종교의 교리적 측면은 배제된다. 이러한 원칙과 함께 헤벨은 자신의 시대의 딜레마에 답하고 있으며, 이로써 이 역사 비극은 작가가 살았던 19세기 중반의 시대 상황도 내포하고 있다.

이 작품은 「유디트」와 마찬가지로 남녀 양성의 대립과 인간의 도구화를 다룬 흥미로운 비극이다. 게다가 이 비극에서 분명히 드러나는 것은 신(新)시대에 의해 구(舊)시대가 해체됨으로써 일어나는 세계사적 변화가 아니라, 무엇보다도 특정한 상황과 이에 따른 인간의 심리이다. 왜냐하면

다가오는 기독교 시대를 암시하는 작품의 마지막 장면은 비극적 사건에서 필수적이라기보다는——기독교에 대한 헤벨의 기본 입장을 거론하지 않더라도——피상적으로 첨가되었다는 인상을 지울 수 없기 때문이다.

3. 문학적 의의

영국의 문학비평가 몽고메리 벨지온Montgomery Belgion에 따르면, 작가란 자신의 세계관의 '선전자', 그것도 책임감에서 자유로운 선전자다. 말하자면 모든 작가는 삶에서 '하나의 견해'를 취하고 있으며 문학작품은 끊임없이 독자가 이 견해를 받아들이도록 '설득'시키는 작용을 한다. 19세기 중반의 극작가 헤벨의 세계관이 인간의 권리와 격하된 인간의 물화(物化)와 관계를 맺고 있다는 것은 이론의 여지가 없어 보인다. 또 그가——벨지온이 말한 의미에서——자신의 세계관의 '선전자'였다는 것도 의심의 여지가 없다. 문제는 헤벨의 문학에서 '물화'라는 개념을 어떻게 규정하느냐이다. 헤벨에게 있어서 인간의 물화는 기본적으로 인간을 사물로 격하한 것을 의미한다. 물론 이것은 다음과 같은 아주 다양한 현상을 내포하고 있다. 1. 소유 및 처분 대상으로서 인간의 격하, 2. 목적 자체가 아닌, 수단 내지 방법으로서 인간의 도구화 내지 기능화, 3. 물품으로서 인간의 상품화, 4. 기계 내지 노동력으로서 인간의 착취, 5. 수·번호·아이디 등으로서 인간의 수량화, 6. 검사 및 실험 대상으로서 인간의 객체화 내지 대상화 등. 이런 다양한 현상 중에서 첫번째 두 형식, 말하자면 인간에 대한 인간의 '소유' 및 '처분'으로서의 물화 그리고 수단으로서의 인간의 도구화가 헤벨의 작품들, 특히 「유디트」와 「헤롯과 마리암네」에서 중요한 역할을 한다.

　교환·대체될 수 없는 인간 품위의 선언과 인간 권리의 테마는 헤벨의 주요 비극 작품들뿐만 아니라 그의 일기나 이론적인 글들에서도 자주 거론되고 있다. 「유디트」와 「헤롯과 마리암네」에서 이러한 테마는 문체· 운문 언어·극의 구성 등 전통적인 고전극의 형식의 틀에서 다루어진다. 동시에 이 두 비극 작품에 나타난 인간의 심리 묘사나 환경에 의해 지배되는 결정론(決定論)적 측면은 이미 19세기 후반과 20세기 초의 유럽의 극작가들, 예컨대 게르하르트 하웁트만Gerhart Hauptmann, 헨리크 입센Henrik Ibsen 그리고 아우구스트 스트린드베리August Strindberg의 극작술을 선취하고 있다. 그런 점에서 헤벨의 작품은, 작품을 단순화하지 않고는 어느 특정한 문학 사조에 귀속시키기가 어렵다.

　헤벨의 비극에서 중요한 것은 위대한 개인들의 정신적 상호 대립이다. 여기서 자존감은 헤벨의 여성 등장인물에게 결정적인 역할을 한다. 유디트는 상처받은 명예로 인해 홀로페르네스를 죽여야만 하고, 마리암네는 상처받은 명예와 훼손된 자존감 때문에 죽음의 길을 간다. 또한 시민 비극 「마리아 막달레나」에서는 상처받은 명예와 자존심이 한 소시민의 딸을 죽음으로 몰아넣는다. 이런 점에서 헤벨은 '여성의 작가'라고 말할 수 있다. 유디트나 마리암네 같은 위대하고 존엄한 여성 등장인물들은 남성들에게 자신들의 성(性)과 자신들 마음속 깊은 곳에 자리 잡은 "신과 닮은 모습"(318쪽)이 존중받기를 끊임없이 요구한다. "최고의 계명"은 다음과 같이 시작하는 헤벨의 시의 제목이다. "인간상(像)에 대해 경외심을 가지시오!" 헤벨 작품에 드러나는 이러한 관심사는 오늘날 다양한 영역에서 인권이 경시되는 우리 시대에도 시사하는 바가 크다고 할 수 있다.

　「유디트」와 「헤롯과 마리암네」는 헤벨의 다른 중요한 비극 작품들과 마찬가지로 역사 드라마다. 헤벨은 소재의 틀을 구약성서나 역사서에서 얻고 있다. 물론 역사적인 과정을 오로지 사실적으로, 대화와 운문의 형식으로 무대에 올리는 것 자체가 그에게 중요한 것은 아니다. 헤벨에게 역사는 항상 그때그때의 현재의 표현이어야 한다. 그는 「유디트」의 서문에서, 드라마란 그 생성의 시기, 즉 가장 진실한 현재에 대한 이해를 통해서 상징화될 수 있을 때만이 살아 있는 것이라고 밝히고 있다.

「유디트」에서는 여성의 '본성'('자연')을 이용해서 자신의 성적 향락의 대상으로 여성을 도구화하는 '남성'과, 또 민족적, 종교적 동기에서 출발해서 스스로를 도구화하지만, 그럼에도 불구하고 자기 자신을 단순한 '본성' 이상으로 파악하려는 여성이 서로 대결하고 있다. 여기에서 여성의 성(性)의 도구화는 남성의 자기 증명에 이용된다. 특히 유디트의 이야기는 구약의 원전에서 출발해서, 잔 다르크 전기, 실러의 희곡 「오를레앙의 처녀」, 하인리히 폰 클라이스트Heinrich von Kleist의 희곡 「펜테질레아Penthesilea」를 거쳐 게오르크 카이저Georg Kaiser의 희곡 「유대인 과부Die Jüische Witwe」, 롤프 호흐후트Rolf Hochhuth의 희곡 「유디트Judith」 등에 이르는 폭넓은 유럽 문학의 소재사적(素材史的) 전통을 가지고 있다.

그러나 헤벨의 유디트에서는——언급한 다른 '무기를 든 자매들'과 비교해 보면——두 가지 측면이 부각된다. 하나는 인간의 심리적 측면이고, 다른 하나는 여주인공의 행동에 대한 동기의 변화이다. 이러한 '동기의 전환'은 작용 미학, 정신분석학의 관점에까지 미치는 수많은 「유디트」 연구의 출발점이 되고 있다. 동기의 변화라는 이러한 모티프와 더불어 헤벨 작품의 유디트는 전통적인 여성의 역할뿐만 아니라, 종교적, 애국적, 정치적 일차원성을 벗어나 남녀 양성의 투쟁에 참여한다. 소재사적 관점에서 이러한 행동의 모티프의 변화는 20세기 중반에 와서 징딩 긴의 암살을 다루고 있는 장 폴 사르트르Jean Paul Sartre의 희곡 「더러운 손Les mains sales」(1948)의 여주인공을 통해 다시 발견된다.

도구화를 둘러싼 남녀 양성의 대립은 '결혼 비극'인 「헤롯과 마리암네」에서 부부 관계의 구도로 구체화된다. 마리암네는 자신의 여성적 역할 정체성을 강하게 지니고 있음에도 불구하고, 결국 남편이 자신의 인격을 침해하자 간접적인 심리적 복수의 길을 걷는다. 물론 그녀가 치러야 할 대가는 자신의 삶의 포기이다. 여기서 인간의 권리에 대한 침해는 무엇보다도 외적인 사회적 환경에 의해 결정적으로 규정된다. 예컨대 헤롯은 왜 아내 마리암네와의 관계에서 소유 의식과 도구화를 벗어나지 못하는가? 그것은 그의 개인적, 가부장적 성향보다는 무엇보다도 사회적, 정치적 관계에 대한 그의 절대적 종속성에 기인한다.

헤벨의 「유디트」와 「헤롯과 마리암네」에서는 다른 목적을 위한 수단으로 격하되는 인간의 모습이 비극적으로 묘사되어 있다. 등장인물들의 사고 및 행위 방식을 지배하는 것은 수단과 소유 대상으로서의 인간의 도구화 및 기능화이다. 이러한 자율적, 개성적 인간의 가치의 박탈 문제는 인간 자체가 목적이며 수단이 될 수 없다는 칸트의 휴머니즘적인 정언 명령에서 출발한다. 작가 자신의 말마따나 "인간을 단순한 수단으로 전락시키는 가장 사악한 죄"는, 그의 작품에서 성별·사랑·결혼 그리고 가족 등 구체적인, 개인적인 삶의 카테고리에서 인간관계의 긴장·대립·갈등·파괴를 초래한다. 이와 관련해서 등장인물은 주로 개인적인 사적인 공간에서 남성 가해자와 여성 피해자로 분류된다. 그러나 이러한 이분법적 분류는 다시금 이중적 관점에서 교차된다. 인간은 도구화의 피해자인 동시에 가해자가 된다. 이런 차별화를 통해 헤벨 작품에서는 도덕적, 윤리적으로 채색된 흑백 구도가 배제된다.

게다가 '문제 작가' 헤벨은 이러한 도구화의 문제 제기에 대해 작품에서 어떤 명시적인 메시지나 정답을 제공하고 있지 않다. 헤벨은 '성찰 작가'로서 사고하는 관객 내지 독자를 요구한다. 헤벨의 의도는 독자 내지는 관객에게 자신의 작품에서 그려진 투쟁과 대립의 문제의식을 특별한 방식으로 도발하는 데 있다. 이것은 특히 「유디트」나 「헤롯과 마리암네」 같은 역사 비극에 아주 잘 적용될 수 있다. 왜냐하면 지나간 시대의 문제에 대한 묘사가, 즉 먼 역사의 공간적 설정이, 헤벨이 살던 당대에 '본래 친숙한 것'을 '친숙하지 않게' 만들어 수용자가 현재 상황에 대해 비판적 성찰을 하도록 기여하기 때문이다. 그리고 이 점에서 문제 작가와 성찰 작가로서 헤벨은 우리에게 언제나 현재화될 수 있는 작가이기도 하다.

　끝으로 이 책이 출판될 수 있도록 헤벨의 작품을 선정해준 심사위원들과 번역을 지원한 대산문화재단에 이 자리를 빌려 고마움을 전한다. 아울러 번역 원고를 세심히 편집해준 문학과지성사의 김은주 선생님을 비롯한 여러분들에게도 감사를 드린다.

작가 연보

1813   3월 18일 당시 덴마크 영토였던 독일 북부 소도시 베셀부렌에서 가난
한 미장이였던 클라우스 프리드리히Claus Friedrich와 그의 아내 안트예
마르가레타Antje Margaretha의 첫째 아들로 태어남.

1817   수잔나 사립 초등학교 입학.

1819   공립 초등학교 입학.

1827   부친 사망. 지역 행정관이자 교구장인 요한 야코프 모르Johann Jakob
Mohr의 집에서 사환으로 일하다가 정식 서기가 됨. 이때부터 독학으
로 문학 및 철학 공부. 아마추어 극단 창단.

1828   지방지에 최초로 시 「고통과 세계Schmerz und Welt」 등을 발표.

1832   여류 작가 아말리에 쇼페Amalie Schoppe가 발행하는 잡지에 시 발표.

1835   후원자 쇼페의 지원으로 함부르크 체류, 대학 진학을 위한 학업 준비,
엘리제 렌징Elise Lensing을 알게 됨. 3월 23일에 일기를 처음으로 쓰기
시작하여 사망할 때까지 계속 씀.

1836   하이델베르크 대학에서 법학 공부. 이곳에서 법학도 에밀 루소Emil

Rousseau와 우정을 쌓음. 시 「밤의 노래Nachtlied」 등과 단편소설 「안나 Anna」 등 발표. 도보로 슈트라스부르크, 튀빙겐(이곳에서 낭만주의 서정시인 루트비히 울란트Ludwig Uhland 방문)을 거쳐 뮌헨에 도착. 뮌헨 대학에서 본격적인 문학 및 철학 공부. 그곳에서 목수장 안톤 슈바르츠Anton Schwarz 집에 기거하며 그의 딸 요세파Joseoha (베피Beppi)와 교제. 이러한 경험은 뒤에 시민 비극 「마리아 막달레나Maria Magdalena」의 탄생에 직접적 영향을 줌.

1838   모친과 친구 루소 사망.

1839   3월 11일~31일 도보로 괴팅겐을 거쳐 함부르크로 돌아옴. 편집장 카를 구츠코프Karl Gutzkow와 함께 잡지 『텔레그래프 Telegraph』에서 공동 작업. 10월 첫번째 비극 「유디트Judith」 집필 시작.

1840   1월 「유디트」 완성. 7월 베를린 궁정 극장 호프테아터Hoftheater에서 「유디트」 초연. 비극 「게노페파Genoveva」 집필 시작. 11월 5일에 렌징 사이에서 아들 막스Max 출생.

1841   3월 「게노페파」 완성. 7월 『유디트』 출간. 11월 첫 희극 「다이아몬드 Der Diamant」 완성. 중편소설 「마테오Matteo」 완성.

1842   함부르크에서 대화재 발생(5월 5일~8일). 7월 『시집 Gedichte』 출간. 『게노페파』 출간. 11월 코펜하겐 방문. 12월 덴마크 국왕 크리스티안 8세Christian XIII를 처음으로 알현하고 킬 대학의 미학 및 문학 담당 교수직에 지원하지만 무산됨.

1843   덴마크 국왕으로부터 2년간의 여행 장학금으로 재정적 지원을 받음. 류머티즘 발병. 3월 「마리아 막달레나」 집필 시작. 4월 함부르크로 돌아옴. 헤벨의 논문 「드라마에 관한 나의 견해Mein Wort über das Drama」를 둘러싸고 코펜하겐 대학 교수 하이베르크Heiberg와 분학석 논생을

벌임. 9월 파리 여행. 파리에서 펠릭스 밤베르크Felix Bamberg, 하인리히 하이네Heinrich Heine, 아르놀트 루게Arnold Ruge 등과 교류. 10월 2일 아들 막스 사망. 12월 「마리아 막달레나」 완성. 렌징과의 갈등.

1844   5월 14일 둘째 아들 에른스트Ernst 출생. 9월 서문을 넣은 『마리아 막달레나』 출간. 9월 에를랑겐Erlangen 대학에서 연극 미학에 대한 논문으로 박사학위 받음. 9월 로마 여행.

1845   6월~10월 나폴리 여행. 미완성 비극 「몰렉Moloch」과 서정시, 경구시(警句詩) 등 집필. 10월에 빈 도착. 시민 비극 「율리아Julia」 집필 시작. 빈에서 체르보니Zerboni 남작 등의 지원을 받음. 빈 국립극장 부르크테아터Burgtheater의 전속 여배우 크리스티네 엥하우스Christine Enghaus와 만남.

1846   3월 쾨니히스베르크 시립극장에서 「마리아 막달레나」 초연. 5월 26일 엥하우스와 결혼. 렌징과 결별. 9월 희비극 「시칠리아에서의 비극Ein Trauerspielin Sizilien」 집필 시작.

1847   「시칠리아에서의 비극」 완성. 2월 비극 「헤롯과 마리암네Herodes und Mariamne」 집필 시작. 엥하우스와 함께 베를린, 그라츠, 라이프치히, 드레스덴 등으로 공연 여행. 10월 「율리아」 완성. 『신시집Neue Gedichte』 출간. 12월 25일 엥하우스와의 사이에 딸 티티Titi 출생.

1848   3월 빈과 베를린에서 혁명 발발. 『아우그스부르거 알게마이네 차이퉁Augsburger Allgemeine Zeitung』 빈 통신원으로 활동. 5월부터 6월까지 황제 페르디난트Ferdinand와 협상 대표단으로 활동. 프랑크푸르트 국민회의 의원 후보. 11월 비극 「헤롯과 마리암네」 완성.

1849   4월 부르크테아터에서 엥하우스와 함께 「헤롯과 마리암네」 초연. 5월 동화 희극 「루비Der Rubin」 완성. 단편소설 「슈노크Schnock」 완성. 헤벨

의 문하생이자 그의 전기(傳記)를 처음으로 쓴(1877) 에밀 쿠Emil Kuh
와 친분을 쌓음.

1850 『헤롯과 마리암네』 출간. 함부르크 여행. 희곡 「미헬 앙겔로Michel
Angelo」 완성.

1851 「게노페파」 에필로그 완성. 『율리아』 출간. 예술의 심미성 문제를 둘러
싸고 문학비평가 슈미트J. Schmidt와 논쟁. 9월 독일 비극 「아그네스 베
르나우어Agnes Bernauer」 집필 시작. 12월 「아그네스 베르나우어」 완성.

1852 「아그네스 베르나우어」 초연을 계기로 뮌헨 체류. 이탈리아 여행.

1853 7월 함부르크 여행. 12월 비극 「기게스와 그의 반지Gyges und sein Ring」
집필 시작.

1854 「게노페파」 공연. 7~8월 마리엔바트에서 요양. 11월 「기게스와 그의
반지」 완성.

1855 10월 3부작 독일 비극 「니벨룽겐Nibelungen」 집필 시작. 중·단편 소설
들 완성. 『미헬 앙겔로』 출간.

1856 2월 서사시 「어머니와 아이Mutter und Kind」 집필 시작.

1857 3월 「어머니와 아이」 완성. 아르투어 쇼펜하우어Arthur Schopenhauer 및
에두아르트 뫼리케Eduard Mörike와 교류.

1858 6~7월 바이마르 여행. 비극 「데메트리우스Demetrius」 집필 시작.

1860 3월 「니벨룽겐」 완성. 파리 여행.

1861 1월과 5월 바이마르에서 엥하우스와 「니벨룽겐」 공연. 바이마르로 이
사 계획.

1862 『니벨룽겐』 출간. 런던 여행. 바이마르로의 이사 계획 무산.

1863 제1회 실러상 수상. 3월 류머티즘 악화로 빈 근처 바덴에서 요양.
10월 「데메트리우스」 작업(미완성), 12월 13일 사망.

'대산세계문학총서'를 펴내며

2010년 12월 대산세계문학총서는 100권의 발간 권수를 기록하게 되었습니다. 대산세계문학총서의 발간은 앞으로도 계속될 것이고, 따라서 100이라는 숫자는 완결이 아니라 연결의 의미를 지니는 것이지만, 그 상징성을 깊이 음미하면서 발전적 전환을 모색해야 하는 계기가 된 것은 분명합니다.

대산세계문학총서를 처음 시작할 때의 기본적인 정신과 목표는 종래의 세계문학전집의 낡은 틀을 깨고 우리의 주체적인 관점과 능력을 바탕으로 세계문학의 외연을 넓힌다는 것, 이를 통해 세계문학을 바라보는 우리의 시각을 전환하고 이해를 깊이 해나갈 수 있도록 한다는 것이었다고 간추려 말할 수 있습니다. 그리고 궁극적으로는 우리의 인문학을 지속적으로 발전시켜나갈 수 있는 동력이 될 수 있기를 희망하는 것이었습니다. 이러한 기본 정신은 앞으로도 조금도 흩트리지 않고 지켜나갈 것입니다.

이 같은 정신을 토대로 대산세계문학총서는 새로운 변화의 물결 또한

354

외면하지 않고 적극 대응하고자 합니다. 세계화라는 바깥으로부터의 충격과 대한민국의 성장에 힘입은 주체적 위상 강화는 문화나 문학의 분야에서도 많은 성찰과 이를 바탕으로 한 발상의 전환을 요구하고 있습니다. 이제 세계문학이란 더 이상 일방적인 학습과 수용의 대상이 아니라 동등한 대화와 교류의 상대입니다. 이런 점에서 대산세계문학총서가 새롭게 표방하고자 하는 개방성과 대화성은 수동적 수용이 아니라 보다 높은 수준의 문화적 주체성 수립을 지향하는 것이며, 이것이 궁극적으로 한국문학과 문화의 세계화에 이바지하게 되리라고 믿습니다.

또한 안팎에서 밀려오는 변화의 물결에 감춰진 위험에 대해서도 우리는 주의를 게을리하지 말아야 할 것입니다. 표면적인 풍요와 번영의 이면에는 여전히, 아니 이제까지보다 더 위협적인 인간 정신의 황폐화라는 그늘이 짙게 드리워져 있는 것이 사실입니다. 대산세계문학총서는 이에 대항하는 정신의 마르지 않는 샘이 되고자 합니다.

'대산세계문학총서' 기획위원회